GREEK MYTHOLOGY

永远讲不完的
希腊神话

闻燕｜黄彩虹｜孙静波｜王瑾｜张薇｜朱光玮·编著

曾铮·绘

中国友谊出版公司

图书在版编目（CIP）数据

永远讲不完的希腊神话 / 闻燕等编著；曾铮绘 . --
北京 ： 中国友谊出版公司，2023.11
ISBN 978-7-5057-5682-3

Ⅰ．①永… Ⅱ．①闻… ②曾… Ⅲ．①神话－作品集
－古希腊 Ⅳ．① I545.73

中国国家版本馆 CIP 数据核字（2023）第 132273 号

书名	永远讲不完的希腊神话
作者	闻燕　黄彩虹　孙静波　王瑾　张薇　朱光玮　编著
绘者	曾铮
出版	中国友谊出版公司
发行	中国友谊出版公司
经销	新华书店
印刷	天津海顺印业包装有限公司
规格	889 毫米 ×1194 毫米　16 开 20 印张　300 千字
版次	2023 年 11 月第 1 版
印次	2023 年 11 月第 1 次印刷
书号	978-7-5057-5682-3
定价	69.00 元
地址	北京市朝阳区西坝河南里 17 号楼
邮编	100028
电话	（010）64678009

如发现图书质量问题，可联系调换。质量投诉电话：010-82069336

卷 首 语

　　希腊神话与传说引人入胜，是西方文化的源头之一。这本希腊神话主要包括了诸神传说和英雄史诗两部分，分别讲述奥林匹斯 27 位神祇的传说和 12 位英雄的故事。

　　希腊神话中，奥林匹斯山上的十二主神串连起众神的谱系，天地万物和人间秩序也从他们的故事中诞生。他们虽然是神，却经历着普通人相似的喜怒哀乐和爱恨情仇。众神之王宙斯、爱与美之神阿佛洛狄忒、太阳神阿波罗、智慧女神雅典娜、火神赫菲斯托斯……共同演绎出奥林匹斯的绚烂与鲜活！

　　英雄是神与人的联结，他们经历了重重考验，凭借着智慧与勇气，勾勒出属于凡人的英勇和热血！敢于挑战美杜莎的英雄珀尔修斯、与牛头人身怪战斗的勇士忒修斯、参与特洛伊战争中的英雄阿喀琉斯……他们共同谱写了一曲曲生命赞歌！

诸神传说　GREEK　MYTHOLOGY

英雄史诗

·后传·

半神和人类英雄的故事

146 页—303 页

后传

诸神传说

时间让人心生久远，
谁也不知道时间从什么时候开始。

这个世界是怎么产生的？
是人创造了神，还是神创造了人？
天空和大地，哪个出现得比较早？

不管怎样，故事总要有个开始。
这本书要讲的是希腊诸神的故事。
神话诞生的地方，就在爱琴海沿岸，
那片叫作希腊的土地上。

GREEK MYTHOLOGY

前　传

Gaea

大地之母 —— 盖亚

从黑暗的混沌中，长出了希腊神话中的第一个神。

在很久很久以前，没有人知道那是多久以前，整个世界一片黑暗，没有陆地、山川、天空、海洋，没有日月星辰，更没有任何生物，包括人。这黑暗的混沌就这样静静地存在着，可它不是静止的，它在不断生长。就好像一颗种子要生根发芽一样，它安静地生长着，无声无息，直到某一天，你突然看见它长出了小嫩芽——就这样，从黑暗的混沌中，长出了希腊神话中的第一个神：盖亚（Gaea）。

盖亚是大地之神，她像黑暗的混沌一样也在不断生长。长呀长呀，就在盖亚感到很孤独的时候，希腊神话中的第二个神——乌拉诺斯（Uranus）从大地上升腾起来了。乌拉诺斯被称为天空之神。

在这之后，一切不再黑暗：大地之神不断泛出生生不息的绿色，而广袤的天空之神则用深邃的蓝色做底，四处点缀着闪耀的繁星。天与地遥相呼应，彼此深情凝望，很快，他们坠入爱河，年轻的大地之神做了母亲，精彩的希腊神话故事也就这样拉开了帷幕。

Uranus

天空之神乌拉诺斯

乌拉诺斯是个威严的父亲，高高在上的他自称是宇宙的主宰。

盖亚被称为大地之母，也是一切生灵的母亲，她所有的孩子都热爱着她，却都害怕他们威严的父亲——天空之神乌拉诺斯。是的，乌拉诺斯是个威严的父亲，高高在上的他自称是宇宙的主宰，对子女也十分严厉。

大地母亲生出的第一批孩子是十二泰坦（Titan）巨神，他们的个子比山峰还高，样子与人类相近，体形巨大，代表着宇宙的力量与秩序，大地母亲和天空之神都为他们骄傲。十二个泰坦巨神中，有六个是男神，他们分别娶了六个泰坦女神做妻子。

盖亚再次分娩时，生下的是三个独眼巨人（Cyclopes），分别是象征雷霆的布戎忒斯（Brontes）、象征闪电的斯忒洛珀斯（Steropes）和象征霹雳的阿尔戈斯（Arges）。他们也非常高大，但长得与泰坦巨神截然不同——他们只有一只又大又圆的眼睛，长在脑门的正中间。独眼巨人有着铁匠般的力气和本领，他们整日锤锤打打，在天空中形成道道雷电霹雳，这让骄傲的乌拉诺斯十分不高兴，他感觉自己星星的光芒全被这三个独眼巨人给遮挡了。

不久后，大地母亲又生了三个孩子。这是三个百臂巨人（Hecatonchires），他们都有一百条粗壮的手臂，可以伸到无限长；他们还长着五十个脑袋，看起来让人不寒而栗。这三个百臂巨人整天挥动着长长的手臂，不是把大地搅得天昏地暗，就是跑到海上去兴风作浪，乌拉诺斯一看到他们就讨厌。

我们知道神是不会死的，乌拉诺斯想到要永远面对百臂巨人和独眼巨人，感到实在无法忍受。终于有一天，他把这六个孩子抓了起来，投入了塔尔塔洛斯（Tartarus）——世界上最深、最黑暗的深渊。

大地之母深爱着自己的孩子，她没想到乌拉诺斯竟然如此心狠，会这样残忍地囚禁自己的孩子。她忧伤极了，终于下定决心要惩罚乌拉诺斯。

乌拉诺斯十分强大，盖亚得准备个武器才行，于是她找来了最坚硬的燧石，锻造了一把无比坚硬的大镰刀。然后，她找来了她的另外六个儿子，也就是泰坦巨神，对他们说："拿上这把武器，去对抗你们父亲的残忍行为，把你们的弟弟救出来吧。"

盖亚对自己的孩子十分了解，她料到了有个儿子一定会站出来。而事实果然也如她所料。

Cronus

第二代神王克洛诺斯

克洛诺斯则取代了他的父亲，成为新的宇宙主神。所有的神和人类都服从他、崇拜他。

　　勇敢站出来的那个孩子是六个泰坦巨神中最小的，他叫克洛诺斯（Cronus），别看他年龄小，他可比哥哥们都英勇、强壮。他是时间缔造之神，同时也是可以吞掉时间和其他一切事物的毁坏之神。克洛诺斯接过母亲手中的大镰刀，当即就与母亲商定好了惩罚乌拉诺斯的计划。

　　这天，乌拉诺斯正神采飞扬地对盖亚夸夸其谈，克洛诺斯趁其不备扑了过来，挥舞着大镰刀一下就割伤了乌拉诺斯。乌拉诺斯发出了惊天动地的怒吼，他猛地跳了起来，逃回了天空。他流出的血孕育了复仇女神、梣树仙女和很多巨人，而他掉下的肉则落入了海中，在溅起的泡沫中诞生了爱与美之神阿佛洛狄忒（Aphrodite）。

　　乌拉诺斯受到了惩罚，盖亚的心情也恢复了平静，她依然安静地仰望苍穹。富饶的土地上长出了花草树木，各种生灵都在大地母亲的怀抱中孕育、成长，一片欣欣向荣的景象。克洛诺斯则取代了他的父亲，成为新的宇宙主神。所有的神和人类都服从他、崇拜他。

　　然而，在乌拉诺斯重返天空之际，他留下了一句诅咒般的预言给克洛诺斯，他说："儿啊，今天我的下场就是明天你的下场，将来你也会像我一样，被自己的儿子亲手推翻！"

　　害怕被推翻的克洛诺斯容不下任何比他有本事的神，所以他并没有释放被囚禁的弟弟们。当盖亚忍不住质问克洛诺斯时，他竟然告诉母亲，很多神都会破坏宇宙的安宁，不但独眼巨人和百臂巨人要被继续囚禁，他还会关押更多影响宇宙正常秩序的神。这让盖亚十分伤心，也非常气愤。

　　除了惧怕有本事的神外，克洛诺斯更惧怕的是自己的孩子。自从坐上主神宝座之日起，他无时无刻不在想着父亲的那句预言。神都不会死，他要怎样才能防止自己的孩子推翻自己呢？囚禁肯定是没用的。

　　终于，克洛诺斯想出了一个比乌拉诺斯更残忍的办法——把生下来的孩子吞到自己的肚子里，只有这样，他才能心安。于是，每当他的泰坦女神妻子瑞亚（Rhea）生出一个孩子，克洛诺斯就立即将新生的婴儿抢过去吞掉。就这样，他吞掉了五个孩子。身为母亲的瑞亚终于像当初的盖亚一样愤怒了。当她怀上第六个孩子的时候，她找到母亲盖亚，请求母亲帮她把这个孩子救下来。

　　大地母亲答应了女儿的请求，她让瑞亚临产的时候就回家来，她自有办法。因此，当瑞亚产期将近时，她回到了一个叫克里特岛（Crete）的岛屿上。她分娩的时候，整个大地都在震动，地面上出现巨大的裂缝，吞掉了山川和河流。

　　孩子刚刚出生，瑞亚就用软布把他包好，交给盖亚的仆人们照顾。而盖亚早已为她准备好了一块与婴儿大小、体重差不多的石头。瑞亚把它用襁褓仔细包好，然后怀抱石头坐在床上，温柔地哼唱着，好像那块石头是真的婴儿一样。

　　克洛诺斯破门而入，愤怒地瞪着瑞亚，大声咆哮道："我早就跟你说过了，在你分娩的时候我一定要在场！你难道听不懂我说什么吗？把孩子给我！"

　　瑞亚眼含热泪哀求克洛诺斯："我只是想多抱抱他，多跟他待一会儿，这样小小的要求都不行吗？"

　　克洛诺斯没有回答，他一把抢走了瑞亚怀中的襁褓，看都没看就一口吞下，像吞掉之前的五个孩子那样。

　　瑞亚连声道歉："克洛诺斯，请原谅我，不会有下一次了。"

　　就这样，瑞亚的第六个孩子得救了，这个被救下的男婴便是日后大名鼎鼎的奥林匹斯众神之王——宙斯（Zeus）。

GREEK MYTHOLOGY

正传

Zeus

第三代神王宙斯

宙斯成了新的万神之王，带领众神一起守护着天空、大地、山川、河流。

奥林匹斯山崛起——宙斯成为万神之王

盖亚把小宙斯藏在克里特岛艾达峰的一个山洞中，交由她的孩子——泰坦巨神夫妇俄刻阿诺斯（Oceanus）和忒堤斯（Tethys）照料。盖亚担心小宙斯的哭声会惊动克洛诺斯而招致猜疑，就召唤了很多大地精灵包围住洞穴，让他们在山洞周围用短剑敲击铜盾来制造噪声，确保小宙斯不会被发现。

俄刻阿诺斯和忒堤斯找来众多山谷仙女照看宙斯，还用阿玛尔忒亚（Amalthaea）仙羊的奶水来哺育他。阿玛尔忒亚的奶水是从它的两只羊角里流出的，取之不尽，用之不竭，被称为"丰饶之角"或"富足之角"。就这样日复一日，年复一年，终于，宙斯长大了，这位新生的神祇像极了年轻时候的克洛诺斯，俊美非凡，高大神勇。

俄刻阿诺斯和忒堤斯把他们的女儿墨提斯（Metis）许配给了年轻的宙斯，作为他的第一任妻子。墨提斯是智慧和慎思女神，她知道关于宙斯会推翻父亲的统治成为万神之神的预言，所以结婚当日她就劝告宙斯一定不能一个人去与克洛诺斯对战，他必须拥有自己的神器，还要先找些强大的帮手。

于是，宙斯用仙羊老死的羊皮做成了埃癸斯神盾（Aegis），也叫"宙斯之盾"。这是世界上最坚固的盾牌，充满了魔力，让宙斯实力大增。接着，墨提斯让宙斯乔装打扮成一个侍酒的仆人，然后把他带到克洛诺斯面前。克洛诺斯不疑有他，欣然接受了宙斯献上的美酒，却不知这酒中掺入了可以令人呕吐的魔草。

刚饮下这杯美酒，克洛诺斯就开始腹痛、呕吐不止。他先吐出了当初假冒宙斯的那块大石头，然后一个接一个吐出了曾吞下的五个孩子。这么多年，宙斯的五个兄弟姐妹在父亲的腹中早已长成了年轻的巨神，他们就是赫赫有名的哈得斯（Hades）、波塞冬（Poseidon）、赫斯提亚（Hestia）、得墨忒耳（Demeter）和赫拉（Hera）。这几位强大的神立刻与宙斯联合起来。

克洛诺斯看着自己吐出的孩子们和那块石头，再看看那个侍酒的仆人，马上就明白了一切。寡不敌众，克洛诺斯仓皇逃跑，去搬救兵。

古希腊神话中著名的大战之一——十年泰坦之战打响了。交战的双方中，一方以宙斯和他的五个兄弟姐妹为首，另一方以克洛诺斯为首，包括不愿被宙斯统治的泰坦巨神们和他们的后代。不过，泰坦巨神的后代中，普罗米修斯（Prometheus）和他弟弟厄庇米修斯（Epimetheus）加入了宙斯这边，因为普罗米修斯能够预见未来，他知道宙斯会取得最终的胜利。

双方势均力敌，展开了激烈的对战，整个天地、山河被搅得无一处安宁。当初由乌拉诺斯的血肉飞溅而诞生出来的精灵和巨人们也都加入了战争，这让宙斯想起了大地母亲盖亚一直以来惦记的孩子们——独眼巨人和百臂巨人。宙斯前往塔尔塔洛斯深渊，释放了被囚禁在那里的独眼巨人和百臂巨人。为了答谢宙斯，他们也都成了宙斯的盟友，竭尽全力帮助宙斯作战，局面很快出现了转机。

　　拥有锤锤打打本领的独眼巨人为波塞冬打造了一柄三叉战戟，又为哈得斯打造了隐身头盔和双股权杖，而宙斯获得的则是最强大的神兵利器——雷和闪电。从那以后，宙斯就成为雷和闪电的使用者，什么都无法阻挡他的雷霆万钧之势。

　　大战还在继续，一时间，宇宙之间电闪雷鸣、天摇地动，海上掀起山一样高的巨浪。百臂巨人用他们的一百只手臂抛起一座座山峰、卷起狂风骤雨，克洛诺斯和他的支持者们在这样强大的力量面前节节败退，终于决定停战投降。

　　战败的泰坦巨神被宙斯关进了塔尔塔洛斯深渊，并由百臂巨人负责看守。最强壮的泰坦巨神阿特拉斯（Atlas）被发配到世界的尽头，他将永远待在那里，用他的肩膀扛起天空。这又引起了大地之母盖亚的不满，因为宙斯囚禁的泰坦巨神也是她的孩子，她不希望自己的任何一个孩子遭受苦难。

　　于是，盖亚与地狱深渊塔尔塔洛斯结合，生下了她最可怕的两个孩子——堤丰（Typhon）和厄喀德那（Echidna），并让他们去反抗宙斯。

堤丰被称为"万妖之父"，是一个非常可怕的怪物：他的体形特别庞大，拖着一条巨大的蛇尾；他还有一双巨大的翅膀，可以掩盖太阳的光辉；他那一百个丑陋的脑袋可以碰到天空中的星星，每个脑袋都能吞吐岩浆和熊熊烈火。而厄喀德那则被称为"万妖之母"，她的一半身体是个女人，另一半身体是一条蛇。

当这对怪物出现的时候，宙斯等众神惊慌失措，吓得变幻成各种动物四散逃去。但是，宙斯毕竟有着钢铁般的意志，他很快就重拾勇气，回身与堤丰对决。堤丰抓住机会，用他有力的蛇尾一圈又一圈地把宙斯缠得结结实实，然后收取了宙斯的武器，挑断了宙斯手脚上的筋，拖着无法动弹的宙斯回到自己的老巢。

宙斯是天神，自然不会死去，可他此时连一个小手指头都动不了，又怎么能打败堤丰呢？狡猾的堤丰把从宙斯身上挑下来的筋收藏在一张熊皮里面，交给厄喀德那，让她好好保管。幸好，众神并不打算认输，他们决定设计救出宙斯，于是悄悄来到堤丰和厄喀德那的老巢，寻找机会。

终于，他们找到了那张藏着宙斯的筋的熊皮，并迅速让宙斯恢复了自由。宙斯也拿回了属于自己的武器，他飞快地登上了飞马战车，亮出雷霆闪电，又开始了与堤丰的战斗。宙斯的怒火熊熊燃烧，天地都为之沸腾。火焰、强风和灼灼的霹雳笼罩了一切。

堤丰被闪电击中了，他摔在地上，顺势卷起了巨大的埃特纳山（Etna），准备向众神投掷过去。宙斯看准机会，一下子掷出一百个霹雳，击中了埃特纳山的底部。山峰落了回去，压在了堤丰身上，不一会儿，整座埃特纳山就将堤丰压得死死的，使他一丝也动弹不得。堤丰怒吼着，喷着大火，埃特纳山从此变成了世界上最活跃的火山之一。每当这座火山爆发的时候，人们就说那是堤丰在徒劳地发泄怒火、喷射火焰。

堤丰的妻子厄喀德那为了养育后代，当即便放弃了战斗，带着她和堤丰的孩子逃到了世界的另一边，躲进了一个山洞。宙斯没有追上去。有人说，宙斯

是为了考验后来的人类英雄们才故意让他们活下来的。后来厄喀德那养育了几乎所有的怪物，有钢铁狮子尼米亚（Nemean）、百首巨龙拉冬（Ladon）、地狱三头犬刻耳柏洛斯（Cerberus）、狮头羊身蛇尾怪喀迈拉（Chimera）、狮身人面的斯芬克斯（Sphinx）、九头蛇许德拉（Hydra）等等。

漫长的战斗终于结束了，大地母亲重归于平静。就这样，宙斯成了新的万神之王，带领众神一起守护着天空、大地、山川、河流。独眼巨人在希腊最高的山——奥林匹斯山上为众神建造了一座高耸入云的宫殿，宫殿辉煌的大厅中，共有十二个金色宝座，供众神落座。宙斯把他的权力分给了他的哥哥姐姐们，还有他心爱的孩子们以及爱神，因此奥林匹斯山上共有十二位主神。

最中间的宝座上坐着宙斯和赫拉——众神之王和他的王后。赫拉旁边坐着她的儿子战神阿瑞斯（Ares）和火神赫菲斯托斯（Hephaestus），以及爱与美之神阿佛洛狄忒、信使神赫尔墨斯（Hermes）、收获女神得墨忒耳。宙斯旁边坐的是他的哥哥海神波塞冬、智慧女神雅典娜（Athena）、光明与音乐之神阿波罗（Apollo）、狩猎女神阿耳忒弥斯（Artemis），以及最年轻的主神——酒神狄俄尼索斯（Dionysus）。

宙斯最年长的姐姐赫斯提亚是炉灶之神，她在大厅的火堆旁照看圣火，没有宝座。而宙斯最年长的哥哥哈得斯是冥王，他总是待在幽暗的冥界中，并不会出现在奥林匹斯山，因此他也没有宝座。

尽管宇宙间还有数不尽的怪物，但宇宙间也有数不尽的英雄，冲突甚至战争还会发生，可是不管怎样，宇宙开始建立起了秩序。神是不会死的，光明也永不消逝。

宙斯的家庭和孩子们

宙斯共有七位妻子。

他的第一位妻子是智慧和慎思女神墨提斯，她给了宙斯很多好建议，在宙斯对抗父亲克洛诺斯的过程中帮宙斯出谋划策，贡献了智慧和谋略。他们的女儿雅典娜继承了父亲和母亲的优点，是宙斯最喜欢的孩子。

宙斯的第二位妻子是忒弥斯（Themis），她是乌拉诺斯的女儿，十二泰坦神之一。她代表了法律和正义，是一位手持天平、蒙眼仗剑而立的女神。天平象征着正义和公平；而蒙眼则显示她不徇私情，对所有人一视同仁。

宙斯战胜了克洛诺斯之后，忒弥斯就做了宙斯的妻子，她帮助宙斯建立了奥林匹斯山上的秩序，并用公正来维护它。她为宙斯生育了季节三女神。季节女神们负责掌管奥林匹斯山上的大门，当新诞生的神祇登上奥林匹斯山，她们也负责迎接和指引。

宙斯还有一位妻子是海洋女神欧律诺墨（Eurynome），她为宙斯生育了著名的美惠三女神。美惠女神是众神的歌舞演员，她们总是披着波浪状的金发，穿着纯白色的长裙，跳着欢乐而神秘的舞蹈，为人们带来美的享受。

宙斯的姐姐，收获女神得墨忒耳为宙斯生育了珀耳塞福涅（Persephone），也就是后来的冥后。

记忆女神摩涅莫绪涅（Mnemosyne）为宙斯生下了文艺九女神，也就是九位缪斯（Muses）女神。她们是戏剧、诗歌等艺术的代表，是人类创造力的源泉，美丽而高雅。

暗夜女神勒托（Leto）为宙斯生下了大名鼎鼎的狩猎女神阿耳忒弥斯和光明之神阿波罗，是一对漂亮的双胞胎，宙斯非常喜爱他们。

宙斯的第七位妻子就是他最年轻漂亮的姐姐赫拉。赫拉是宙斯的最后一位妻子，也是宙斯的天后。她是婚姻和生育女神，与宙斯共享至高无上的地位。但是，赫拉在婚姻生活中却并不快乐，因为宙斯虽然很宠爱她，却很博爱，他经常偷偷变身后溜到人间，与凡间女子结婚。这让爱吃醋的赫拉非常不高兴，因此她常常会为难宙斯的妻子和孩子们，连宙斯也拿她没办法。宙斯和赫拉育有战神阿瑞斯和火神赫菲斯托斯，他们的神力也自然而然地传递给了孩子们。

当然，宙斯也有与很多凡间女子生下的孩子，他的孩子都继承了他的过人之处，最终成为伟大的英雄或统治者。

Hera

天后赫拉

她与宙斯共享荣光，也为他分担重任。他们共同守护着天空和大地。

美丽的天后赫拉

赫拉——宙斯的第七位妻子，奥林匹斯山上美丽的天后，婚姻与生育女神，她保护婚姻和缔结婚姻时发下的誓言。可是，赫拉自己的婚姻却并不美满，爱吃醋的她讨厌宙斯所有的情人和她们的孩子。当她发脾气的时候，连无所不能的宙斯都要顾忌她三分。

赫拉是位端庄而优雅的姑娘，坐在华贵的黄金宝座上的赫拉显得格外美丽：一头秀美的鬈发从华冠上飞泻而下；漂亮的眼睛里充满智慧，似乎可以洞察一切；双臂洁白如雪；金色的鞋子闪闪发光。

宙斯仰慕这位美丽的姐姐，鼓起勇气向她求爱却被拒绝了：赫拉不喜欢宙斯之前所有的妻子。于是，宙斯制造了一场暴风雨，然后把自己变成了一只被淋得湿透的布谷鸟，可怜兮兮地飞到赫拉面前。

赫拉怜悯这只小鸟儿，救下了他，还把他抱在怀中为他取暖。就在这时，宙斯突然现出了原形，再次向她求婚，还发誓说："赫拉，我愿意与你分享我的权力与尊荣，从此以后，你将是我唯一的天后。"赫拉听信了宙斯的誓言，嫁给了宙斯，做了他美丽的新娘。

婚礼当天，赫拉收到了每一位神祇的礼物和祝福。宠爱她的大地女神盖亚送给赫拉的礼物是一株长满了金苹果的苹果树，而这棵树的神奇之处就在

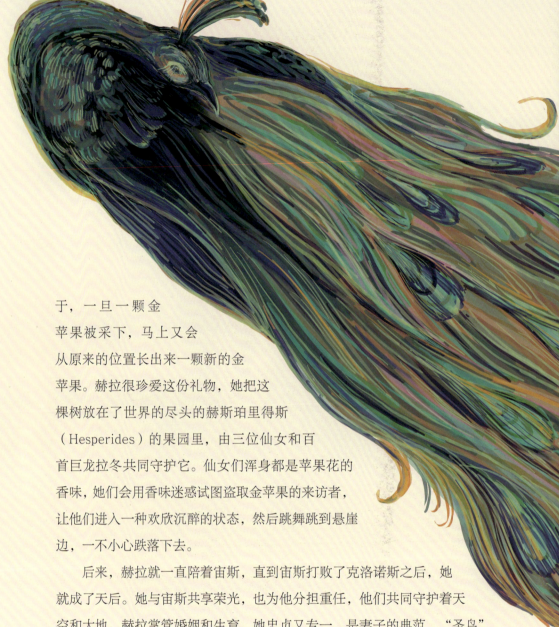

于，一旦一颗金
苹果被采下，马上又会
从原来的位置长出来一颗新的金
苹果。赫拉很珍爱这份礼物，她把这
棵树放在了世界的尽头的赫斯珀里得斯
（Hesperides）的果园里，由三位仙女和百
首巨龙拉冬共同守护它。仙女们浑身都是苹果花的
香味，她们会用香味迷惑试图盗取金苹果的来访者，
让他们进入一种欢欣沉醉的状态，然后跳舞跳到悬崖
边，一不小心跌落下去。

后来，赫拉就一直陪着宙斯，直到宙斯打败了克洛诺斯之后，她
就成了天后。她与宙斯共享荣光，也为他分担重任，他们共同守护着天
空和大地。赫拉掌管婚姻和生育，她忠贞又专一，是妻子的典范，"圣鸟"
孔雀和石榴都是她的象征。

可惜，身为丈夫的宙斯与赫拉不同，他浪漫又多情，喜欢美女，这让赫拉
非常伤脑筋。除了与宙斯吵吵闹闹，她没有别的办法能阻止宙斯寻找美女，只
能紧紧盯着他。久而久之，赫拉在忍无可忍之下，产生了报复心理，她想方设
法地为难宙斯其他的妻子和孩子，这也让赫拉背上了"善妒"的名声。

赫拉的报复和惩罚

　　天后赫拉从不会掩饰她的愤怒与忌妒，她常常会破坏宙斯与美女的幽会，并用自己的神力惩罚宙斯的情人，理亏的宙斯对她无可奈何。

　　暗夜女神勒托在怀孕的时候就曾被赫拉为难过，

大熊星座

赫拉不允许勒托在任何被太阳照耀到的土地上生育，勒托只能东躲西藏，到处流浪，却无法停留下来生下她的孩子。宙斯不得已请兄长波塞冬帮忙，波塞冬从海底抬起一座小岛——提洛岛（Delos），这才破解了赫拉的禁令，让勒托生下了狩猎女神阿耳忒弥斯和光明神阿波罗。

美丽的伊娥被宙斯变成了白色的小母牛，赫拉识破了宙斯的把戏，却装作不知道。她讨来了这头小母牛，交给百眼巨人阿尔戈斯（Argus）看管。后来，宙斯派赫尔墨斯去杀死了阿尔戈斯，释放了伊娥，可赫拉又派出一群牛虻，紧紧叮住伊娥不放。直到宙斯亲自恳求，赫拉才允许宙斯把伊娥变回人形，结束了伊娥的磨难。为了褒奖百眼巨人阿尔戈斯的忠诚，赫拉把他的一百只眼睛都点缀在了她最喜欢的鸟儿——孔雀的羽毛上。

赫拉还曾变成过一个老太太，去怂恿宙斯的情人——已经怀孕的忒拜公主塞墨勒（Semele），让她要求宙斯显露真身，以证实他的身份，验证宙斯对她的爱情。然而，宙斯的真身是凡人无法看到的，在他现出真身的时候，塞墨勒已经在耀眼的闪电中着了火，化为灰烬。赫拉就这样借助宙斯的手毁灭了自己的情敌，而那个已在腹中的孩子则被宙斯救了下来，他就是最年轻的主神——酒神狄俄尼索斯。

仙女卡利斯托（Callisto）为宙斯生下了一个儿子阿尔卡斯（Arcas），这让赫拉的妒火又熊熊燃烧起来。她把卡利斯托变成了一头母熊，并设计让卡利斯托与已成为猎手的儿子相遇。不明真相的阿尔卡斯并不知道眼前的大熊就是他的母亲，他兴奋地举起长矛就要刺下去，正在惨剧要发生的那一刻，宙斯出手相救，把他们变成了

小熊星座

天空中的大熊星座和小熊星座。忌妒的赫拉仍不肯罢休，她说服了海洋女神忒提斯，让他们永远只能在天空中徘徊，不能落到地平线以下，不能在海洋中休息。

赫拉也会惩罚那些给宙斯提供帮助的仙女。小仙女厄科（Echo）饶舌而调皮，宙斯就请厄科帮他缠住赫拉，好留出时间让宙斯和他的情人逃走。厄科成功地帮助了宙斯，却得罪了赫拉。愤怒的赫拉诅咒厄科，让她再也没办法主动开口讲话，只能重复别人说过的话的最后几个字。这就是"回声"（echo）的由来。

赫拉最讨厌的人类英雄就是宙斯和底比斯王后阿拉克涅（Alcmene）的儿子赫拉克勒斯（Heracles）了。尽管"赫拉克勒斯"这个名字是"赫拉的荣耀"的意思，他还是遭到了女神三番五次的严厉报复，直到赫拉克勒斯经历重重磨难，成为奥林匹斯山上的大英雄为止。

不过，同样是人类的英雄，求取金羊毛的伊阿宋（Easun）却享有女神赐予的好运与荣耀。赫拉在考验了伊阿宋的品质之后，认定他是一个善良勇敢、值得托付的年轻人，因此她运用神力不断帮助伊阿宋，还让雅典娜帮他造了大船"阿尔戈号"（Argo）。只是，当伊阿宋为了权力见异思迁、抛弃发妻美狄亚（Medea）之后，作为婚姻女神和女性保护神的赫拉非常生气，不再庇佑他，最终伊阿宋悲惨地死去了。

赫拉爱憎分明的个性展示了她充沛的生命力，在她的神力中，既有着威严与安详，又不可避免地有骄傲任性的成分。

Aphrodite

爱与美之神阿佛洛狄忒

一个洁白的大贝壳托起了她，海藻点缀着她的纤足。

浪花中诞生的爱与美之神

在奥林匹斯山上的诸神中，爱与美的女神阿佛洛狄忒是比较神秘的一位，大家只知道她诞生于大海的泡沫之中，一个洁白的大贝壳托起了她，海藻点缀着她的纤足。西风最先发现她，吹拂着送她来到了陆地。

阿佛洛狄忒在塞浦路斯岛（Cyprms I.）上岸，女神所行之处留下芳草如茵、鲜花朵朵。

奥林匹斯山上，季节三女神打开了大门，迎接这位最美丽的女神。她们给她穿上了华丽的长袍，帮她戴上了精致的金冠，用晶莹的珠宝装饰了女神柔软的脖颈和小巧的耳垂。诸神和人类都称她为阿佛洛狄忒，意思就是"浪花所生的女神"。

美丽的阿佛洛狄忒每一个曲线都那么圆润可爱，每一个步伐都像满月一样美好，众神看到她时都震惊了。赫拉看到宙斯的眼神，马上开口让宙斯给阿佛洛狄忒找个丈夫，宙斯点点头同意了。于是，众神开始为阿佛洛狄忒该嫁给谁争论不休。

阿波罗首先开口说道："美丽的阿佛洛狄忒，如果您愿意做我的妻子，您将住在大地最东端我的宫殿里面，与您相伴的是音乐和诗歌，还有这世上最美好的事物。"

波塞冬上前一步说道："据我所知，阿佛洛狄忒是在大海的泡沫里诞生的，她应该属于我。而且，我——波塞冬——承诺给您在海洋的最深处造一座官殿，您还可以拥有随意驾浪远行、到世界任何一个角落的权力。"

众神一个又一个轮流强调阿佛洛狄忒应该是自己的伴侣，直到火神赫菲斯托斯在赫拉的怂恿下也来到阿佛洛狄忒面前。面对最美丽的女神，老实巴交的火神局促极了，他嗫嚅着："阿佛洛狄忒，我、我会尽可能做个好丈夫，认真工作。"

美丽的女神仰头发出一串银铃般的笑声，然后，她拥抱了赫菲斯托斯，吻了一下他的面颊。就这样，阿佛洛狄忒成了赫菲斯托斯的妻子。不过，也有人说，是赫拉一力主张把阿佛洛狄忒嫁给赫菲斯托斯的，阿佛洛狄忒自己并不愿意，她心仪的其实是赫拉和宙斯的另一个儿子——战神阿瑞斯。

赫拉主持了阿佛洛狄忒和赫菲斯托斯的婚礼，赫菲斯托斯也向自己的妻子献上了一条精心打造的魔力腰带，阿佛洛狄忒的魅力在这条腰带的帮助下可以增长十倍。这件礼物是阿佛洛狄忒特别引以为傲的，就连赫拉也想要借来用用。

阿佛洛狄忒出生在塞浦路斯岛附近，如今，在塞浦路斯岛附近海域的海面上有几块巨大的礁石，据说女神就出生在这些礁石之间。这些巨石已成为游客到塞浦路斯岛必看的景点，凭此遥想阿佛洛狄忒诞生时的情景。

阿佛洛狄忒与金苹果

金苹果，是希腊神话中著名的宝物。金苹果最早出现在宙斯和赫拉的婚礼上，是大地女神盖亚送给赫拉的结婚礼物；赫拉克勒斯也曾经在普罗米修斯的指点下找到了三个金苹果；阿佛洛狄忒还曾赐予希波墨涅斯（Hippomenes）三个金苹果，帮助他赢得了阿塔兰忒（Atalanta）。不过，金苹果也曾造成过纷争，成为著名的特洛伊战争的导火索。

在人类英雄珀琉斯（Peleus）和海洋女神忒提斯的婚礼上，不和女神厄里斯（Eris）因为没有收到邀请而产生了怨恨。于是，她把一个写有"献给最美的女神"的金苹果放在婚宴上。三位女神——赫拉、雅典娜、阿佛洛狄忒都认为自己才有资格拥有这个金苹果，宙斯没有办法决断，只能让特洛伊（Troy）的王子帕里斯（Paris）来决定。最后，帕里斯把金苹果给了阿佛洛狄忒，从这一刻起，他得到了阿佛洛狄忒的照拂，不久之后就赢得了希腊第一美女海伦的爱情；也是从这一刻起，帕里斯和他的城邦特洛伊成为赫拉和雅典娜的敌人，两位女神的怒火使特洛伊城和特洛伊人付出了惨痛的代价。

爱上雕像的皮格马利翁

皮格马利翁（Pygmalion）是塞浦路斯岛上的一位国王，也是一位天才的雕刻师。他不喜欢塞浦路斯的凡间女子，一直过着独身生活。

有一次，皮格马利翁得到了一整块象牙，他决定把这块难得的材料雕刻成一个他心目中最美丽纯洁的少女。艺术家夜以继日地努力，最大限度地发挥了自己的技巧，一座洁白的象牙少女终于雕刻成功了。

在皮格马利翁眼里，象牙少女要比世上任何一个女子都要可爱，她肤色细腻洁白，举止谨慎有度，简直就是他心目中最完美的伴侣。皮格马利翁为他的象牙少女取了个名字叫作加拉泰亚（Galatea），为她买来美丽的衣裙，佩戴上各种漂亮的首饰。每天回到房间，皮格马利翁都会像对待自己的妻子一样跟加拉泰亚说很多甜蜜的情话，送她一些可爱的小礼物——有时是玲珑的贝壳，有时是圆润晶莹的石子，有时是娇艳的鲜花，有时是一只可爱的小鸟，有时是一串剔透的琥珀珠串。

久而久之，加拉泰亚渐渐被打扮成了一位明媚动人的少女，她身上披着轻柔的长袍，手指上佩戴着珍贵宝石镶嵌的戒指，珍珠装饰着她的耳垂，吊坠垂在胸前。皮格马利翁还为她特制了一张紫色丝绸的躺椅，加拉泰亚斜靠在柔软的鹅绒靠垫上，感觉就像一个活生生的少女，随时都会站起来一样。

皮格马利翁不可遏制地爱上了自己的雕刻作品，他每天都被这种绝望的爱火炙烤着，不知道有什么办法可以获得解脱。终于，他来到了阿佛洛狄忒的祭坛前虔诚祈祷："伟大的阿佛洛狄忒，美丽的阿佛洛狄忒，我诚心地向您祈祷，请您原谅我从前的无知和愚蠢，赐我一位美丽的新娘吧！"皮格马利翁心中想着，最好和我的象牙女孩加拉泰亚一样，但是谨慎的他并没有说出口。

阿佛洛狄忒不仅听到了他的祈祷，也听到了他心中所想，出于对被爱情折磨的凡人的怜悯，她满足了皮格马利翁的愿望。

皮格马利翁回到家里，像往常一样跟加拉泰亚聊天说话，当他触碰她的手，他发现加拉泰亚的手是有温度的，细腻的皮肤下面似乎有蓝色的血管，她美丽的嘴唇更加红润，似乎能听到她心跳的声音。皮格马利翁的心狂跳不止，又是惊讶，又是不敢相信：难道他的梦想真的实现了吗？他伸出手抚摸着加拉泰亚的脸庞和嘴唇，而加拉泰亚，是的，她活过来了，女神赐福于她，给予了她生命。她红着脸抬起头，第一次看见了这个世界和皮格马利翁。

这对有情人跪下感念阿佛洛狄忒的神力和成全，他们结婚了。一年后，他们的女儿帕福斯（Paphos）出世了，塞浦路斯岛上的一个行政区域从此也被叫作"帕福斯"。后来，人们从这个故事中总结出了"皮格马利翁效应"（Pygmalion Effect）这个词，来描述期望和赞美能够创造奇迹。

Poseidon

海神波塞冬

他喜欢马，更喜欢驾着自己雪白的马队四处游荡。

　　海洋之神波塞冬是大海的代称，他的性格也像海洋一样，喜怒无常。当他平静的时候，大海是深远辽阔、静谧而深邃的；而当他暴怒的时候，海上就会波涛汹涌，怒号的狂风掀起如山的巨浪。

　　波塞冬刚一出生就被父亲克洛诺斯吞进了肚子，后来被他的弟弟宙斯救了出来。从那一刻起，波塞冬就成了宙斯的忠实盟友。独眼巨人们帮他打造了他的标志性武器——三叉戟。这柄武器威力巨大，只要他把它在地上一蹾，大地就会震颤着裂开巨大的裂缝；他把它在海中一挥，就能召唤海上风暴，引起惊天动地的海啸。凭着这件武器，波塞冬帮助宙斯取得了十年泰坦之战的胜利。在那之后，宙斯把整个世界分成了三个部分，波塞冬与兄弟宙斯和哈得斯通过抽签的方式决定了自己的领地：宙斯抽到了天空和大地，波塞冬抽到了蓝色的海洋，而哈得斯抽到了暗黑的冥界。就这样，波塞冬成了海洋之神。

　　波塞冬带着极大的热情投入了海神的角色，他用黄金和宝石在海床上打造了华丽的宫殿，又娶了一位老海神的女儿做妻子，她叫安菲特里忒（Amphitrite）。据说，波塞冬第一次见到她的时候，就被她的美貌和舞姿所打动，将她带回了自己的宫殿。于是，安菲特里忒就成了海洋中的王后，也是所有海洋动物的保护女神。

然而，波塞冬是一个坐不住的神，他喜欢马，更喜欢驾着自己雪白的马队四处游荡，据说马就是他按照奔腾的海浪的样子所创造的。久而久之，骏马也成了波塞冬的象征。喜欢四处游荡的波塞冬和弟弟宙斯一样，有很多妻子和孩子，但安菲特里忒并不像赫拉那样善妒。

波塞冬曾倾心于美杜莎（Medusa），并和她生了一个儿子——神马珀伽索斯（Pegasus），那是一匹银白色的飞马，身形俊美而优雅，是缪斯女神的忠实伙伴。直到人类英雄珀尔修斯（Perseus）杀死美杜莎，珀伽索斯才随着美杜莎的鲜血喷涌而出。波塞冬还曾有过两个巨人儿子奥特斯（Otos）和艾菲亚特斯（Ephialtes），预言说他们无法被任何凡人或神祇杀死，因此这两个巨人儿子长大后非常自负，他们向宙斯挑衅，还把战神阿瑞斯抓住，塞进了一个青铜罐子里。最后还是狩猎女神阿耳忒弥斯想出了办法，才平息了这场叛乱。

除此之外，波塞冬还有很多孩子，大都是好斗的男子汉。他是个疼爱孩子的父亲，会保护自己的儿子们，也会为了儿子与众神争论不休，尽管他们或许并不需要这位父亲的保护。波塞冬与安菲特里忒的儿子名叫特里同（Triton），那是一条漂亮的人鱼，有一条鱼尾巴，是海中的信使，就像赫尔墨斯是宙斯的信使一样。

波塞冬的愤怒和报复

信仰波塞冬的人们相信，只要他们虔诚地崇拜，波塞冬就可以保佑出航的船只，让人们平安归来。为了取悦海神，人们常常会为波塞冬进献他所喜爱的骏马。而对海神不敬的人，则会招致这个脾气暴烈的神明愤怒的报复。

特洛伊国王拉俄墨冬（Laomedon）就曾亲身体会过这一点。因为得罪了宙斯，波塞冬和阿波罗曾被宙斯惩罚去为拉俄墨冬修筑特洛伊的城墙。两位大神扮作平凡人的模样，与拉俄墨冬讲定报酬，答应为他服苦役一年。可是，当城墙修筑好之后，拉俄墨冬却当场赖账，不肯给报酬。阿波罗愤愤而去，波塞冬却痛恨自己受到这样的欺骗和侮辱，在怒火驱使之下命令一只巨大的海怪前去骚扰特洛伊。犯下大错的拉俄墨冬没了法子，为了平息海神的愤怒，只好献出自己美丽的女儿。

克里特国王米诺斯（Minos，宙斯和欧罗巴的儿子）虽以智慧和公正而著名，但他也曾触怒过波塞冬。据说在米诺斯虔诚向海神祈祷的时候，波塞冬从海中升起一头美丽的公牛，承认了米诺斯的国王地位。同时，他也命令米诺斯把这头公牛献祭给他，以证明米诺斯对海神的崇敬。然而，米诺斯却并没这样做，克里特崇拜牛，这头美丽的公牛更是珍稀，他偷偷把这头公牛留下来，然后用一头普通的公牛来敷衍海神。被这一无礼行为激怒的波塞冬使用神力，让米诺斯的王后生下了一头半牛半人的怪物。

波塞冬还惩罚过特洛伊战争的大英雄奥德修斯（Odysseus），因为奥德修斯弄瞎了他的儿子波吕斐摩斯（Polyphemus）的双眼。在战争结束后，广阔的海洋被操控着，将奥德修斯一次一次地带往绝境，让他尝遍失去伙伴、颠沛流离的痛苦。奥德修斯在海上整整漂泊了十年，历经无数艰难险阻，才终于回到了家乡。

海神波塞冬的愤怒很少会虚张声势，常会表现为大震荡或大灾难。他有时会被称为"撼地者"，就是因为他在毁灭一座城市的时候，会先用地震来摧毁，再用毁灭性的海啸淹没一切。不过，他心情好的时候，就会抚平大海上所有的波澜，并从中抬升出新的陆地。

Demeter

农业女神得墨忒耳

她欢喜地奔向女儿，荒芜的大地瞬间回春，万物复苏，一切都又开始欣欣向荣。

给予大地生机的女神得墨忒耳

将种子埋进温暖湿润的土壤，它就会发芽。在古希腊，人们会把这当成女神得墨忒耳的功绩。郁郁葱葱的果树结出丰美的果实，菜园里长出脆嫩可口的蔬菜，人们也相信是得墨忒耳发挥了她的神力。到了秋天，田野里一片金黄，那也是得墨忒耳默默付出的成果。

跟奥林匹斯山上的其他女神不太一样的是，农业和丰收女神得墨忒耳更喜欢在广袤的大地上漫游，帮助人们种植、收获谷物，选育、培养果树。当然，她在凡间的时候通常会采用各种各样的伪装，因为女神的装束实在是过于华美炫目了——她通常坐在两条巨龙拉着的战车里，身着绿色的长袍，而她卷曲的金色长发则随意地披在肩上。

这位端庄的女神既能让土地肥沃、五谷丰登，也能令万物凋零、寸草不生，因此在很早的时候就得到了人们普遍的敬重和崇拜。

得墨忒耳与女儿珀耳塞福涅

得墨忒耳只有一个女儿，是与宙斯生下的，名叫珀耳塞福涅。她有着和母亲一样金灿灿的头发。她从小在奥林匹斯山上长大，而她的母亲非常疼爱她，每当得墨忒耳坐在自己金色的宝座上时，都会把珀耳塞福涅放在自己的腿上。

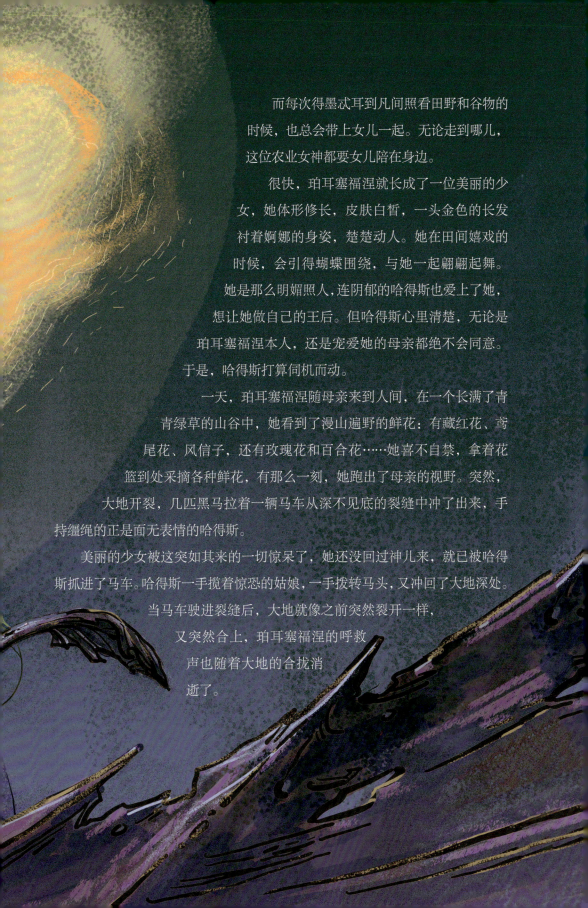

而每次得墨忒耳到凡间照看田野和谷物的时候，也总会带上女儿一起。无论走到哪儿，这位农业女神都要女儿陪在身边。

很快，珀耳塞福涅就长成了一位美丽的少女，她体形修长，皮肤白皙，一头金色的长发衬着婀娜的身姿，楚楚动人。她在田间嬉戏的时候，会引得蝴蝶围绕，与她一起翩翩起舞。她是那么明媚照人，连阴郁的哈得斯也爱上了她，想让她做自己的王后。但哈得斯心里清楚，无论是珀耳塞福涅本人，还是宠爱她的母亲都绝不会同意。于是，哈得斯打算伺机而动。

一天，珀耳塞福涅随母亲来到人间，在一个长满了青青绿草的山谷中，她看到了漫山遍野的鲜花：有藏红花、鸢尾花、风信子，还有玫瑰花和百合花……她喜不自禁，拿着花篮到处采摘各种鲜花，有那么一刻，她跑出了母亲的视野。突然，大地开裂，几匹黑马拉着一辆马车从深不见底的裂缝中冲了出来，手持缰绳的正是面无表情的哈得斯。

美丽的少女被这突如其来的一切惊呆了，她还没回过神儿来，就已被哈得斯抓进了马车。哈得斯一手揽着惊恐的姑娘，一手拨转马头，又冲回了大地深处。当马车驶进裂缝后，大地就像之前突然裂开一样，又突然合上，珀耳塞福涅的呼救声也随着大地的合拢消逝了。

一切快得令人迷惑，让人怀疑自己的眼睛。而当得墨忒耳赶到的时候，山谷里早已没有了女儿的身影。没有人说得清楚到底是谁劫走了珀耳塞福涅，因为没有人看清楚发生了什么。

被掳劫的珀耳塞福涅被哈得斯带到了他阴沉的地下宫殿，心不甘情不愿地当上了冥后。哈得斯送给她无数财富和珠宝，但这一切都丝毫不能打动和抚慰珀耳塞福涅的心，她想要的是阳光普照的大地、遍地鲜花的田野，还有她亲爱的母亲。

冥界是荒芜的，和外面的世界完全不同。这里的树木既不开花，也不结果子。唯一一棵结果子的树长在哈得斯的花园里，那是一棵很小的石榴树。哈得斯命人把石榴果献给王后，但珀耳塞福涅却并不肯吃。她不肯说话，不肯笑，一心只想回到母亲身边。

冥界之外，同样伤心的还有母亲得墨忒耳。凭空失去了女儿的她疯狂地在大地上游走、哭号，日夜不停地寻找。世间万物都与她同悲，树木枯萎、鲜花凋落，谷物不再生长，大地上万物颗粒无收。人们开始挨饿，甚至不再有祭品可以奉献给众神。众神请求得墨忒耳让大地再次恢复生机，但她拒绝让任何东西生长，除非她能找到自己的女儿。

伤心的得墨忒耳找到太阳神赫利俄斯，询问道："赫利俄斯，假如您还记得我的辛劳曾经给您带来愉悦，就请您告诉我，是谁劫走了我可爱的女儿？我的眼睛并没有告诉我真相，但是在您的光芒之下，真相无所遁形。"

赫利俄斯回答道："出于对您的敬重，对您境遇的同情，我愿意告诉您发生了什么：冥王哈得斯劫掠了您的女儿，因为他缺少一位美丽温柔的妻子。不过，我觉得您可以收起悲伤和愤怒，珀耳塞福涅能成为冥后，也是一桩好事。"赫利俄斯说着就驾好了他的太阳战车，一声吆喝，战车飞驰而去。

了解了真相的得墨忒耳并没有平静下来，反而更加愤怒。她带着怒意扯破了自己的头纱，又把鬓间代表谷物丰收的麦穗扯成碎片，将一身绿衫换成了黑袍。一瞬间，她化身成了外貌最普通不过的一位老妇人。她发誓，只要哈得斯不把女儿还回来，她就不再返回奥林匹斯山，不再参加众神的饮宴。她在人间四处游荡，呼唤着寻找女儿的身影，却漠视一片荒芜的大地。

万能的众神之王宙斯看到了人间的惨状和得墨忒耳的悲伤，他无法眼睁睁看着人间世界就这样毁灭，于是派了赫尔墨斯去冥界找哈得斯，让哈得斯将珀耳塞福涅还给得墨忒耳。宙斯是众神之王，作为大哥的哈得斯也不敢违令，只能不情愿地答应了。

珀耳塞福涅高兴得跳起来，步伐轻盈地跟着赫尔墨斯离开了冥界。但听完仆人汇报的哈得斯却在她身后露出了微笑。原来，珀耳塞福涅在冥界期间，曾经在心神恍惚之下，不小心吃了四颗石榴籽。这就使得她不能永远留在光明的世界，不得不回到冥界来。

当珀耳塞福涅回到地面上时，得墨忒耳一下子跳了起来，她欢喜地奔向女儿，荒芜的大地瞬间回春，万物复苏，一切都又开始欣欣向荣。那个悲伤的老妇人不见了，光芒四射的女神重回人间。

然而，她们很快便发现了悲伤的现实：珀耳塞福涅吃下了四颗属于冥界的果实。这意味着，每年她将有四个月的时间不得不待在冥界。

因此，每当珀耳塞福涅被迫返回冥界时，大地上万物枯竭，一片萧条。这就是冬天的来历。而珀耳塞福涅回到母亲身边时，整个大地又会处处生机勃勃。

得墨忒耳惩罚厄律西克同

　　得墨忒耳作为自然女神，向来要求凡间的人们敬畏自然，不能有贪婪之心。但是，一个名叫厄律西克同（Erysichthon）的人却不能遏制自己的贪念，为了给自己盖一间可以用来招待朋友的宽敞大厅，他贪婪的眼睛盯住了女神得墨忒耳的神树——一棵种在一片圣林中的巨大橡树。

厄律西克同本来就是一个不敬神的人。因此，尽管女神不断显现对这棵巨大橡树的喜爱，厄律西克同还是决定动手砍伐这棵神树。

当他的斧子砍向树干的时候，鲜红的血液从树干中喷涌而出，就像砍到了一个人一样。一个声音清晰地说道："我，不是别人，正是得墨忒耳女神最喜爱的橡树女仙，收起你的贪念，否则的话，女神会惩罚你的！"

这番话对厄律西克同没有任何用处，他丝毫没有为之所动，而是继续挥舞手中的斧子。终于，巨大的橡树倒向地面，发出隆隆的巨响。

得墨忒耳得知这件事后怒火中烧，她开始用一种奇怪的方法惩罚厄律西克同：女神的诅咒让他从那之后一直会感到饥饿，但永远不会被满足。饥饿之神在厄律西克同睡觉的时候悄悄潜入他的房间，用自己皮包骨头的手臂把他抱在怀里，向他的喉咙里吹进了饥饿的精气。等厄律西克同醒来时，立刻，一种巨大的饥饿感就抓住了他。他马上叫家人端来各种食物，大吃大嚼起来，边吃边抱怨，他有多么饥饿。只不过，他吃得越多就越饿，就像河水与溪流的汇入永远填不满大海一样。

厄律西克同的无底洞肚子很快就让他家里的财产见了底，为了吃东西，他甚至卖掉了自己的亲生女儿迈斯特（Mestra）。迈斯特不能忍受自己沦落为奴隶的命运，向波塞冬求助说："波塞冬，求求您救救我，成为奴隶的生活我一天也过不下去了！"波塞冬垂怜这个可怜的女孩，帮助她变身逃脱了。厄律西克同看到女儿回到家中，立刻意识到这是一种奇妙的生财之法，他一次次地把迈斯特带到市场上卖掉，然后让她变身之后再逃回来。迈斯特曾经变成过母马、母牛、一只美丽的鸟儿和一头母鹿。

尽管这种方法也给厄律西克同带来了不少收入，最终，他还是家财耗尽，没办法对抗女神的惩罚了。这个愚蠢而又可怜的人就开始一口一口地吃自己的肉，直至死亡。古希腊人认为，厄律西克同是世界上最饥饿的人。

女神对厄律西克同严厉的惩罚，在于他不仅放纵自己的贪念，还狂妄地冒犯了神灵。这是得墨忒耳无法容忍的。

Hephaestus

火神赫菲斯托斯

众神都很喜欢他，经常到他的作坊里参观，欣赏他那些无与伦比的作品。

　　赫菲斯托斯是宙斯和赫拉的儿子，也是奥林匹斯山上的火焰与锻造之神。他的技巧非常高超，制造了许多著名的神兵利器，也为女神们打造了许多精美的饰物。

　　与其他俊美的神不同，赫菲斯托斯长得并不好看，他高大、壮实，手臂和肩膀孔武有力，一只腿却是跛的，走起路来像一团火焰一样，一跳一跳的。不过，因为他性情温和，热爱和平，又有高超的打造技艺，不管是在奥林匹斯山，还是在人间，都很受欢迎。

　　据说，赫菲斯托斯刚出生的时候，长得皱皱巴巴、奇丑无比，还十分虚弱多病。这让赫拉非常不高兴，她一挥手就把赫菲斯托斯从奥林匹斯山上抛了出去。赫菲斯托斯落在了海洋里，被温柔的海洋女神忒提斯收养了九年。海洋女神抚养他长大，而赫菲斯托斯在海洋的岩洞中开始为忒提斯打造别致的别针、精美的杯子和闪闪发光的项链。

　　有一天，赫拉无意中看到了忒提斯漂亮的首饰，这才知道原来打造者就是赫菲斯托斯。她后悔自己之前的粗暴行为，提出要把赫菲斯托斯接回奥林匹斯山来，还要给他提供更好的铁匠作坊，便于他继续打造。赫菲斯托斯考虑了一段时间之后，还是决定回奥林匹斯山去。

　　赫菲斯托斯是骑着一头驴子回到奥林匹斯山上的。古希腊很多陶瓶上都会有这样的图画：一个年轻人手执打铁用的铁砧和火钳，骑着一头驴子赶路，这位就是赫菲斯托斯。

宙斯乘闪电而来，波塞冬驾着他雪白的马队，得墨忒耳驾着由两条巨龙拉着的飞车，神使赫尔墨斯有一双会飞的鞋子（这双鞋子就是赫菲斯托斯为他打造的）。众神中骑着驴赶路的，大约也只有赫菲斯托斯。

在奥林匹斯山上，赫菲斯托斯和赫拉正式和解了。为了补偿儿子，赫拉对他关怀备至，还把爱与美的女神阿佛洛狄忒嫁给了他。在那之后，赫菲斯托斯对母亲赫拉非常忠诚。甚至有一次，在赫拉与宙斯争吵的时候，赫菲斯托斯站在了母亲这一边，为了母亲指责宙斯。愤怒的宙斯毫不留情地惩罚了赫菲斯托斯，一脚把他踢出了奥林匹斯山。这一次，赫菲斯托斯在空中飞行了一整天，最后"砰"的一声掉在了地上。他摔得很重，也就是这一次，他的腿被摔坏了，再也不能复原了。

赫菲斯托斯坠落的地方，就在西西里岛一直喷涌着岩浆的埃特纳火山附近。于是，赫菲斯托斯就把自己的锻炉安排在了那儿，这也是他又被称为火山之神

的原因。独眼巨人们都成了他的帮手，他们帮他鼓动风箱，挥动沉重的大铁锤。赫菲斯托斯在那里创造了很多精巧的新奇玩意儿：有会走路的三角凳、青铜制作的机器人，等等。那些机器人外表金光闪闪，和正常人没什么两样，不但可以到处走动、帮忙做事，它们甚至还会讲话呢。

后来，宙斯消了气，原谅了赫菲斯托斯，让他重回了奥林匹斯山。众神都很喜欢他，经常到他的作坊里参观，欣赏他那些无与伦比的作品。赫菲斯托斯打造过的著名作品有很多，有宙斯锁住普罗米修斯千年不坏的锁链、太阳神的太阳战车、小爱神厄洛斯的金箭和铅箭、信使神赫尔墨斯的飞天鞋子，还有他为妻子阿佛洛狄忒打造的那条魅力增长十倍的腰带，等等。另外，他还打造过一条附着诅咒的项链——"哈耳摩尼亚的项链"（Harmonia's Necklace），这条项链可以让人容颜不老，但它为它所有的拥有者都带来了不幸，直到它被人们献给德尔斐（Delphi）神庙为止。

赫菲斯托斯曾打造过一位青铜巨人塔罗斯（Talos），他浑身上下都由青铜打造而成，所向无敌。他的血管只有一根，从颈部通下去，直到膝盖，血管里装着赫菲斯托斯给他的生命之水。

塔罗斯是宙斯送给欧罗巴或者米诺斯的礼物，护卫着克里特岛的安全。它会每天围绕克里特岛走上三圈，一旦发现入侵者，就用大石块猛砸他们的船只，赶走他们；对付那些上了岸的入侵者，塔罗斯就跳到火中，把自己烧得通红，猛地扑上去拥抱这些陌生人，使他们受炙烤而死。不过，这个威力强大的机械巨人，最终还是被"阿尔戈号"的英雄们杀死了。

Athena

智慧女神雅典娜

她就是最聪明的女神雅典娜，智慧与力量的完美结合。

被宙斯生出来的女神雅典娜

智慧女神雅典娜是宙斯和慎思女神墨提斯的女儿，是宙斯最喜欢的孩子。她的诞生非常传奇，因为她是被父亲宙斯生出来的。

雅典娜的母亲墨提斯是宙斯的第一位妻子。她足智多谋，宙斯在很多问题上都采纳了她的高明建议，因此很依赖她。在她怀孕的时候，大地之母盖亚的一条神谕说：墨提斯和宙斯的第一个孩子将是个女孩，她的智慧和力量会匹敌宙斯本人；而他们的儿子则会取代宙斯，成为新的神王。

听到这条神谕，宙斯烦恼极了。一方面，他十分需要墨提斯；另一方面，他又害怕他们的孩子会像他推翻父亲克洛诺斯那样推翻他。想来想去，最终，他决定将墨提斯吞进肚子里。

墨提斯被宙斯吞下后，就移动到了宙斯的脑袋里，从那之后，她就与宙斯融为一体，成了宙斯的思想和意志。她一边继续为宙斯出谋划策，一边在宙斯的脑袋里打铁，为女儿雅典娜铸造了一身盔甲。产期将近时，宙斯感到剧烈的头痛，他痛苦地号叫起来："啊！我的头要炸了！受不了了！"

众神被宙斯的惨叫声惊动，纷纷跑过来看望他。阿波罗司掌医药，他试图医治父亲，却毫无作用。宙斯头痛欲裂，只想把脑袋打开来，看看里面到底怎么了。他喊道："赫菲斯托斯！"

火神赫菲斯托斯站了出来："父亲，什么事？"

"帮我把我的头打开吧！"

"打开头？"火神吃了一惊，"我只会打铁，可不会打头呢。"

"都差不多，快点呀！我可疼得受不了了，我命令你打开我的头！"

在父亲的催促下，火神只得答应下来。他抓起一把斧头，朝着宙斯的头用力劈了过去。

轰隆隆！一阵雷声过后，宙斯只觉得脑中忽然一轻，好像有什么跳了出去，头也完全不痛了。赫菲斯托斯这一斧并没有伤害到他。他诧异地抬头望去，只见一位光彩照人的美丽女神出现在他头顶上方，她身着盔甲，手握长枪和盾牌，一双灰色的眸子闪闪发光。宙斯立刻知道这是自己与墨提斯的女儿——虽然她已经完全长大了。她就是最聪明的女神雅典娜，智慧与力量的完美结合。

雅典娜成为雅典的守护神

一天，雅典娜独自出游人间，看到希腊中部的一座城市刚刚建成，一片繁荣兴旺的景象。她一见便十分喜欢，自言自语说："我要用我的名字来给这座城市命名，我要成为这座城市的守护神。"

不巧的是，雅典娜的伯父——海神波塞冬也看上了这座城市，也想把这座城市据为己有。于是他们为此争吵起来，谁也不肯让步。这件事被宙斯知道了，他想了一个办法：让雅典娜和波塞冬比试一下，他们分别送给这里的人们一件礼物，谁的礼物更好，谁就能拥有这座城市。

雅典娜和波塞冬考虑过后，都同意了这个提议。按照约定，两位神带领着一大群雅典的市民，登上了城市边缘处耸立的一块平顶岩石。然后，比试就开始了。

先上场的是波塞冬，他用他的三叉戟在岩石上猛烈地击了一下，清澈的泉水便从他所击之处源源不断地涌出来。人们看到这样的神迹，不由得欢呼起来。但紧接着，人们发现这泉水并不能饮用，也不能灌溉——因为波塞冬是海神，泉水又咸又涩。咸的泉水，又能用来做什么呢？

轮到雅典娜了，只见她用自己的长矛在地上戳了一下，在她戳过的地方立刻长出了一棵橄榄树，树上结满了果实。雅典娜不紧不慢地说："这棵树叫橄榄树，是我送给人们的礼物。它的幼苗将会给这座城市披上翠绿的衣裳，它的果实会让人们远离饥饿，而它的枝条则会成为和平的象征。"

市民们开始投票。男人们倾向于选择波塞冬，而女人们却强烈主张选择雅典娜，因为这是雅典的人们第一次见到橄榄树。雅典娜最终获得了胜利。于是，雅典娜成为这座城市的保护神，她与她肩头上那只聪明的猫头鹰一起，守护着这座城市，而这座城市也因此被命名为"雅典"（Athens）。

从那之后，雅典成了美和知识的家园，遵循雅典娜的指引，艺术、文学和科学都在这里蓬勃发展。雅典人为他们敬爱的女神建造了雄伟壮丽的帕特农（Parthenon）神庙——它现在还矗立在那里，是古希腊最著名的建筑物之一。

雅典娜与纺织女阿拉克涅

雅典娜除了是著名的战神、智慧女神之外，也是艺术工艺女神，是她发明了纺织这项技艺，并把它教给了人类。

有个叫阿拉克涅（Arachne）的人间少女，纺织的技艺十分精湛。每当人们欣赏她的纺织作品时，都会由衷地赞叹："这么精致的织品，简直不像人间之物，倒像是出自雅典娜之手呢！"

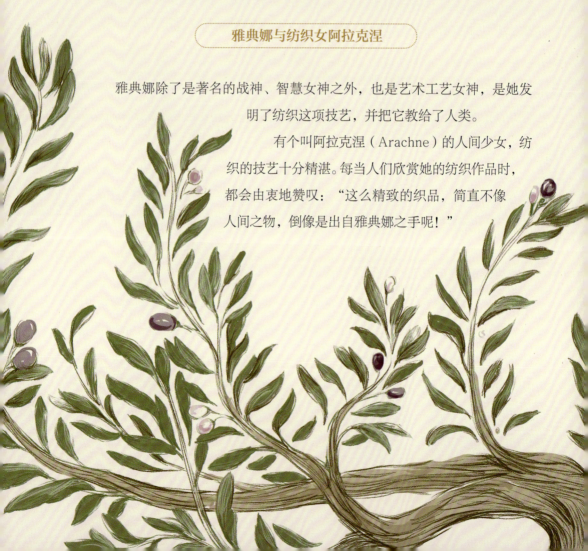

然而，听到这么高的赞誉，阿拉克涅非但没有高兴，反而板起面孔："这对我并不是一种夸奖啊！雅典娜的技艺会比我更好吗？我可不这么认为。"

　　这话伤害了女神雅典娜的自尊和骄傲。于是，她变成了一个老妇人，来到了阿拉克涅面前。"你手艺真好，"她说，"但是我诚心诚意地劝告你，年轻的姑娘，你如果喜欢，就和你的人类同胞去比试，千万不要和女神争高低。"

　　阿拉克涅停下了手中的活儿，"收起你的忠告吧，"她说，"我不怕那位女神，如果她敢的话，就让她来与我比试比试好了，看看到底是谁的技艺更精湛！"

　　雅典娜再也容忍不下去了，她气愤地现出了真身。"就如你所愿吧，骄傲自大的女孩，"她说，"在你的织布机前坐下，我们来比一比！"

　　她们开始了比赛，她们的双手飞快地穿梭在织布机上，精巧的图案渐渐展现出来。雅典娜织出了最华丽的挂毯，针脚严丝合缝，颜色鲜艳欲滴，她织的是无比庄严、拥有无限荣耀的奥林匹斯山众神的图案，宙斯威风凛凛地端坐在正中心。

　　阿拉克涅的挂毯织得也很漂亮，雅典娜看了也不得不承认这女子的技艺无懈可击。但看看她在挂毯上织的都是些什么啊！那是取笑宙斯和他众多妻子的图案，明显地表现出阿拉克涅的傲慢和对神的不敬。

雅典娜虽然佩服她的手艺，但无法容忍她对神的侮辱。愤怒的女神把挂毯撕得粉碎，并用梭子猛烈地击打阿拉克涅。

阿拉克涅立即感到自己的头缩下去了，体形也变小了，她那灵活的手指则变成了很多细长的腿。傲慢自大的阿拉克涅就这样被雅典娜变成了一只蜘蛛。

"不自量力的姑娘，继续纺你的线，永远去织你那张空网吧！"雅典娜严厉地说。阿拉克涅之所以受到这样的惩罚，并不仅仅因为她挑战了雅典娜的权威，还在于她挑战了奥林匹斯众神的权威。对于正义感十分强烈的雅典娜来说，这是绝对不可饶恕的。

雅典娜与英雄们

早在普罗米修斯用泥土创造了人类的时候，雅典娜就十分喜欢这些小人儿，是她赋予了人类智慧和灵魂。作为战争和智慧女神，雅典娜帮助过很多英雄完成他们的任务，成就他们的荣耀。

在著名的珀尔修斯战胜美杜莎的故事中，雅典娜就是名副其实的"神助攻"。美杜莎是个可怕的妖怪，她的头发其实都是一条条的毒蛇，她的两只眼睛闪着吓人的光，任何人哪怕只看到她一眼，就会立刻变成一块毫无生气的石头。这么恐怖的敌人，该怎么杀掉她，并把她的头颅带回去呢？正在珀尔修斯一筹莫展的时候，是雅典娜现身帮助了他。雅典娜把自己那打磨得闪闪发光的盾牌借给珀尔修斯，并指点他该如何找到并杀死美杜莎。因此，完成任务的珀尔修斯在归还女神的盾牌时，就把美杜莎的头颅也一并交给了雅典娜。雅典娜把它固定在盾牌中央。就这样，女神的盾牌上多了一个独特又骇人的装饰——蛇发女妖美杜莎的头，这个装饰彰显着雅典娜的威严与强大。

至于珀尔修斯的后代，赫赫有名的大力神赫拉克勒斯，也曾受过雅典娜的恩惠。因为赫拉克勒斯是宙斯的儿子，在他出生前宙斯便预言这个儿子必将前途无量、大有作为。赫拉得知这个预言后心存忌惮，总想除掉这个婴儿。是雅典娜在赫拉克勒斯刚出生的时候，救了他的命。赫拉克勒斯的母亲为了保全他的性命，在他出生后不久就偷偷地将他放到一个篮子里，又在篮子上面盖了一层稻草，将篮子放到了一片田野之中（这个地方后来被称为"赫拉克勒斯田野"）。在神意的驱使下，雅典娜和赫拉来到这个田野，发现了因为饥饿而大声啼哭的婴儿。这个孩子长得十分漂亮，很让人怜惜，雅典娜便劝赫拉给孩子喂奶。由于赫拉克勒斯喝了天后的乳汁，从此脱离了凡胎得到了不死之身，也因此逃脱掉了赫拉的数次险恶算计，平安长大，最终成为奥林匹斯山上的英雄，受众神喜爱的永生大力神。

在伊阿宋建造"阿尔戈号"，寻找金羊毛的故事中，雅典娜也功不可没，她帮助伊阿宋找到了希腊最优秀的船匠阿尔戈斯。阿尔戈斯为即将出发的英雄们造了一艘大船，并以建造者的名字命名该船为"阿尔戈号"。"阿尔戈号"配有五十支船桨，可以容纳五十名桨手。此外，雅典娜还在船首为出征的英雄们安放了一块神像木，它会在紧急关头告诉伊阿宋该怎么办。众英雄乘此船，在雅典娜的庇佑下最终成功取得了金羊毛。

特洛伊战争中的希腊英雄奥德修斯是雅典娜最喜欢的凡人，他足智多谋，著名的木马计就是他想出来的。雅典娜为了帮助奥德修斯建造这个史无前例的巨大木马，托梦给希腊英雄、心灵手巧的厄珀俄斯（Epeius）吩咐他用粗木制造巨马，并答应帮助他尽快完工。果然，在雅典娜的帮助下，厄珀俄斯用三天的时间就完成了任务。

正是由于木马计的顺利实施，持续了十年的特洛伊战争才以希腊联军的胜利而告终，战争女神雅典娜也又一次站在了胜利者的一方。在那之后，也是因为雅典娜一次次的庇护和指点，奥德修斯才终于克服重重困难，回到了家乡。

雅典娜帮助英雄们的故事还有很多，她是智慧与正义的化身，当英雄们遇到危机的时候，总会帮助他们克服困难，指引他们战斗的方向。

俄瑞斯忒斯的审判

在著名的特洛伊战争中，有一个家族仇杀的故事。结束这一切血腥的恶性循环的正是正义女神雅典娜。

阿伽门农（Agamemnon）是特洛伊战争中的希腊联军统帅。当他终于打赢了为期十年的特洛伊战争，凯旋的时候，他的妻子克吕泰涅斯特拉（Clytaemnestra）因为怨恨他出征时向狩猎女神献祭了自己的女儿，就和她的情人一起，在阿伽门农洗澡时设计杀害了他。后来，阿伽门农的儿子俄瑞斯忒斯（Orestes）得知了真相，他长大后，杀死了母亲和她的情人，为父亲报了仇。

虽然俄瑞斯忒斯是替父报仇，但他杀害的毕竟是自己的亲生母亲，这激怒了复仇三女神。对于凡人来说，最大的罪过莫过于杀死他们的亲人。于是，复仇女神昼夜不停地跟踪俄瑞斯忒斯，不断恐吓他、袭击他。这样反复的折磨让俄瑞斯忒斯几近疯狂，他被迫终日逃亡。他无助到极点时，跪倒在地，仰望上天，乞求道："奥林匹斯众神，请告诉我怎么结束这一切？！我要怎么赎罪才能平复复仇女神的怒火？或者，我本罪不可恕？"

光明神阿波罗十分怜悯这个被痛苦折磨的人儿，他指引俄瑞斯忒斯去雅典寻求智慧女神雅典娜的裁判。

雅典娜知道了事情的原委，她那俊美的面容上也眉头轻蹙，这确实是一个棘手的案情啊！正义女神决定在战神山开庭，让雅典最正直、最睿智的市民们通过投票来对俄瑞斯忒斯进行审判。

审判日当天，被告俄瑞斯忒斯、被告辩护人阿波罗、雅典娜和作为原告的复仇女神，以及正直睿智的雅典市民代表都聚集在战神山。

复仇女神先开口发言："克吕泰涅斯特拉杀死阿伽门农事出有因，而且她杀死的是丈夫，而不是有血亲关系的人。再看看俄瑞斯忒斯，他杀的却是血亲，他自己的亲生母亲，因此他不可饶恕，也应该被杀！"

在场的法官们听完复仇女神的话，又转向俄瑞斯忒斯和阿波罗。

阿波罗缓缓站起身，走到大家面前："各位法官，克吕泰涅斯特拉对阿伽门农是一场精心安排的蓄意谋杀，这谋杀带给她巨大的利益——得到权力，统治国家。而我们的被告人只是尽了一个孩子为父报仇的义务，他也因此备受折磨！这么多年的折磨已经替他赎罪了，他是时候从这无尽的惩罚当中解脱出来了！"

听完了双方的发言，雅典娜也站起身来，她分给每个法官一黑一白两枚石子："各位正直智慧的人啊，现在请你们做出自己神圣的抉择，来决定这个人的命运吧。黑色石子代表有罪，白色石子代表无罪，请把你们的决定投到被告人的脚下吧。"

当所有法官投完票后，黑、白石子却不偏不倚刚好相同。这时所有人的目光都投向雅典娜，只见雅典娜沉思片刻，拿起了白色的石子。由于雅典娜投下了这枚白石子，认定俄瑞斯忒斯无罪的票数就多出了认定他有罪的票数，依据多数票的决定，雅典娜当众宣布俄瑞斯忒斯无罪，饱受折磨的俄瑞斯忒斯终于得到了宽恕和解脱，这场家族的仇杀也至此画上了句号。

这次事件之后，雅典娜便被认为是代表司法正义的女神，而本次审判的规格与流程据说就是后来西方法庭的雏形。

Apollo

光明和音乐之神阿波罗

他像阳光一样明媚，有一头金灿灿的头发。

阿波罗的出生

阿波罗是光明与预言之神，同时还是音乐和医药之神，是宙斯与暗夜女神勒托的儿子。他有一个孪生姐姐，就是著名的狩猎女神阿耳忒弥斯。阿波罗是所有男神中最英俊的一个，他快乐、聪明、阳光，因此是很多艺术家歌颂的对象。

阿波罗出生在提洛岛上，他和孪生姐姐阿耳忒弥斯的出生十分曲折。

因为怀了宙斯的孩子，暗夜女神勒托遭到了赫拉的忌妒。她命令世界上所有被太阳照耀到的土地都不许接纳勒托，不让她生下双胞胎。可怜的勒托只能四处流浪，从一个地方到另一个地方，没有办法停下来，生下她的孩子。

后来，宙斯实在看不下去了，他拜托自己的兄长波塞冬帮他的忙。波塞冬于是从海底托起了一座小岛，因为那是新生的土地，还没有被太阳照耀过，不受赫拉的禁令约束。筋疲力尽的勒托终于能在这个小岛上停留下来。

勒托生下的第一个孩子是狩猎女神阿耳忒弥斯，那是一个像月亮一样美丽的女孩儿，头发像暗夜一样黑。接着，她生下了光明神阿波罗，他像阳光一样明媚，有一头金灿灿的头发。

看到这漂亮的双胞胎，宙斯十分欣喜，他送给两个孩子一人一把银弓和一箭囊的箭，这弓箭中都含有神力。宙斯还把这座岛用四根金刚石柱子固定在海底，花草开始在岛上生长起来。人们纷纷从各地赶来，他们修筑了辉煌的神庙，这座岛屿也变成了古希腊最重要、最有名的海岛之一。

阿波罗与大蛇皮松

在美丽的提洛岛上，阿波罗和姐姐阿耳忒弥斯很快长大了。年轻的阿波罗像当年的宙斯一样健壮而俊美，和姐姐一样，他也爱好射箭，是个百发百中的神箭手。于是，他决定用自己手里的弓箭去挑战大蛇皮松（Python），为母亲勒托报仇。因为在勒托怀孕的时候，皮松曾经想吃掉她，但被她逃脱了。

皮松是从大地母亲盖亚的圣地德尔斐（Delphi）中孕育出来的，所以也算是盖亚的孩子，皮松也因此拥有预言的能力，并向人们传达神谕。它脾气很坏，使得圣地一片荒芜，没有人愿意靠近，鸟儿也不敢在树上歌唱，四处都冷冷清清的。

阿波罗独自来到了这里。在看到阿波罗耀眼的金发时，皮松已经明白自己的末日到了，但它仍不甘心，愤怒地朝阿波罗喷吐着火焰和毒液，庞大的身躯不停地扭动着。阿波罗抬手向它射了一百多支神箭，然后看着大蛇在痛苦中挣扎。这些箭都是独眼巨人打造的神兵利器，皮松的血肉很快抵挡不住这种威力，消融了。

大地母亲盖亚找到宙斯，要为皮松讨回公道，她强调阿波罗必须因杀了皮松而受到惩罚。不过，宙斯给阿波罗的惩罚并没有那么严厉：他只是把阿波罗流放到了大蛇的出生地——德尔斐圣地，要他用八年的时间来赎罪罢了。而且，因为皮松已死，它预言的工作也该由阿波罗接管。就这样，阿波罗成了预言之神，德尔斐圣地也顺理成章归他所有。

从那时起，德尔斐圣地的神谕就成了希腊人寻求命运答案的地方，它的影响不仅体现在神话里，也铭刻在历史中。

阿波罗和玛息阿斯比试音乐

阿波罗被视为音乐之神，他的歌声非常优美，同时他也是弹奏里拉琴（Lyre）的好手，这把琴还是他用牛群和手杖从信使神赫尔墨斯手里换来的。他是歌者

和乐者的保护神，统领着九位缪斯女神，为众神唱出和谐纯美的赞歌。

雅典娜曾经试过吹笛子，还对自己吹出的曲调十分满意，但她有一天从光滑的盾牌中看到，自己吹笛子的时候噘着嘴巴，两颊鼓鼓的，非常不雅观。这让她对笛子一阵厌恶，顺手就把它丢掉了。

一个叫作玛息阿斯（Marsyas）的森林之神捡到了这支笛子，他无师自通地吹奏起来，很快就吹得一手好笛子，美妙的旋律让他的听众们如痴如醉。玛息阿斯于是飘飘然起来，他开始到处吹嘘自己的笛声比音乐之神阿波罗的还要好听，甚至说："我才不怕阿波罗呢！有本事就让他来和我比试一下，看看谁才是真正的音乐之神吧！"

阿波罗听说了这件事，不禁皱起眉头来。为了教训一下狂妄的玛息阿斯，他决定接受这次挑战。于是，头戴月桂花冠、身披金色长袍、手持七弦琴的阿波罗，器宇轩昂地出现在了玛息阿斯面前，他说："你要比的话，那就比吧！我要是赢了，就把你的皮剥下来！"

比试就这样开始了，九位缪斯女神自然是裁判，还有一位特殊的裁判是玛息阿斯坚持要请来的，他就是国王弥达斯（Midas）。

首先是玛息阿斯的演奏，他的笛声悦耳清脆，使人满心欢悦；然而阿波罗一开始演奏，山河起舞，万物陶醉，玛息阿斯的音乐完全被阿波罗压倒了。胜负已经很明显了。

缪斯女神们纷纷裁决阿波罗是胜者，可弥达斯却把票投给了玛息阿斯。阿波罗生气地揪着弥达斯的耳朵，说道："你根本不配拥有人的耳朵！这么笨的耳朵，只有驴子才会有，你以后就长一对驴耳朵好了！"弥达斯的耳朵被阿波罗越揪越长，真的变成了一对驴耳朵，他以后只能长着一对驴耳朵生活了。

而倒霉的玛息阿斯，则被阿波罗剥下了皮，做成了一面鼓。在那之后，再也没有人敢质疑阿波罗音乐之神的地位了。

Artemis

狩猎女神阿耳忒弥斯

她是一位伟大的自然之神，是野生动物的主人。

狩猎女神阿耳忒弥斯

阿波罗的双胞胎姐姐阿耳忒弥斯也是一位出色的弓箭手，她是一位伟大的自然之神，是野生动物的主人，有着闪电般的速度和惊人的灵巧。宙斯很宠爱这个女儿，对她可以说是有求必应。

这天，稚气未脱的阿耳忒弥斯来到宙斯面前，仰着头对他说："我最亲爱的、伟大的父亲，

众神之王，我有一个小小的请求，您能答应我吗？"

宙斯看着这个女儿，慈爱地说："亲爱的阿耳忒弥斯，我愿意尽量满足你的心愿。"

于是阿耳忒弥斯便说："我喜欢在山林里狩猎游玩，希望能够一直自由自在地生活下去，所以请求您，永远都不要强迫我结婚，好吗？"

望着眼前青春美丽又英姿勃发的女儿，宙斯点了点头："我愿意看到你一直这么快乐，无忧无虑。我答应你的请求，永远不会强迫你结婚。"

阿耳忒弥斯听到宙斯的承诺，高兴极了，眼中流露出喜悦，神采飞扬的样子让宙斯十分欣慰。不过，宙斯虽然满足了她的愿望，却还是不放心她狩猎时的安全，于是赐予了她二十个行动敏捷的仙女作为随从来保护她。同样喜欢月夜与山林的牧神潘（Pan）送给她七只猎狗，这些猎狗拥有超凡的能力，能捕猎大型的野兽，是阿耳忒弥斯的好帮手。

就这样，每当月亮的光芒照进空寂的山谷和茂盛的丛林之时，阿耳忒弥斯便会手持弓箭，身背箭袋，穿着束腰兽皮短裙，在仙女们的簇拥和猎狗的环绕下，自由自在地狩猎、玩耍。阿耳忒弥斯很喜欢长着金色鹿角的雌鹿，于是她捕获并驯服了四头，用它们来拉她那银色的战车，以便她乘着战车在山林间巡游。每次狩猎归来的时候，阿耳忒弥斯都会去找阿波罗，并与缪斯们一起载歌载舞，因为她也是一位热爱歌舞的女神。

阿克泰翁之死

阿耳忒弥斯虽然热爱自然，有善良温柔的一面，但她绝不允许任何人擅自进入她的领地。如果有人冒犯了她，必将遭到女神无情的惩罚。

在一场酣畅淋漓的狩猎之后，又累又热的女神阿耳忒弥斯都会和她的仙女随从们来到一个幽静的水潭，在那里洗去一身的疲惫。这天，一个叫作阿克泰翁（Actaeon）的年轻猎人因为追赶一只野兔，偶然来到水潭附近。野兔不见了踪影，他却听到水声和姑娘们的嬉戏声。阿克泰翁循着声音转进山林深处，

却被眼前的景象惊呆了——碧绿的潭水在月光下泛着点点银光，波光粼粼中一群姑娘说笑玩闹，而在正中央的那位女神，容貌极为美丽，双眼澄澈灵动，乌黑的长发像绸缎一样漂在水中。阿克泰翁完全被迷住了，他如痴如醉地望着那绝美的女子，对她的身份毫不知情，也对即将降临在自己身上的厄运一无所知。

忽然看到有陌生的青年闯入，仙女们都惊叫起来，她们赶紧把阿耳忒弥斯围在中间，用自己的身体把女神遮挡起来。但阿耳忒弥斯比仙女们高，青年还是可以看到她的身体。阿耳忒弥斯羞愤难当，她的脸烧红起来，恨不得手里有弓箭才好。可是这时候她手里只有水，情急之下便把水向阿克泰翁泼过去。

惊人的一幕出现了——被水泼洒到的青年发生了变化，他的头上长出了鹿角，头颈拉长了，耳朵变得小而尖，嘴巴突出，手脚变成了鹿蹄，四肢变成了鹿腿，身上是带斑点的毛皮，他完完全全变成了一只雄鹿。

阿克泰翁为这突如其来的改变感到惊恐不已，他掉头向后跑去，但更可怕的事情还在后面：他看到了自己打猎时带的猎犬。凶猛的猎犬自然也看到了这头漂亮的雄鹿，于是朝着阿克泰翁猛扑过来。可怜的年轻人在心里大喊："我是阿克泰翁啊！你不认识自己的主人了吗？"但是他根本发不出声音。转眼间，猎犬已经将他扑倒，几口下去，阿克泰翁已经皮开肉绽、血肉模糊了。

看到阿克泰翁体无完肤、惨死而终，阿耳忒弥斯的怒火才得以平复。这次，因为凡人的冒犯，女神显现出了她冷酷无情的一面。

阿波罗与阿耳忒弥斯惩罚尼俄伯

阿波罗和双胞胎姐姐阿耳忒弥斯非常要好，而他们也都十分尊敬、爱戴他们的母亲勒托。

底比斯（Thebes）有一位王后名叫尼俄伯（Niobe），宙斯是她的祖父，而她本人又拥有非凡的美貌，最令她骄傲的是她的十四个孩子——七位英俊潇洒的王子和七个貌美如花的公主，全世界都对他们赞不绝口。尼俄伯在这样的夸赞声中变得不可一世，越来越傲慢。

按照习俗，底比斯城的妇女每年春天都要来到勒托的神庙，向这位生育了阿波罗和阿耳忒弥斯的伟大母亲表达敬意和崇拜，这使尼俄伯妒忌不已，也很不服气。

"为什么要崇拜勒托呢？"一次，她终于爆发了，"为什么要给她建造庙宇，崇拜她，而不是我！作为母亲，她怎么能和我相比！我有十四个漂亮的孩子，而她只有一个儿子和一个女儿，难道我不该拥有七倍于她的荣耀吗？"

这话很快传到了阿波罗和阿耳忒弥斯的耳中，这对双胞胎姐弟被尼俄伯的傲慢和不敬激怒了，决心要惩罚她。

两位善用弓箭的神祇抵达了底比斯，阿波罗弯弓搭箭，射向了尼俄伯的七个儿子，七位王子一个个倒在他的箭下，即使那位最小的王子请求他的怜悯，也没能幸免。

阿耳忒弥斯也抽出了她的银色弓箭，瞄准了尼俄伯的七个女儿，一眨眼工夫，七个活泼可爱的公主都倒在了血泊中，很快就停止了呼吸。

见此情景，尼俄伯那颗骄傲的心彻底被击碎了，她一动不动地坐在十四具尸体中间，泪水不停地顺着她冰凉的脸庞流下来。众神都同情她，于是把她变成了一块没有感情的石头。然而，从石头里仍会流出一汪水来，就像眼泪一样，顺着岩石表面流淌。

妙计除掉奥特斯和艾菲亚特斯

宙斯曾答应阿耳忒弥斯，永远不会把她嫁出去，因此她也一直没有结婚。只有一次，她曾假意答应一个追求者的求婚，不过那只是为了除掉他的计策而已。那个可怜的家伙就是波塞冬的巨人儿子奥特斯。

海神波塞冬的巨人儿子中，有一个叫奥特斯，一个叫艾菲亚特斯。这两兄弟长得非常高，在九岁时就已长到五十英尺（15.24 米），等到他们成年时，更是力大无比，无人能敌。有一个预言说，任何神祇和凡人都无法杀死这对兄弟。这让大地母亲盖亚十分欣慰，她早就因为宙斯把泰坦巨人们关进塔尔塔洛斯而不满了。她希望奥特斯和艾菲亚特斯能够推翻宙斯，把她的孩子们都解救出来。

有一天，趁这两个巨人耳朵贴地而睡时，大地母亲悄悄地对他们两兄弟说："奥特斯和艾菲亚特斯啊，你们这么高大，这么壮硕，无人能敌，难道就甘心这样一直被宙斯统治吗？"

睡梦中的巨人兄弟被大地母亲的话惊醒，同时被唤醒的还有他们心中的权力欲望。

于是，两兄弟一座座拔起山峰，并垒在一起，建造了一座和奥林匹斯山一样高的新山峰。他们在山顶上向宙斯喊话："嗨！宙斯，赶快搬出你的宫殿，让位给我们，否则我们就不客气了！"

"阿耳忒弥斯给我做新娘！"奥特斯厚颜叫嚷道。

"赫拉，你不要再做宙斯的妻子了。做我这个新的统治者的妻子吧！"艾菲亚特斯也恣意叫嚣着。

阿耳忒弥斯和赫拉听到这些，都转过身，没有理睬。宙斯却气炸了，他愤怒地向这两个恶棍抛出霹雳，但丢出去的威力无匹的霹雳只是从他们身边轻轻擦过而已，巨人兄弟毫发无伤。一旁的战神阿瑞斯也怒不可遏，手持长矛冲了出去。谁料，只两个回合，阿瑞斯就抵挡不住巨人兄弟的进攻，他的武器也被夺去。

接连的胜利使得奥特斯和艾菲亚特斯更加得意忘形，他们狂妄地叫嚷着："大名鼎鼎的阿瑞斯就这么不堪一击吗？战神是战败之神吗？哈哈哈哈！"边说边用铁链把阿瑞斯牢牢地捆绑起来，这还不够，两兄弟又把他塞进一个青铜罐子里。

见状，众神都忧心忡忡，束手无策。

就在这时，阿波罗灵机一动，对阿耳忒弥斯说："如果就像预言所说，没有神或人能够杀死他们的话，那我们的攻击对他们都是没有用的。现在唯一的办法，就是让他们两个自相残杀。这样吧，你假装爱上了奥特斯,答应他的求婚。"

阿耳忒弥斯沉思了一会儿，点头同意了这个计划。姐弟俩谋划好之后，阿波罗对奥特斯说："阿耳忒弥斯已经接受了你的求婚，她现在在纳克索斯岛（Naxos）上等着你。"听到这里，奥特斯得意地笑了。这让艾菲亚特斯非常妒忌。

巨人兄弟一前一后到达了纳克索斯岛，

阿耳忒弥斯早就在那里做好了准备。当她看到两兄弟的身影时，她迅速把自己变成了一头白色的小鹿，跑到了两兄弟中间。这两兄弟都喜欢打猎，于是都朝着小鹿掷出了长矛。阿耳忒弥斯灵巧地控制着奔跑的方位，避开了长矛，而这两兄弟却被对方的长矛给刺中了，双双倒在了地上。

就这样，阿波罗的计策奏效了，不管是神还是凡人都无法杀死的这两个巨人兄弟，却杀死了对方。这一场夺权的闹剧落下帷幕。

众神感激阿耳忒弥斯救了他们，而阿瑞斯还蜷曲在青铜罐子里大声哭号："快救我出去！"众神于是又合力把他救了出来。

阿耳忒弥斯与俄里翁

俄里翁（Orion）是海神波塞冬的另一个巨人儿子，他被父亲赋予了在水上行走的能力，在海上行走如履平地。而且他是当时最强壮、最巨大的人，和阿耳忒弥斯一样，俄里翁也是一个优秀的猎手，有一身精湛的狩猎技巧。

有一天，俄里翁来到了一个名叫基奥斯岛（Chios）的地方，在那里，他爱上了国王的女儿，并向她求婚。国王不想和自己的女儿分开，便向俄里翁劝酒，俄里翁喝得大醉，狠毒的国王趁机挖掉了他的双眼。

双目失明的俄里翁孤立无援，只好离开了基奥斯岛。他遇到了火神赫菲斯托斯，这位好心的神可怜他，便派了一个小独眼巨人为他带路。他们一路向东，

找到了太阳神赫利俄斯。赫利俄斯用金色的光芒照耀俄
里翁的眼睛，他的视力便恢复了。他立刻回到基奥斯岛去
找国王报仇，然而当他到达的时候，国王已经被他的臣民藏起来了，不见了踪影。

于是，俄里翁放弃了复仇。他再次外出狩猎，沉浸在狩猎的快乐中。整日
陪伴俄里翁的是他忠实的猎犬，它和主人一样勇猛，遇到危险时总是冲在最前
面保护主人。俄里翁走过了一个又一个岛屿，最终，在克里特岛上，他遇到了
狩猎女神阿耳忒弥斯。他们两人很快就被对方高贵潇洒的举止和出神入化的狩
猎技巧深深吸引，于是经常结伴狩猎游玩，成了一对形影不离的好伙伴。

俄里翁本就是一位出色的猎手，现在有了女神的欣赏和肯定，
慢慢变得骄傲自大起来。他自言自语地说："这地上所有的野兽，
没有任何一只能逃脱我的箭，只要我愿意，我可以把它们通通杀
光，一个不留。"大地母亲盖亚听到这话大为恼怒，于是派出一
只巨型蝎子，埋伏在俄里翁每天会经过的路上。

俄里翁果然被巨蝎蜇到，毒液顺着被蜇咬的地方流遍全身，没多
久他就倒地而死了。而他倒下的同时，巨大的身体刚好压在巨蝎身上，
来不及避开的毒蝎也被压死了。

阿耳忒弥斯得知好伙伴俄里翁的死讯，万分悲痛和惋惜。伤心的她来到宙
斯面前，恳求道："万能的父亲，我请求您，把这位伟大的猎手升为天上的星座，
保留他的荣耀吧！"

宙斯同意了，他把俄里翁的形象变成了猎户星座挂在天上，这样，这位伟
大的猎人永远也不会被忘记了，他腰带上的三颗星星使得他成为夜空中最显眼
的星座之一。不过，宙斯也赞赏巨蝎的能力，于是把它也升为了天上的星座，
那就是天蝎座。

从此，在夜晚的星空，只要天蝎座出现，猎户座就会从天空的另一边消失
得无影无踪；等到天蝎座落下，猎户座才又会高高升起。人们相信这是因为俄
里翁在天上依然在躲避这位巨蝎杀手。

Ares

战神阿瑞斯

他是天神宙斯和天后赫拉的儿子，是为战争而生的神。

好战的阿瑞斯

战神阿瑞斯高大、英俊、健硕，当他穿上金边战袍、戴上插翎头盔、手执战矛时，更是威风凛凛。他是天神宙斯和天后赫拉的儿子，是为战争而生的神，性格凶残、好战，因此有战神之誉。但他并没有战无不胜的神力，事实上，阿瑞斯在与神和人的较量中都经受过失败和羞辱。他曾被海神波塞冬的两个巨人儿子塞进一个青铜罐子里，在里面足足关了十三个月，才被众神救出来。

阿瑞斯同父异母的姐姐雅典娜尤其不喜欢他。雅典娜虽然也被称为女战神，但她象征的是冷静的战略，而阿瑞斯象征着盲目的武力和暴力。因此，阿瑞斯总是会败在雅典娜手中。

在特洛伊战争中，阿瑞斯支持特洛伊人，雅典娜则支持希腊人，双方展开了激战。隐身的雅典娜悄悄接住阿瑞斯投来的长矛，拨转了它的方向，紧接着，雅典娜把长矛对准阿瑞斯投了出去，正好击中阿瑞斯腰带下面的软肋。

"啊！"战神疼痛地咆哮起来，仿佛千军万马齐声呐喊，人和马都被这呼喊震颤得浑身发抖。受伤的阿瑞斯难以忍耐疼痛，他径直冲向奥林匹斯山，捂着伤口来找宙斯，愤怒地告状："父亲，雅典娜用长矛刺伤了我！她这么嚣张，您必须帮我惩罚她！"

宙斯面色阴沉地看着阿瑞斯，开口说道："阿瑞斯，你和自己的母亲作对，和自己的妹妹争斗！战败之后落荒而逃，还有什么脸面在我面前抱怨！你生性暴虐，喜好杀戮，今日是你自食恶果。"

宙斯虽然如此说，却还是不忍心看到儿子受到伤痛的折磨，于是派神医派厄翁（Peony）给阿瑞斯诊治，他的伤口立刻愈合了。他又可以端坐在他的宝座上，威风凛凛，不可一世。

因为阿瑞斯脾气暴躁、虚荣又好战，其他的神都不喜欢他。只有阿佛洛狄忒爱慕他光鲜亮丽的外表，他们生下了几个儿女，其中包括小爱神厄洛斯，他有个更广为流传的罗马名字——丘比特（Cupid）。那是个淘气的孩子，他有一对闪闪发光的金色翅膀，总是带着弓箭漫游，随心所欲地射箭，被射中的任何人或神都无法逃脱爱情的折磨。

战神山的来历

阿瑞斯有一个女儿，名叫阿尔基佩（Alcippe）。阿尔基佩从小可爱聪慧，阿瑞斯很喜欢她。当阿尔基佩长成少女时，越发楚楚动人。

一天，海神波塞冬的一个儿子哈里罗提奥斯（Hailrrhothius）在雅典卫城遇见了阿尔基佩，他立刻被她的美貌所迷倒，情不自禁地追随上去："噢，美丽的姑娘，你是这么迷人，让我的眼睛无法移开。"

阿尔基佩被这突如其来的追求吓坏了，美丽的眼睛里充满恐惧，她转身要逃，哈里罗提奥斯上前一步挡住她的去路，继续说道："我是海神波塞冬的儿子，我会给你荣耀！"说着他一把抓住了姑娘，并侮辱了她。

鲁莽的哈里罗提奥斯并不知道他掳来的这个姑娘也是神祇的后代，而她的父亲正是凶残暴虐的战神阿瑞斯。

果然，阿瑞斯得知女儿被辱，怒火中烧，他一刻也等不了了，立刻抓起他的长矛，要为女儿报仇。长矛对准了哈里罗提奥斯的胸口，奋力刺下去，哈里罗提奥斯大叫一声，应声倒下。

"你这个罪人！你玷污的姑娘是我战神阿瑞斯的女儿，你必须为你的罪行受到惩罚！"

海神波塞冬很快得知了儿子的死讯，他既伤心又愤怒，于是来到奥林匹斯山众神面前，说道："阿瑞斯杀害了我的儿子哈里罗提奥斯，这不是正义之举，我请求众神给予此事一个公正的说法！"

宙斯和众神同意了波塞冬的请求，决定在雅典卫城附近的一个小山丘上开会决议此事，这就是传说中的第一次庭审：原告为波塞冬，被告为阿瑞斯，审判员为众神。原、被告双方陈述后，众神裁定阿瑞斯杀害哈里罗提奥斯事出有因，他的谋杀罪名不成立，宣告阿瑞斯无罪。

从此，这个小山丘就以阿瑞斯的名字命名，被称为"阿瑞奥帕戈斯"（Areopagus），意思是"阿瑞斯山"，也被称为"战神山"。后来，雅典城中所有的杀人案都在这里审理，"战神山"被看作是一座圣山，也被认为是西方现代法庭的缘起。

Hermes

信使神赫尔墨斯

赫尔墨斯能迅捷地穿梭于众神、往返于天地之间，出色完成宙斯交给他的各种任务。

能干的赫尔墨斯

赫尔墨斯是宙斯和泰坦巨神阿特拉斯之女迈亚（Maia）所生的儿子。他狡黠聪慧、足智多谋，是一个会让人愉悦而且很受欢迎的神。

宙斯非常喜欢赫尔墨斯的随机应变，于是让他做众神的使者。为了便于他快速地往来于众神和天地之间，宙斯赐给了他一顶带有翅膀的盔形帽、一双带有翅膀的鞋和一件能把他的魔法宝贝藏起来的短斗篷。他的权杖上也装饰有翅膀，还有两条弯曲盘旋的蛇，被称为双蛇翼杖。当然，这些宝物都是巧手的赫菲斯托斯打造的。有了它们，赫尔墨斯能迅捷地穿梭于众神、往返于天地之间，出色完成宙斯交给他的各种任务。

赫尔墨斯精力旺盛又多才多艺，他发明了里拉琴、创造了数和字母，希腊人相信钻木取火也是他发明的。因此，除了是众神的使者，赫尔墨斯也是商人、旅者、小偷和其他所有凭借自己才智生存的人的保护神。准备出行的旅人都会提前向他祷告，祈祷这位神祇能在接下来的旅途中保佑自己。

除此之外，赫尔墨斯是除了冥王哈得斯和冥后珀耳塞福涅之外唯一可以在冥界自由出入的神祇，所以他也是亡灵接引者，负责把鬼魂送到冥府，再由卡戎（Charon）把亡灵用独木舟载过冥河。

赫尔墨斯与阿波罗

赫尔墨斯出生在库勒涅山（Mount Cyllene）的一个山洞里，那个山洞非常偏僻幽深，也正因为这样，他的母亲迈亚才躲过了赫拉忌妒的眼睛，顺利生下了他。

这个伶俐早熟的孩子在出生当天就开始淘气了，母亲迈亚用襁褓把他包好，放到摇篮里，但他却并不喜欢这样，一心想要离开这黑漆漆的山洞，出去转转。因此，趁着迈亚熟睡之际，赫尔墨斯悄悄挣脱了襁褓，蹑手蹑脚地走出山洞。在夜色的掩盖下，他来到了一片田野，那里刚好是阿波罗放养神牛的地方，一群纯白色的牛正在月光下悠闲地吃着草。

"哎呀，好漂亮的牛呀。"赫尔墨斯自言自语，"要是能变成我的就好啦。"他很喜欢这些牛，但怎么能把它们带走呢？又怎么让牛的主人——阿波罗不知道牛的去向呢？聪明的赫尔墨斯脑筋一转，飞快地想好了主意。

他挑选了五十头最好的牛，然后用树皮和苇草把牛蹄包裹好，这样地上就不会留下明显的蹄印了；然后，他又在牛尾巴上拴上树枝，用来扫掉牛群走过之后留下的痕迹。为了让阿波罗再糊涂一些，他还在自己的小胖脚上也缠上了树枝，又把牛群倒着赶出了牧场。就这样，赫尔墨斯从阿波罗的牧场里偷走了五十头牛，但从现场的痕迹来看，倒像是牧场里并没有走丢什么，而是有什么东西被带进了牧场一样。

离开牧场之后，赫尔墨斯赶着偷来的牛群回了库勒涅山，他把牛群藏在山林之中，并杀了其中两头来祭祀奥林匹斯山的众神。

祭祀过后，赫尔墨斯发现路边有一只乌龟，便想把龟壳取下来。惊恐的乌龟划着短小的四肢想要逃跑，可巧舌如簧的赫尔墨斯对乌龟说："你终归是要死的，但是你死在我手里，你的壳可以用来弹奏美妙的音乐，这样不是很不同凡响吗？"

就这样，赫尔墨斯拿到了龟壳。他将刚刚祭祀用的牛的牛肠做成了七根弦，紧紧地装套在龟壳上，创造了世界上第一把里拉琴。

做好了这一切，赫尔墨斯又蹑手蹑脚地返回山洞，偷偷爬回摇篮里，闭上眼睛，装出熟睡的样子。但这一切并没有瞒过母亲迈亚，她忧心忡忡地望着自己的孩子，叹息道："我的孩子，你这么鲁莽行事，阿波罗若寻来报复可怎么办呢？"

果然，第二天天一亮，阿波罗就发现自己心爱的牛群不见了五十头牛。他怒气冲冲地冲进牧场，然而他在那里却并没找到任何关于偷牛者的线索。无计可施之下，这位预言之神只能通过一只鹪鸟来读取线索。神谕忠实地告知了阿波罗事情的真相，阿波罗皱起眉头，嘴唇紧紧抿成一条线。

一肚子火气的阿波罗赶到了库勒涅山的山洞，一把将赫尔墨斯从摇篮里拉了出来："可恶的小偷，快把我的牛还给我，一头也不能少！"

赫尔墨斯假装被吓到了，说道："你在胡说什么啊！我只是一个刚出生不久的小孩子，根本不知道牛长什么样子，怎么会去偷你的牛呢？你看看这个山洞里，哪里有一头牛呢？"

见赫尔墨斯还不承认，阿波罗更加恼怒了："你不仅是个小偷，还是个骗子！你再不老实承认，我就把你从山谷直接丢到地狱去！"话虽如此，但是阿波罗没有找到证据，赫尔墨斯也就抵死不承认。无奈之下，阿波罗只能把赫尔墨斯拉出山洞，直奔奥林匹斯山而去，他要把赫尔墨斯带到宙斯面前，请他还自己公道。

高高在上的宙斯看着气愤的阿波罗和一脸无辜的赫尔墨斯，开口问道："这是怎么回事？这婴儿是谁呢？"

阿波罗答道："父亲，这个小偷加骗子偷了我的五十头牛，不知道藏到哪里去了。你别看他这么小，他比大人还狡猾呢，求求父亲，让他快把牛还给我！"

赫尔墨斯说："父亲，我可以这样称呼您吧！请听我讲句话，我叫赫尔墨斯，我的母亲是阿特拉斯之女迈亚。我最伟大的父亲，您看，像我这样小的孩子，连牛鼻子都摸不到，怎么会有本领偷走五十头牛呢？在我和妈妈的山洞里一头牛都没有啊。"

宙斯知道所发生的一切，他看着这一大一小两个儿子在自己面前对峙，难掩笑意，回答说："赫尔墨斯，我的儿子，如果牛群不在山洞里，就告诉阿波罗你把它们藏在了哪里吧！"他对这两个儿子都很得意，真心希望他们能成为朋友。

赫尔墨斯听了宙斯的话，知道不能再掩藏，于是就带着阿波罗来到了他藏牛的山林里。正当阿波罗准备原谅这个同父异母的弟弟时，他发现牛少了两头，顿时又怒火中烧起来。赫尔墨斯对此早有预料，他看阿波罗又要发火，就飞快地拿出之前做好的里拉琴弹奏起来。阿波罗从未听过这样的音乐，这乐声是那么悠扬婉转，阿波罗听得入迷，完全忘记了愤怒，他一心要拥有这琴。于是，他对赫尔墨斯说道："亲爱的赫尔墨斯，请你把这件乐器送给我吧！我愿意用我的牛群来交换它。"

赫尔墨斯见阿波罗要琴心切，反倒讲起价来："这么好的琴，五十头牛怎么换得了呢？你听这个音色，多么美妙动人呀！"边说边又拨弄起琴弦来。小小的赫尔墨斯这时就已经俨然是一个成熟的商人了。一番讨价还价之后，阿波罗不得不把自己的魔杖也给了赫尔墨斯，连同他的五十头神牛一起换了这把里拉琴。赫尔墨斯高兴地答应了阿波罗的请求，从此，这两兄弟就成了最好的朋友。

这个故事体现了早期物物交换的贸易形式，因此赫尔墨斯成为小偷和商人的保护神，而阿波罗则掌管了音乐和格律。后来，阿波罗把里拉琴的结构简化了，他用优雅的金托架代替了最早的乌龟壳，把它做成了我们常见的里拉琴的样子。

古希腊的赫尔墨斯柱

赫尔墨斯柱是古希腊时一种柱状的路程碑，因为石柱上部通常刻有作为商旅保护神的赫尔墨斯像，故此得名。除了神像之外，赫尔墨斯柱上也会刻有献给神的祷词或提醒路人注意安全的叮嘱。

而赫尔墨斯柱的来历，相传与赫拉有关。

赫拉本来也很喜欢赫尔墨斯，可是因为赫尔墨斯杀死了她的仆人——百眼巨人阿尔戈斯，她对赫尔墨斯心怀怨恨，不肯让这件事轻易过去，一定要让他得到惩罚。

一天，赫拉召集了奥林匹斯山上大大小小的众神，要他们就赫尔墨斯杀死阿尔戈斯一事对赫尔墨斯进行审判。

赫拉发给每个神一颗石子，说道："如果觉得赫尔墨斯有罪，就请把手中的石子丢在我的脚下；如果觉得赫尔墨斯无罪，就将石子丢到赫尔墨斯的脚下。我们根据石子的多少来判定赫尔墨斯是否有罪。"

当然，在大家审判之前，赫尔墨斯还是可以为自己辩护的。不知道是他太能言善辩，还是众神实在是喜欢他。总之，几乎所有的神祇都把石子投给了赫尔墨斯，以至于最后赫尔墨斯差点被埋在卵石堆里了。

从那以后，旅行者们出行的时候，都会在路边堆石头，以这种方式表达对赫尔墨斯的崇拜。他们虔诚地相信赫尔墨斯会站在石堆里，帮他们指明道路。这就是最早的堆石路标，之后逐渐演变为赫尔墨斯柱。

Hestia

灶神赫斯提亚

火焰象征她的存在，也是家庭稳定、和睦与繁荣延续的保证。

赫斯提亚是克洛诺斯和瑞亚的第一个孩子，在第三代神祇中最为年长，是宙斯的大姐。她仪态端庄，性格温婉，海神波塞冬和光明神阿波罗曾同时爱上她，并且都向她展开了追求。当他们互相得知对方为情敌时，都感到自己受到了挑战和轻蔑，因此争执不休。

赫斯提亚本性温和，不想两位神祇因为她而闹得不和，于是来到了宙斯的面前，开口说道："我没有料到因为我，波塞冬和阿波罗起了争执。众神之王，我的弟弟，请快快转告他们，我不仅拒绝他们的追求，现在还要当着众神之王的面起誓，我将永不结婚。"

宙斯听了赫斯提亚的话非常意外，但还是答应了她的请求。

赫斯提亚继续说道："请求你分配给我掌管人间家灶的权力，我愿意到人间司职，躲避这些纷扰。"

宙斯被赫斯提亚感动了，答道："你不经常住在奥林匹斯山，在人间要有栖身之所。我宣布：人间的每一个家灶、每一处火堆都是你的神坛。"

就这样，赫斯提亚成了掌管人间所有家灶的灶神，火焰象征她的存在，也是家庭稳定、和睦与繁荣延续的保证。人们认为，赫斯提亚庇护着家国之火的燃烧，如果她的灶火熄灭，就意味着整个国家即将遭受重大的变故。因此赫斯提亚也被尊为家宅女神，掌管万民的家事。

赫斯提亚用她的平和大度感动着众神，也护佑着人间的万民。

Hades

冥王哈得斯

他性情阴郁、少言寡语，但并不邪恶。

冥王哈得斯是克洛诺斯和瑞亚的长子，波塞冬和宙斯的大哥。他性情阴郁、少言寡语，但并不邪恶。相反，他十分公正无私，虽然总是一副冷酷无情的样子。

"哈得斯"这个名字的意思是"不可见者"，因为他有顶远近驰名的头盔，是独眼巨人为他打造的，任何人只要戴上，就可以隐形。在十年泰坦之战中，哈得斯就是戴着这顶头盔，偷偷潜入泰坦神的大本营，毁掉他们的武器，和两个弟弟波塞冬、宙斯一起，打败了他们的父亲克洛诺斯。战争结束后，兄弟三人用抽签的方式决定了各自的领地，哈得斯就成了冥界的主宰者。

哈得斯的王国要从幽深的地下世界中才能进入，在那里，有一条冥河（Styx）连接着冥界与人间世界，三头犬刻耳柏洛斯住在冥河岸边，为冥王哈得斯看守冥界的大门。它让每一个鬼魂进入冥界，但不允许任何鬼魂出去或者活人进来。赫尔墨斯是除了冥王、冥后以外唯一可以自由出入冥界的神，他负责把鬼魂送到冥河岸边，交给摆渡人卡戎。

所有的鬼魂最终都要去往冥界，如果他们那时候有钱作为渡资，卡戎就会用船将他们渡过冥河。但如果没有的话，贪婪的卡戎会拒绝搭载他们，他们就只能在冥河周围游荡，无法进入冥界。因此，当一个人死去的时候，他的亲属都会在他的舌头下面放一枚钱币。

阴郁的哈得斯整日待在黑暗阴森的冥府，很少到奥林匹斯山或人间游走，事实上，众神也不太期待他的到访。凡人们都惧怕他，甚至不敢提及他的名字，生怕哈得斯会注意到他们，派人来索命。因此，他们委婉地称他为"普路托"（Pluto），也就是"富有者"。当然，哈得斯确实很富有。

哈得斯的冥后叫珀耳塞福涅，是农业和丰收女神得墨忒耳的女儿。她非常漂亮，但在冥府的她总是很沉默，终日郁郁寡欢。因为她不是自己情愿嫁给哈得斯的，而是被哈得斯从地面掳走，劫持到冥府的。

Dionysus

酒神狄俄尼索斯

他走到哪儿，乐声、歌声、狂饮就跟到哪儿。

两度出生的不死酒神

　　酒神狄俄尼索斯是十二主神中最年轻的一个，也是唯一一个由凡间女子所生的主神。他的父亲是宙斯，母亲是忒拜的公主塞墨勒。塞墨勒非常美丽，虽然是凡人，却深得宙斯的喜爱，宙斯常常趁夜幕来临，到人间与她幽会。

　　天后赫拉得知塞墨勒怀有宙斯的孩子时，十分忌妒，在妒火中煎熬的天后决定除掉这个人间女子。

　　一天，赫拉趁宙斯不在，就化身成曾经抚育过塞墨勒的老保姆的样子来拜访公主。这位老保姆是一位慈祥的老妇人，她对待塞墨勒就像对待自己的女儿一般，塞墨勒也十分敬爱她。因此，当塞墨勒看到自己的保姆出现在眼前时，喜出望外，她连忙从床上坐起，伸手去拉赫拉的手："噢，我亲爱的姆妈，您来了，这真让我太高兴了！"

　　赫拉靠近塞墨勒坐下，装出慈爱可亲的样子嘘寒问暖。"噢，我亲爱的姑娘，你怀孕了吗？"她看着塞墨勒隆起的腹部问道。

　　塞墨勒害羞但难掩喜悦地回答："是啊，

再过几个月，我就是一位母亲了。"

"真的吗？那太好了！"赫拉继
续道，"那你的丈夫为什么不在家呢？
你这么漂亮的公主嫁的究竟是什么样
的男人啊？"

听到这话，单纯的公主不禁得
意起来，她扬起嘴角，骄傲地说："我
的丈夫除了伟大的天神宙斯还能
是谁呢？"

赫拉听了这话，张大了嘴巴，装出无法相信的样子："傻孩子，你怎么能
相信这种话呢？你这么善良可爱，我真担心你被别有用心的男人骗了——你不
知道吗？很多人的丈夫都自称是众神之王，你能确信他就是宙斯吗？"

听到这话，塞墨勒也犹豫了，赫拉见状，附在塞墨勒耳边，低声说道："如
果你的丈夫真的是宙斯的话，为什么不要求他在你面前显出他那无限荣耀的真
身呢？让他带着表达爱情的霹雳，以雷鸣闪电来庆贺你们的结合。他如果做不
到，肯定就是在骗你！"

听了假保姆的这些话，塞墨勒沉默不语，若有所思地低着头。赫拉看见了，
心中暗喜，知道自己的这番话已起了作用，于是她起身告辞，留下塞墨勒一人
在床上发呆。

过了几天，宙斯又来人间探望塞墨勒，看见心上人一副心事重重的样子，
便问她："我心爱的姑娘，你在为什么事烦忧呢？"

塞墨勒抬头看着眼前的丈夫，决心一试究竟，于是她问道："你能实现
我一个愿望吗？"

宙斯是那么爱她，毫不犹豫地回答："当然可以，我会实现你许下的任何
愿望。"

"我要你对着冥河起誓。"塞墨勒还是不放心。

宙斯照做了。

于是塞墨勒说出了她的愿望："如果你真是天神宙斯，那么请你现在现出你荣耀的真身吧！"

听到这话，宙斯的脸色骤变，他太知道这对塞墨勒意味着什么，也猜出一定是赫拉在玩弄阴谋，但无奈他已经对冥河起了誓，只能兑现自己的承诺，因为对众神而言，那是最郑重的誓言，不可以违背。宙斯在心里一边咒骂从中作梗的赫拉，一边怜悯地望着即将送命的塞墨勒，心中十分不舍。他收集了他能找到的最小的暴雨云，又不情愿地拿起他的霹雳，然后在塞墨勒的面前，按照她的心愿现出了伟大雷神的真身。

雷神光芒万丈，耀眼夺目，塞墨勒的房间瞬间火光四起，而塞墨勒的凡体根本无法抵挡这光芒与火焰，只能任圣火吞噬。宙斯无力救她，只来得及救下她腹中还不足月的孩子。他把这孩子缝到自己大腿里面，让他继续成长。当这个孩子长到足月时，他就从父亲的大腿中蹦了出来，酒神就这样诞生了，而他的名字"狄俄尼索斯"是"瘸腿的人"的意思，因为当他在宙斯大腿里时，宙斯走起路来像个瘸子。

神位确定：年轻的宴饮之神

狄俄尼索斯出生之后，宙斯为了他的成长伤透脑筋。他知道是赫拉害死了塞墨勒，因此不敢让赫拉知道这个孩子的存在，于是叫来了自己最信任的孩子赫尔墨斯，对他说："照顾好这个孩子，把他藏到赫拉找不到的地方，让他安全长大。"

赫尔墨斯遵从父命，带着狄俄尼索斯来到了遥远的奈萨山（Nysa），把他寄养在山林仙女们那里。除了有山林仙女们的精心照料，小狄俄尼索斯还得到了山林神西勒诺斯（Silenus）的教导，长着尾巴和山羊蹄子的萨提尔（Satyr）和潘神也常伴他左右，教育并陪伴他。就这样，小狄俄尼索斯在山林间快乐地、自由自在地长大。他奔跑起来就如同牡鹿，速度追得上飞奔的野兔；他能徒手打死黑豹，并且轻松地扛在肩上；他也能将母熊套上笼头，而母熊总是用它们

粗糙的舌头温柔地舔舐他的双手，对他俯首称臣。

宙斯在奥林匹斯山上一直关注着爱子的成长，他总是饶有兴致地观看儿子和野兽搏斗，为他的勇猛感到骄傲，心里充满了欢喜。

狄俄尼索斯成长的奈萨山谷一带土地肥沃、阳光充裕，多得数不清的葡萄一串串布满山谷的坡地。一次偶然的机会，狄俄尼索斯发现成熟的野生葡萄发出独特又诱人的香味，于是他把这些果实采下来酿造，果然得到了美味的葡萄酒。就这样，狄俄尼索斯发现了葡萄汁酿酒之法，这个藏在自然界里的珍贵秘密。

从此以后，无论狄俄尼索斯走到哪里，他都会把酿酒之法传播到哪里，成为葡萄种植业和葡萄酿酒业的保护神。据说他走遍了希腊、叙利亚、亚细亚，直至印度，然后经色雷西亚回到欧罗巴。一路上，他不仅传授葡萄酿酒技术，还显示奇迹——他能化身山羊、公牛、狮子和豹子，也能使葡萄酒、牛奶和蜂蜜如泉水一样从地下涌出。他走到哪儿，乐声、歌声、狂饮就跟到哪儿，他的追随者也因此被称为酒神的信徒。

俊美的狄俄尼索斯往往头戴葡萄藤编成的花冠，手执缠着葡萄藤、顶端放有棕榈球果的酒神手杖，走在队伍的最前面。他的追随者们在后面漫不经心地喝酒，肆无忌惮地狂笑、跳舞和唱歌，时而吵闹，时而疯癫。在古希腊，纪念酒神的节日和活动也具有这些特点，常常变成狂欢秘祭，使人们突破习俗的禁忌。

一次，狄俄尼索斯又在游历群岛，教授人们酿酒之法。当他躺在沙滩上睡觉时，被一群海盗发现了。海盗们看这位青年衣着华贵，面庞俊美，断定他是一位贵族王子。他们把沉睡的狄俄尼索斯抬到船上，欢天喜地地认为，他们可以把这个俊美的青年卖去当奴隶，好发一大笔横财。

狄俄尼索斯一觉醒来，发现自己置身一艘海盗船上，全身被铁链锁住。当他明白了海盗们的心思之后，对海盗们说道：

"嗨，你们听好，我可不是什么王子，我是酒神！"

海盗们听完都不禁哈哈大笑起来，没人相信他的话。只有一个老舵手颤颤巍巍地走上前来，对同伴们说："看他的仪表和不凡的谈吐，肯定不是凡人！再看看我们做了什么！莫不是我们想给神戴上镣铐？快把他放开，在灾祸到来之前！"

可惜贪婪又愚蠢的船长根本不理会这位老舵手的忠告，他坚持要把狄俄尼索斯卖到埃及或塞浦路斯，并狂妄地宣称："这位青年不是神，但是他是众神送给我们的礼物！"说完，便仰头哈哈大笑起来。

就在这时，奇迹突然发生了：狄俄尼索斯身上的镣铐自动散落，大海里长出许许多多结满葡萄的藤蔓，这些藤蔓不断生长，很快就缠住了船桨，裹住了桅杆，覆盖了整条船。满船流出醇香的葡萄酒，空气中充满浓烈的香味。而俊美的青年突然变成了一只狮子，张开血盆大口，发出可怕的吼声，眼里闪现绿色的凶光。这狮子一跃扑向船长，转瞬间把他撕成了碎片。吓得呆若木鸡的海盗们看到此景，更是惊恐万分，一个接一个地跳入海中。

狄俄尼索斯终是动了恻隐之心，没有淹死他们，而是把他们都变成了海豚。据说，这就是海豚是海洋里最通人性的动物的原因。

船上只剩曾经忠告过海盗们的那个老舵手，但他也被吓得蜷缩着身子蹲伏在船尾，瑟瑟发抖地看着狮子。狄俄尼索斯走到他面前，恢复了人形，轻柔地把他扶起来，对他说道："善良而有智慧的人啊，你不要害怕，我是狄俄尼索斯，是众神之王宙斯和忒拜公主塞墨勒的儿子。"

狄俄尼索斯在人间传播了欢乐与慈爱，成了一个极有感召力的神，宙斯认为应该在奥林匹斯山上赐予他一个主神的宝座了。可是，神殿里只有十二个宝座。正当众神为缺少的这个宝座面面相觑、不知如何是好时，善良的赫斯提亚淡然地从她的宝座上站起来，走到圣火旁边，说道："这才是我的神坛，我不需要宝座。"就这样，酒神狄俄尼索斯得到了他的金色宝座，成为十二主神之一。

GREEK MYTHOLOGY

外 传

Eos

黎明女神厄俄斯

她为人们送来第一道曙光，把晶莹的露珠洒向花儿和树木。

黎明女神厄俄斯（Eos）是泰坦神许珀里翁（Hyperion）与忒亚（Theia）的女儿，太阳神赫利俄斯和月亮女神塞勒涅的姐姐。传说她每到一处，都会带来散发着玫瑰清香的水珠，它们坠落在地，就成了露水。

每当夜幕接近尾声的时候，随着月亮女神的离去，黎明女神厄俄斯便出现在东方。她身穿一件黄色长裙，轻柔地舞动着她那对粉红色的翅膀飞上天空，向大地宣布黎明的到来。她为人们送来第一道曙光，把晶莹的露珠洒向花儿和树木。万物渐渐苏醒，温婉的黎明女神玫瑰色的手指伸向天空，一天就这样开始了。慢慢地，光线越来越强，逐渐照亮了整个大地。

厄俄斯是四大风神的母亲，她孕育了强劲寒冷的北风之神玻瑞阿斯（Boreas）、从南方带来浓浓水雾的南风之神诺托斯（Notus）、轻轻吹散云层的西风之神仄费洛斯（Zephyr）和东风之神欧洛斯（Eurus）。此外，这位女神还曾与凡人有过一段凄美的故事。

一天，当厄俄斯俯身看向大地的时候，她看到了一个人间的美少年提托诺斯（Tithonus）。提托诺斯是一位王子，他天真无邪，无忧无虑，他的生活像童话一样美好。他纯洁的气质和俊美的仪容深深地吸引了女神，女神一下子就爱上了他。

提托诺斯也很喜欢美丽的黎明女神，于是，他们两个每天形影不离，但女神心里却非常担心：提托诺斯是凡人之身，终有一天会离她而去，她该怎么挽留他，和他永远在一起呢？思来想去，厄俄斯终于决定去找宙斯，她跪在宙斯脚下，泪水涟涟，祈求宙斯赐予少年不死之身。

宙斯被厄俄斯晶莹的泪水打动了，他答应了厄俄斯这一要求。厄俄斯高兴极了，匆匆回去跟她所爱的人相聚，却忘记仔细想想自己的祈求是否圆满。

女神和美少年从此日日相伴，他们在女神东方的宫殿里度过了许多美好的日子，再没有比他们更幸福、更完美的一对儿了。厄俄斯如饥似渴地倾听着少年喃喃诉说对她的爱意，他们一起读诗，一起散步，一起欣赏音乐和舞蹈，生活得非常快乐。

梦境般的日子就这样一天天、一月月、一年年地过去了。渐渐地，提托诺斯的头发开始发白、脱落，皮肤长出了皱纹，眼睛变得混浊，声音也不再清脆。厄俄斯这才想起来，她只向宙斯祈求了永生，却没有祈求让提托诺斯青春永驻。曾经的美少年失去了青春活力，萎缩变小，越来越虚弱。然而，因为宙斯的承诺，他又拥有永恒的生命，失去了死亡的权利。时间是多么无情啊！连天神都没有办法。

厄俄斯没有办法，她只能把提托诺斯藏在宫殿的一角，提托诺斯矮小的身躯在那里不断地萎缩，最后他变成了一只蟋蟀，每天依旧对女神不断地说着唱着……

Helios

太阳神赫利俄斯

他用那耀眼的火焰为大地上所有的生物送去光明和温暖。

光芒四射的神祇

　　赫利俄斯（Helios）是古希腊神话中的太阳神，是黎明女神厄俄斯和月亮女神塞勒涅的兄弟。自出生起，赫利俄斯便是太阳神，他高大魁梧、英俊无比，

身披紫袍，头戴耀眼夺目的太阳金冠。每天，他都会乘着四匹火马所拉的日辇在天空中驰骋，从东至西，晨出晚归，用光明普照世界。火神赫菲斯托斯为他打造了太阳马车，还为他铸造了金碧辉煌的太阳神殿。

每天早上，黎明女神厄俄斯都会推开太阳神殿的金色大门，让光芒四射的赫利俄斯驾着他金色的太阳车隆隆驶过。太阳神从东方的地平线上出发，开始他历时一天的旅程。这是一项光荣而艰巨的使命，他必须驾着太阳车，准确无误地沿着狭窄陡峭的轨道，自东向西穿越整个天空。途中他会遇到许多可怕的怪物，比如蝎子、巨蟹和狮子，但赫利俄斯丝毫不惊慌，他知道没有野兽敢阻拦他手中的太阳车，更没有怪物敢惊扰那四匹火马，因为只要它们稍有靠近，太阳车散发出来的炽热的火焰就会在顷刻之间把它们全都烧成灰烬。

因此，虽然火马的性子很烈，但赫利俄斯仍能稳稳地勒住缰绳，渐渐地越飞越高，他用那耀眼的火焰为大地上所有的生物送去光明和温暖。一天很快就过去了，赫利俄斯开始驾驶太阳车向地面飞去，这时他需要更加小心，因为一旦火马稍有失蹄，太阳车就会从天空中掉下来，撞向地面，而世界也就会随之毁灭。

夜幕降临之际，辛苦了一天的赫利俄斯放松缰绳，马车缓缓到达俄刻阿诺斯的海岸，一条金色的船正在那儿等待他的到来。赫利俄斯和战马一起登上战船，回到他在东方的宫殿，到达宫殿时，地上的影子就变得很长很长了。

疲惫的战马们会去大海里洗个澡，然后回到马厩休息，赫利俄斯则回到宫殿进餐和休息。等到天快亮的时候，一只小公鸡会一边打鸣，一边挥动它那双闪着金色的翅膀，唤醒这位白昼之神。赫利俄斯听到打鸣声就会马上起来，为新的一天做好准备。

有了这位太阳神送来的光明和温暖，自然界的万物才能健康茁壮地成长，所以无论是在森林里、小河旁，还是在草地上，都会听到无数声音赞美赫利俄斯："伟大的太阳神啊，感谢你，是你赐予了万物生命与活力！"

法厄同之死

赫利俄斯在凡间有个儿子叫法厄同（Phaeton），他和母亲克吕墨涅（Clymene）生活在一起。法厄同非常崇拜父亲赫利俄斯，而赫利俄斯也很喜欢这个英俊的儿子。

一天，法厄同遇到了宙斯与伊娥的儿子厄帕福斯（Epaphus），宙斯的这个儿子十分得意于自己的出身，因此故意跟法厄同说："你根本就不是赫利俄斯的儿子，你的父亲只不过是一个微不足道的凡人，你母亲一直在欺骗你！"

听了他的话，法厄同非常伤心，悲痛欲绝的他立刻跑到母亲那儿，把厄帕福斯的话重复了一遍。他说："母亲啊，我不会因为自己是一个凡人的儿子而感到羞愧的，但如果你欺骗了我，一直谎称我是太阳神的儿子，那我就真的没脸见人了！"

"你在说什么呀，我亲爱的孩子？"克吕墨涅叫了起来，"我怎么会欺骗你呢？你自己去找赫利俄斯问个明白吧，我想现在只有他的回答才能让你相信了！"

法厄同跑到了太阳神那座金碧辉煌的宫殿前，一见到赫利俄斯就哭了起来："太阳神赫利俄斯啊，一直以来我都把您当作自己的父亲，可是现在我却不知道还能不能继续这样称呼您——有人告诉我说，我只是一个凡人的儿子！"

"这是谁说的？"赫利俄斯大怒，"我马上去把他烧成灰烬，以此来警告所有人，没有谁可以侮辱我太阳神的儿子！"

"不，父亲！我告诉您这些并不是想让您惩罚谁，我只希望您能给我一些证据，让我可以不再被别人嘲笑。我宁愿从这个世界上消失，也不愿被人嘲笑成连自己的亲生父亲都不知道的可怜虫！"

"那你想让我怎么做呢？"赫利俄斯亲切地问道，"如果能让你开心起来，我愿意满足你的任何愿望。我可以对着冥河发誓。"他的话音刚落，大胆的法厄同就大声叫道："我想驾驶您的太阳车穿越天空一次！只要一次就行了！"

赫利俄斯大吃一惊："你说什么！你怎么会有这样的要求呢？要知道即便宙斯也无法驾驶炙热的太阳车！我不能答应你这样荒唐的要求。""我的父亲！只要能像您那样飞上天空，哪怕一次我就已经心满意足了！这样才是最好的证明，我法厄同是太阳神赫利俄斯的儿子！"

赫利俄斯非常后悔，他深知除了自己，没人能驾驭得了那四匹性情暴烈的火马。可是他已经对着冥河发了誓，没有办法违背自己的誓言，而无论他怎么劝说都没有用，法厄同什么都听不进去。他哭着投进父亲的怀中，一个劲儿地请求，赫利俄斯这才意识到，除了让儿子得偿所愿，他别无选择。他长叹了一口气，只能满足儿子的心愿。

赫利俄斯心情沉重地取下自己头上的太阳金冠，戴到儿子头上，然后他又给法厄同涂上了一层神奇的药膏，以防他被战车那熊熊的烈焰灼伤。他忧心忡忡地对法厄同说道："孩子，你一定要记住抓紧缰绳，这样那些任性的火马才

不会意识到驾驭它们的是一个毫无经验的马师；还有，千万不要用鞭子抽打它们，那只会让它们变得更加桀骜不驯；更重要的是，切记绝不能让太阳车偏离轨道！"

太阳神的话还没有说完，宫殿的大门就打开了。法厄同迅速跳上了太阳车，抓住缰绳，猛地向后一勒，火马们扬起马蹄，冲出了金色的神殿，向天空飞去。见到地面离自己越来越远，法厄同的心也像是飞了起来，高兴得不能自已。看谁还敢再轻视他，说他不是太阳神的儿子！

起初，马车平稳地行驶了一段时间，法厄同骄傲地站在太阳车上，还遵照父亲的叮嘱牢牢握着缰绳。然而，陶醉于喜悦中的法厄同在不知不觉中放松了手中的缰绳，而烈马似乎也感觉到了今天驾驭它们的是个不熟练的新手。于是，马儿们开始任性地行驶，渐渐偏离了轨道，太阳车也开始在空中颠簸摇晃起来。

这可把法厄同吓坏了，他赶紧又拉紧缰绳，尝试着把马儿们赶回轨道，可它们根本不听他的。情急之下，法厄同抽了马儿一鞭子，想驯服它们，这下子更糟糕了，被激怒的烈马更是横冲直撞起来，法厄同在车上被颠上颠下，差点儿被甩出去。而他偶尔朝下张望时，只看见一望无际的大地，他紧张得脸色发白，头晕眼花，双腿也因恐惧而颤抖起来，手上更加抓不住缰绳了。

法厄同终于后悔了，后悔当初没有听从父亲的劝告，但现在已经太晚了。火马拉动太阳车越过了天空的最高点，开始往下滑行。它们索性完全偏离了轨道，漫无边际地在空中乱跑，一会儿高，一会儿低，后来差点儿撞在一座高山上。这么近的距离让大地受尽炙烤，水分全蒸发了，草原干枯，森林起火。大火蔓延到广阔的平原，庄稼全烧毁了，耕地成了一片沙漠，无数的城镇和乡村化为了灰烬。

宙斯站在高高的奥林匹斯
山上看着这一切，边看边摇头。
他再也不能看着事态进一步恶化下去，
否则大地都要毁灭了。只见他抬手丢出了一个
霹雳，一下子就扑灭了大地上的熊熊烈火。紧接着，
他又丢出了第二个霹雳，击中了法厄同驾驶的太阳车。战车
在顷刻间四分五裂，而法厄同则像一团燃烧着的火球，在天空中
划出了一道火光之后，坠落在了位于世界尽头的伊利达努斯河（River
Eridanus）中。

　　赫菲斯托斯要连夜维修损坏的战车，因为第二天赫利俄斯还要驾驶它。而
因为儿子的死，悲痛的赫利俄斯从那之后再也不许其他人驾驶他的太阳车。

Selene

月亮女神塞勒涅

恩底弥翁就这样甜美地永睡着，一天一夜地过去，一月一年地过去。

　　塞勒涅是月亮女神。每到晚上，当她的哥哥太阳神赫利俄斯休息的时候，她就会驾着自己的车辇缓缓升上天空，穿过层层云雾，将银色的月光洒满大地。这位安静的女神总是穿着白色的长袍，头上戴着一顶弯弯的月亮似的帽子，乘坐一辆公牛拉着的车子，不急不缓地走着，一切都是那么静谧而美好。

　　有一天，当塞勒涅驾着车子穿过夜空的时候，她看到了秀美的牧羊少年恩底弥翁（Endymion）。此时他正躺在一个山洞旁沉睡。皎洁的月光照在少年的脸上，他金黄色的头发散落在额前，双眼微闭，说不出的美丽动人。他在梦中露出一抹微笑，温柔沉静的笑容让女神不由得怦然心动。女神忍不住停下了月亮车，她踮着脚，偷偷走近这美少年，生怕惊醒了他。看到四处无人，女神轻轻地在他唇边吻了一下，然后像受惊的小鹿一样转身匆匆逃开了。

　　恩底弥翁这时正做着一个美梦，梦见一位风姿绝世的仙女温柔地吻了他，可他刚要伸出双臂去拥抱仙女时，她已经飘然远去了。牧羊少年怅然地醒来，看见明月已经升在天空，宛如含情般向他投下月光，而四周静悄悄的，并无一人。他轻叹一口气，知道这不过是一个美梦，便又入睡了。

　　第二天夜晚，恩底弥翁仍然睡在山洞旁。塞勒涅又从东方走到了中天，情不自禁又走下车来，在他唇上偷偷印下一个甜蜜的吻，随即又羞涩地逃开了。恩底弥翁醒来，似梦似真。每天他都以为这是一个梦，而这个美梦却又每天都重复着。

　　恩底弥翁是凡人之身，塞勒涅却放任自己爱上了他。她终于忍不住去恳求

宙斯，想要与这个少年长久地相伴。在姐姐黎明女神那里，她吸取了教训，知道不能向宙斯祈求给一个凡人永生且青春永驻，于是她请求宙斯让恩底弥翁永远睡着，在睡梦中永葆青春美貌。

宙斯经不住塞勒涅的苦苦哀求，满足了她的愿望。就这样，恩底弥翁永远地睡着了，可是塞勒涅对他的爱，却没有因此而停止。虽然她知道恩底弥翁将永远这样沉睡下去，没有机会睁开双眼对她诉说爱意，但每天夜里，月亮女神还是会来到心上人的身边，用她那洁白的手指轻抚爱人的脸庞，温柔地在他耳边细诉自己的绵绵爱意，并在他的唇上印下温柔的亲吻。淡淡的月光轻柔地洒在沉睡的大地上，而月亮女神塞勒涅苍白的脸上则永远都带着一抹淡淡的忧伤。

恩底弥翁就这样甜美地永睡着，一天一夜地过去，一月一年地过去。每到黄昏时，他便做一次美梦，湖水在那时似乎更明朗地反射着银光，清风似乎更柔和地吹过书简，大地万物也都怕惊醒他的好梦。有人说，他到现在还睡在风光明媚的拉特摩斯山（Mount Latmos）里呢。

Pan

牧神潘

他走到哪里都把这乐器带在身边，
让美妙的声音在群山丛林之间回荡。

　　自然之神潘是信使神赫尔墨斯和仙女德律奥佩
（Dryope）所生的儿子。他生下来就长得奇丑无比，全
身上下都长满了毛，头上长了对山羊的角，腿长得和
羊一模一样，还有一对羊蹄子。德律奥佩第一眼看
到他时，立刻被他的怪模样吓到了，仙女尖叫了一
声，丢下他逃走了。这也表明，潘从出生起就具
有使人恐惧的能力。

　　面对被丢下的儿子，父亲赫尔墨斯有点不
忍心，就把他抱到奥林匹斯圣山上去。众神
倒是不介意他的长相，逗他玩，也被他逗得
哈哈大笑。但是潘并没有随赫尔墨斯和众神
在奥林匹斯山上生活。他是牧神，也是自然之
神，一切荒野、丛林、群山都是他的故乡。他喜
欢到处游走，或是在森林里一边牧羊，一边吹着芦笛。
森林里的仙女们听到潘演奏的音乐，便成群结队地跑
出来围着他跳舞，有时候潘也和她们一起跳，森林
里有了潘，总是充满了欢声笑语。

　　潘是位出色的音乐家，而且活泼幽默，给森
林里的仙女们带来了很多快乐。但由于他的外貌

丑陋，他所追求的每一位仙女都逃避他、拒绝他，这让潘十分难过。每当他难过的时候，他都会一个人躲起来，如果这时有人不小心打扰到他，他就会发出令人毛骨悚然的尖叫，把人吓跑。人们把这称为"恐惧"（Panic）。

有一天，潘又在丛林中散步，突然，他被溪水边一个美丽的身影深深地吸引了，那是山林女神绪任克斯（Syrinx）。潘对这位美丽的女神一见钟情，他热情似火，立刻上前向仙女表达自己的爱慕之情。

绪任克斯是狩猎女神阿耳忒弥斯的忠实追随者，和阿耳忒弥斯一样，她也完全不想结婚。因此，她看到潘深情款款地走过来，就立刻跑开了。潘赶紧追了上去，不想失去这位美丽的姑娘。绪任克斯在前面跑得飞快，潘费尽了全身的力气，可总是差那么一点点。最终，绪任克斯逃到河边时，为了避开潘的追求，把自己变成了一根芦苇。她藏在河畔那无数的芦苇中，这样潘就再也找不到她了。

看着绪任克斯从眼前消失，潘十分伤心。正当他徒劳地在芦苇丛中寻找心中的女神时，一阵风吹过，芦苇随之发出了动听的乐音。潘凝神听着，他想到了一个好主意，可以让这美妙的声音每天陪伴着他。

　　于是，他把芦苇截成了几小段，然后按照长短把芦苇排列好，再用蜡把排列好的芦苇粘在一起。一种新的乐器就这样诞生了。潘把这种乐器叫作绪任克斯笛，也就是我们今天所说的排箫（syrinx）。每当潘吹起它的时候，就仿佛听到了自己心爱的仙女那悦耳的声音。因此，他走到哪里都把这乐器带在身边，让美妙的声音在群山丛林之间回荡。

Narcissus

水仙花那喀索斯

那喀索斯第一次感受到了爱神的召唤。他无可救药地爱上了水中的自己。

　　那喀索斯（Narcissus）是河神克菲索斯（Cephissus）和仙女拉乌里翁（Leiriope）的儿子。他出生的时候，母亲拉乌里翁抱着他去向预言家问命，想要了解孩子的未来。预言家说，那喀索斯不可以看到自己的样子，否则会有灾难发生。拉乌里翁一回到家中，就赶紧让人把所有的镜子都拿走，不能让这孩子有机会看到自己的模样。小男孩健康地长大了，而且长得十分俊美，每个见过他的人都被他迷得神魂颠倒，而他却十分冷漠傲慢，不正眼去瞧任何人。

　　邻居家的少女阿米尼厄斯（Arminius）疯狂地爱上了那喀索斯，有一天她终于鼓起勇气向男孩表白，请求男孩做她的恋人。可那喀索斯看着她就像对着空气，什么也没说，就转身走掉了。忐忑的阿米尼厄斯焦急地等待那喀索斯的回应，等来的却是男孩让仆人送的一把匕首。少女在绝望之下，拿起匕首结束了自己的生命。临终前，她诅咒那喀索斯将来若遇到心爱的人，也会和她一样悲惨。

　　不知不觉，那喀索斯长到了十六岁。他很喜欢背着弓箭，从早到晚在森林里打猎。林中有很多美丽的小仙女，她们都为那喀索斯的美貌与风姿而倾心，厄科就是其中之一。厄科是狩猎女神阿耳忒弥斯最喜欢的侍女，她生性欢脱，很喜欢讲话，也很讨人喜欢，但是因为赫拉的惩罚，她只能重复别人讲过的话，永远失去了讲话的权利。

事情是这样的：有一天，赫拉怀疑宙斯和仙女们混在一起，就来到森林里，寻找宙斯的踪迹。厄科知道赫拉的意图，这个喋喋不休的小话痨就缠着赫拉唠叨个没完没了，其他小仙女们趁赫拉听得津津有味的时候都偷偷溜走了。赫拉反应过来后，非常生气，她诅咒厄科说："你将永远重复别人说过的最后几个字，却无法先开口。"这种惩罚多么残酷啊！厄科即使有千言万语要讲，也只能张口结舌，什么都说不出了。

一天清晨，厄科在森林里看到了那喀索斯，他正与一头陷入捕网中的鹿搏斗，仙女一下子就爱上了这个俊美的年轻人。她痴迷地望着这个美少年，眼睛仿佛镶嵌在了他的身上，可少年却完全没有注意到她。厄科只好偷偷地跟在那喀索斯的身后，希望等他先说话，这样她就能重复给他听了。

碰巧，那喀索斯与他的伙伴走散了，他高声喊道："有谁在这里？"厄科应声回答道："这里！"那喀索斯吃惊地看了看周围，没有任何人影，便又试着喊了一声："让我看看你！"厄科又应声道："看看你！"少年奇怪极了，于是说："这里，快到我这里来！"厄科难以抑制心中的喜悦，一边高兴地重复道："到我这里来！"一边急急忙忙从树林中走出来，张开双臂，想要拥抱她心爱的人。惊慌失措的少年却推开了她，飞快地钻进了森林，再也不肯出来。

遭到拒绝的仙女每天以泪洗面，不吃不睡，在无穷无尽的单相思中日渐憔悴。直到今天，可怜的厄科还在世界各地的山林中徘徊。人们再也看不到她的身影，但人人都能听到她的声音，据说是因为她憔悴得失去了形体，只剩下了声音。

而冷酷的美少年那喀索斯，继续过着他目中无人、孤芳自赏的生活，直到有一天，他遇见了自己。

这天，那喀索斯走到林中的一个寂静的池塘边，想喝几口水解渴。当他俯下身去的时候，他从那明镜一样的池水中看到了一个绝世美

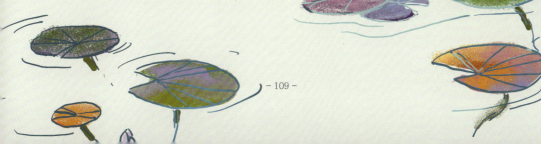

男子，那是怎样的一张脸啊！金子般的鬈发，吹弹可破的皮肤，鲜艳欲滴的红唇，这世上竟然有这般绝美容颜。他出神地盯着水中美丽的面孔，而水中那人也正专注地盯着他。他露出一个微笑，那人也回他一个微笑。那喀索斯第一次感受到了爱神的召唤。他无可救药地爱上了水中的自己。

他伸出手想去抚摩那脸庞，却只能划出荡漾的水波；他俯下身子想要亲吻水中的人，吻到的却是冰冷的池水。他伤心地流泪，低声乞求："别离开我，留下来，我爱你。"可眼泪落入池水，影子破碎消失了。过了好一会儿，水面平静下来，他才又看到了心爱的人。

英俊少年狂热的爱得不到回应，他痛苦万分，日夜难安。预言家说得没错，少女的诅咒也显灵了。那喀索斯爱上自己的那一刻就是悲剧的开始，他日渐消瘦，痛苦无时无刻不在折磨着他的心灵。可他依旧不吃不睡守在溪水边，守着自己的影子，寸步不离。最后，耗尽体力的那喀索斯奄奄一息地对着自己的影子道别后，就倒在了池塘边。

小仙女们走出森林为他痛哭，她们想要安葬他，可他的尸体却不见了。在他倒下的地方，长出了一株香气四溢的花，金色的花蕊，白色的花瓣，这就是水仙花。这种花生长在水边的时候，总会低下头看着自己水中的影子。

Eros

小爱神厄洛斯

即使身为爱神，厄洛斯也没能逃脱得了爱情的折磨。

厄洛斯是女神阿佛洛狄忒的儿子，也是一位小奥林匹斯神。很多绘画和雕塑作品中都有他的形象，那是一个手持弓箭、光着身子的小男孩，长着一对闪闪发光的翅膀。

这位可爱而又淘气的小精灵有两种神箭，金箭头可以在人们心中唤起爱的激情，给自然界带来生机；而铅箭头则会中止爱情，并且会让被射中的人厌恶爱情。厄洛斯每天带着他的弓箭到处玩耍，有时还会恶作剧地射出他的神箭，造就一个个或喜剧或悲剧的爱情故事。没有任何人或神能逃脱他神箭的威力，包括宙斯在内。

小爱神厄洛斯曾经用金箭射向阿波罗，用铅箭射向河神之女达芙妮，结果阿波罗追求达芙妮非但不成功，还使得达芙妮变成了月桂树。著名的女巫美狄亚被厄洛斯的神箭射中后，和伊阿宋一起寻觅金羊毛，后来还成为这位英雄的妻子。

不过，即使身为爱神，厄洛斯也没能逃脱得了爱情的折磨。

在凡间，有一位国王有三个女儿，其中小女儿普绪喀（Psyche）是最漂亮的一个。她是那么美丽动人，人们都说她是女神阿佛洛狄忒下凡，就像爱慕女神一样爱慕着她。受到冷落的女神看到普绪喀有那么多爱慕者，很不高兴：一个凡间女子怎么能像她一样受众人爱戴呢？于是她找来儿子厄洛斯并对他说："我亲爱的儿子，你去看看普绪喀到底是一个怎样的女子，人们居然敢把她跟我相提并论！发挥一下你神箭的威力，让这个不知天高地厚的丫头爱恋上最丑陋、最可悲的男人，作为对她的惩罚吧！"

于是，厄洛斯离开奥林匹斯山去寻找普绪喀，可这位淘气的精灵在看到美丽的普绪喀时，手中的金箭竟不小心划破了自己的皮肤，因此他立刻爱上了这位"凡间的阿佛洛狄忒"。

奥林匹斯山上的男神怎么能和凡间的女子相恋呢？母亲阿佛洛狄忒是绝对不能接受的。可是厄洛斯疯狂地爱着这位凡间姑娘，为了防止被母亲发现，他偷偷拜托西风之神仄费洛斯把普绪喀带到丛林中一座富丽堂皇的宫殿里。就这样，普绪喀成了他的妻子。

厄洛斯对普绪喀非常温柔体贴，尽量满足她的一切要求，只除了一件事：他不让普绪喀看到自己的样子。厄洛斯每天很晚才回宫殿和普绪喀相聚，天亮之前就会离去，而在他们的卧室里，从来不许点灯。有一次，普绪喀请求道："能不能让我抚摩你的脸庞，来感觉你的样子呢？"厄洛斯却回答道："只要你不看我的容貌，不问我是谁，保守住我们爱情的秘密，你就会是世界上最幸福的女人。否则，这一切都会化为乌有。"普绪喀只好作罢。

过了一段时间，普绪喀的两个姐姐来宫殿里看

望她。看到妹妹住在童话般美丽的宫殿里，过着被爱人万般宠爱的生活，两个姐姐十分忌妒。于是，她们对妹妹说："你所谓的爱人，八成是个妖怪吧，否则的话，他为什么不让你看他的模样呢？"普绪喀慢慢地被说动了心，好奇心也让她想看一眼丈夫的样子。姐姐们还给她出主意，教她怎么趁爱人熟睡的时候去发现秘密。

一天晚上，普绪喀终于决定按照姐姐们的主意，偷偷看一眼爱人。她把一盏点着的油灯放进一只瓦罐里藏好，然后静静地等待厄洛斯进入梦乡。确认厄洛斯睡熟后，她悄悄拿起油灯走到床前，探头望去——

哪里有什么怪物，躺在床上的是一个美男子呀！金黄色的头发，百合花一样迷人的脸庞，简直比王国里最英俊的青年还要俊美。普绪喀被这俊俏的模样深深地迷住了，她想去拥吻爱人，可是一弯腰，一滴灯油滴了出来，落在了厄洛斯的肩上。

厄洛斯一下子就痛醒了，他非常生气，容不得普绪喀辩解就展翅飞走了。普绪喀违背了自己的承诺，偷看了熟睡中丈夫的真容，她曾经所拥有的一切就这样不复存在了：丈夫不再回来，华丽的宫殿也消失不见。普绪喀哭个不停，非常后悔自己听信了姐姐们的话，也为自己失去的爱情悲伤不已。但她没有放弃，沉痛中她发誓要用自己的一生来寻找厄洛斯。于是，她擦干眼泪，踏上了寻找丈夫的旅程。她走过了很多地方，但从没有人见过她描述的爱人，也没有人给她任何指示。

一天，普绪喀途经一座破败的神庙，不忍看见神庙荒废凌乱，她仔细地把神庙打扫得干干净净。感念于她的虔诚，神庙供奉的收获女神现身，询问她需要什么帮助。

乍惊乍喜的普绪喀跪了下来，祈求说："伟大的女神，我只想找回我失去的丈夫，因为我违反了我的承诺，我失去了所有的幸福。"边说边哽咽起来。

收获女神看着泪水涟涟的姑娘，不禁动了恻隐之心，她告诉普绪喀，她的丈夫不是凡人，而是大名鼎鼎的爱与美之神阿佛洛狄忒的儿子厄洛斯。因为普绪喀曾在无意中惹得这位女神不快，如果她还想再见到厄洛斯，只能寻求阿佛洛狄忒本人的宽恕。

听了收获女神的忠告后，普绪喀暗下决心，不论自己会有怎样的遭遇，都要求得阿佛洛狄忒的谅解。她抱着这种信念踏进了阿佛洛狄忒的神庙。

阿佛洛狄忒已经得知了厄洛斯与普绪喀之间的所有事，见到这位凡间公主自然怒火中烧。普绪喀苦苦哀求，坦陈自己犯过的错，希望女神能够宽恕她，无论什么样的惩罚她都愿意接受。怒火未平的女神于是给她安排了三项艰难的任务来考验她的诚心。

这三项任务都是凡人几乎不可能完成的，阿佛洛狄忒以为普绪喀会知难而退，然而下定决心的普绪喀义无反顾地去做了。众神和许多小精灵都在暗中帮助她，让她完成了前两项任务，现在，只剩最后一项了。

最后一项任务是要去冥界找到冥后珀耳塞福涅，从她那儿索要一个装着"美"的盒子，女神要以此来弥补她因祭祀受扰和儿子受伤所失去的美貌。可是，对凡人而言，要怎么去冥界呢？那可是只有死魂才可以进去的地方。

普绪喀想了很久，最后爬上了一座高塔，准备从塔顶跳下去，只要她死了，就可以进入冥界了。就在这时，西风之神仄费洛斯突然出现，他把她带离了塔顶，送到了冥界一个在人间的隐秘入口。西风神用他温柔的声音告诉了普绪喀进入冥界的方法，还特别告诫她在冥界不能食用任何食物，以及在拿到装有"美"的盒子后，千万不可以私自打开。

按照西风神的指引，普绪喀终于来到了冥王的宫殿。她拜见了冥王哈得斯和冥后珀耳塞福涅，说明了来意。冥后很赞赏普绪喀的勇气，提出要设宴款待她，而普绪喀记着西风之神的告诫，婉言谢绝了冥后。终于，冥后拿出一个精美的盒子，让她带回去交给阿佛洛狄忒。普绪喀谢过冥后，离开了冥界，又回到了阳光明媚的人间世界。

终于克服了种种困难的普绪喀松了一口气，想到马上就能完成这最后一项任务，得到女神的原谅，重新见到深爱的厄洛斯，她就忍不住加快了脚步。可是，在返回的途中，就像潘多拉（Pandora）一样，普绪喀的好奇心犯了，她想看看盒子中的"美"究竟是什么东西，真的有办法弥补失去的美貌吗？她犹豫了很久要不要打开盒子看一看。如果她私自打开盒子，女神会不会生气呢？但是，只看一眼，女神会知道吗？

终于，好奇心战胜了理智，普绪喀小心翼翼地打开了手中精致的小盒子。意想不到的事情发生了，在盒子里装着的并不是"美"，而是"睡眠"。她打开盒子的瞬间，睡眠马上抓住了她。普绪喀倒在路边，毫无知觉地睡着了。

然而还不止于此，这"睡眠"是供神使用的，身为凡人的普绪喀根本承受不了，她长睡不醒，手脚冰冷，眼看就要睡死过去。就在这时，飞翔在空中的厄洛斯看到了她。这位小爱神经过这些日子心情已经平静了，他还深爱着这个姑娘，深陷于爱情的折磨中，又听说她为了找寻他经历了重重磨难，早已原谅了她。厄洛斯救了濒死的普绪喀，把她身上的"睡眠"重新收集起来，装入了盒中。

普绪喀渐渐苏醒过来，她看到眼前的丈夫，激动得热泪盈眶。小爱神也抑制不住内心的激动，给了她一个热烈的吻。随后，厄洛斯飞回了奥林匹斯山，请求宙斯同意自己与普绪喀结合。宙斯理解厄洛斯为爱情所受的煎熬和痛苦，同意了他的请求。就这样，普绪喀喝下了永生之水，成为奥林匹斯大家庭的一员。

从此之后，厄洛斯和普绪喀形影不离，过上了幸福美满的生活。他们生下一个孩子，名为"欢乐"，主管世间一切生物的欢快感觉。而厄洛斯使用的那支金箭，后来被宙斯送上星空，就是天箭座（Sagitta）。

Daphne

月桂女神达芙妮

而伸出手想要抱住仙女的阿波罗，发现自己抱住的只是一捧树叶。

光明神阿波罗是百发百中的神箭手，而阿佛洛狄忒和阿瑞斯的儿子，小爱神厄洛斯也善使弓箭。这天，阿波罗遇到了厄洛斯，这位长着翅膀的小爱神正背着箭筒到处瞄准呢。阿波罗大声嘲笑他说："你这小屁孩儿，怎么能用这些我们大人才用的武器，还是去和泥巴玩儿吧。"这话可太气人了，厄洛斯决定来个恶作剧报复阿波罗。

小爱神厄洛斯有两支十分特别的箭，一支是黄金做的利箭，一支是铅做的钝箭。凡是被他用金箭射到的人，心中会立刻燃起恋爱的热情；要是被铅箭射到呢，就会十分厌恶爱情。厄洛斯趁阿波罗不备时用金箭射中了他，阿波罗心中立刻燃起了爱情的火焰，正巧这时他看到了附近的河神之女达芙妮（Daphne），马上就疯狂地爱上了这位迷人的姑娘。

正在和仙女们玩耍的达芙妮一抬头，就发现阿波罗正火辣辣地盯着自己，那炽热的眼神让她惊慌不已。她本能地想躲开，飞快地跑了起来。热切的光明神紧随其后，并大声呼喊着想让仙女停下来，达芙妮却快步如飞，躲进了人迹罕至的树林。

阿波罗想换个方式来表达爱意，于是他取出里拉琴，开始弹奏美妙的乐曲。躲在丛林里的达芙妮不知不觉陶醉其中了。"哪来的这么动人的琴声？我要看看是谁在弹奏。"达芙妮循着琴声朝外走去。这时，躲在一块大石头后面的阿波罗立刻跳了出来，走上前要拥抱她。

可就在这一刻，调皮的厄洛斯把铅箭射向了达芙妮，被射中的达芙妮立刻就变得十分厌恶爱情。而面前的阿波罗，也显得那么令人厌恶。她转头又开始奔跑起来，阿波罗在后面苦苦追赶和哀求，达芙妮仍然当作没听到，继续向前飞奔。

"停下来吧，求你了，别再跑了，"阿波罗恳求道，"我不会伤害你的！"然而奔逃中的仙女却加紧步伐，躲避他的追赶。阿波罗只得继续在后面追，他一边追，一边不停地恳求仙女停下来。"不要害怕，美丽的仙女，"阿波罗喊道，"为什么你要逃跑呢？就好像后面有凶猛的野兽在追你一样。我是宙斯的儿子阿波罗，我喜欢你啊！我求求你停下来听我说啊！"

然而，达芙妮仍然没有放慢脚步，有时候阿波罗离得很近，眼看就要抓住她了，可是她又加紧脚步，再一次像一只惊慌的蝴蝶一样躲开了。执着的金发小伙子仍然没有放弃，热烈地追赶，爱情在他心中燃起的火焰不会这么容易就扑灭的。"仙女坚持不了多久就会累的，那时我就能抱住她了。"阿波罗自言自语地说。

达芙妮已经跑得筋疲力尽，眼看着就要被阿波罗捉到。绝望的仙女大声向父亲河神求救："父亲，快救救我！阿波罗就要抓到我了！我讨厌他！我宁愿变成一块岩石或是一棵树，也不想跟他有任何关系！"

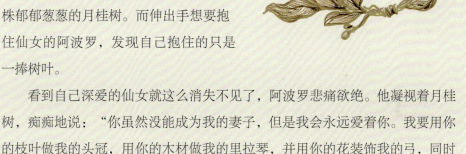

达芙妮的话音未落，她的脚便被牢牢地钉在了地上，她的头发和胳膊开始长出树枝和树叶，她的身体则变成了树干，转眼间这位可爱的仙女就变成了一株郁郁葱葱的月桂树。而伸出手想要抱住仙女的阿波罗，发现自己抱住的只是一捧树叶。

看到自己深爱的仙女就这么消失不见了，阿波罗悲痛欲绝。他凝视着月桂树，痴痴地说："你虽然没能成为我的妻子，但是我会永远爱着你。我要用你的枝叶做我的头冠，用你的木材做我的里拉琴，并用你的花装饰我的弓，同时我要赐你永远的青春，让你不会衰老。"

变成月桂树的达芙妮被阿波罗深情的告白打动了，她轻轻地抖动树冠表示谢意。阿波罗眼中含着泪水，忧伤地抚摩芬芳的月桂树，然后轻轻地折下一根树枝，编成花环戴在自己头上，用这种方式来怀念爱人。也许是受到了阿波罗的祝福，月桂树终年常绿，是一种深受人们喜爱的植物。

Muses

缪斯女神

缪斯们的歌声是那么美妙动人，连泉水都叮咚作响起来，
配合着她们的旋律。

在奥林匹斯山上，除了诸神之外，还有数不胜数的林间仙女和海中精灵，他们曼妙的舞姿与动人的歌声让希腊的森林中、小溪边、河岸上处处回荡着甜美的旋律。他们代表了希腊人对艺术的热爱。这其中，最有名的就是九位艺术女神缪斯了。

九位缪斯女神是宙斯与泰坦神族的记忆女神摩涅莫绪涅所生的女儿们，她们是赋予世界音乐、诗歌、舞蹈和戏剧的女神，头发上束着金色的发带，高雅美丽。在众神的欢宴中，她们也会与美惠三女神一起载歌载舞，为宴会助兴。她们将技艺传授给歌手和乐师，并赋予诗人和歌者以艺术灵感，因此深受艺术家和诗人的尊崇。

缪斯九姐妹经常聚集在音乐之神阿波罗身边，只要这位金发的神祇拿起他的里拉琴，手指拨动琴弦，缪斯们就会开始歌唱，而林中仙女们便会聚集在泉水边的树荫下跳起舞来。缪斯们的歌声是那么美妙动人，连泉水都叮咚作响起来，配合着她们的旋律。

　　当然，缪斯女神们也会时常陪伴在父亲宙斯的身边，用歌声来安慰他。她们用歌声怀念众神的先祖，歌颂众神的壮举，最后将歌声汇成一首首赞美诗，颂扬她们的父亲宙斯。无论何时，只要听到缪斯们的歌声，宙斯的脸上便会露出笑容。不过，女神们也从未遗忘普通人，她们也用歌声来赞美人类的艺术、智慧和英雄事迹。

　　九姐妹中的第一个，也是最受敬重的缪斯女神名叫卡莉俄佩（Calliope），她是叙事诗和英雄诗的缪斯，所掌管的是诗人们创作叙事诗时最重要的创造力。她的手中总是握着一支笔，这支笔正是写作的灵感源泉。厄拉托（Erato）是第二位缪斯，她掌管爱情诗与独唱，象征物是七弦琴或竖琴。忒耳普西科瑞（Terpsichore）是掌管合唱与舞蹈的缪斯，她和厄拉托一样，喜欢随身带一把七弦琴。波仑尼亚（Polyhymnia）头戴面纱，总是一脸沉思的表情，她是以神圣赞美诗为主题的缪斯。欧忒耳佩（Euterpe）是掌管抒情诗与音乐的缪斯，她手里常常拿着笛子和花篮。另外两位缪斯献身于戏剧，是狄俄尼索斯的追随者，分别是手执笑脸面具的喜剧缪斯塔利亚（Thalia）和拿着愁眉苦脸面具的悲剧缪斯墨尔波墨涅（Melpomene）。最后两个缪斯姐妹关注的领域与其他人不同，掌管历史的缪斯克利欧（Clio）总是手持书卷，而歌唱璀璨群星的缪斯乌拉尼亚（Urania）掌管的是天文学与占星学。

　　这就是艺术的女神们，她们美丽而善良，大大缓解了人类的苦难，为人们带来了许多美好的体验。

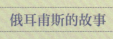

俄耳甫斯的故事

俄耳甫斯（Orpheus）是缪斯女神之首卡莉俄佩的儿子。他是人类，但他的音乐天资出神入化。阿波罗爱惜他的才能，送给他一把竖琴，缪斯女神们教会了他弹琴。每当俄耳甫斯弹奏竖琴时，天上的鸟，水里的鱼，森林中的野兽，甚至树木和岩石都会赶来倾听。他的演奏让木石生悲、猛兽驯服。有一位美丽可爱的小仙女叫欧律狄刻（Euridice），她也被俄耳甫斯的琴声迷住了，随即深深爱上了他。俄耳甫斯也真心爱着这位姑娘，他们柔情满怀，互相倾心，是世上最般配、最幸福的一对儿了。可快乐总是那么短暂，命运在他们最幸福的时候送上了致命的打击。

这天，美丽的欧律狄刻在溪边草地上散步时，被一条藏在草丛里的毒蛇咬伤了腿，蛇毒迅速蔓延，顷刻间，欧律狄刻就奄奄一息了。俄耳甫斯闻讯赶到，可是毒入骨髓，欧律狄刻已经倒地死去。俄耳甫斯放声大哭，哀歌倾诉着他的悲痛，林间有灵性的动物都为这位可怜的男子哀痛不已，可他的祈祷和哭诉却再也唤不回他的爱人。俄耳甫斯流着眼泪，悲痛欲绝，思念着离去的爱人。思来想去，他终于做出了一个大胆的决定：他要下到可怕的地府里去，请求冥王哈得斯和冥后珀耳塞福涅放回欧律狄刻，把他心爱的人还给他。这可是凡人想也不敢想的征程，但俄耳甫斯只带了一把竖琴，就出发了。

　　他四处寻找，到处询问智者和先知，但他们都频频摇头，劝说俄耳甫斯不要去，他们说："活着的人不能去黑暗的冥界，那里阴森又恐怖，而且把守大门的三头犬刻耳柏洛斯永不松懈，它绝不会让你把你的爱人带回来。"他们劝告俄耳甫斯说，人的命运是注定的，没有人能够将它更改，但俄耳甫斯下定了决心，他一定要找到通往冥界的办法。

　　终于，俄耳甫斯在世界的尽头，找到了一条通往冥界的峡谷。这条道路阴森而荒凉，渺无人烟。俄耳甫斯在路上遇到的最后一个人对他大声喊道："嘿，你上哪儿去？快回来！没有活人走过那条路，也从未有人踏进那个峡谷。"但俄耳甫斯仿佛没有听到一样，毅然走进了峡谷，并在高耸的岩石中一路前行。在峡谷的尽头，他看到了一个大开的黑洞，那里最深处的黑暗，连最耀眼的阳光都无法穿透，那就是冥界恐怖的入口了。俄耳甫斯坚定地踏了进去，对欧律狄刻的爱支撑着他。

　　俄耳甫斯没走几步，便觉得自己的手被牢牢抓住，与此同时，一道神圣的光围绕在他身边。他回过头来，看见一个手持双蛇杖的英俊男子，他头上戴着有翅膀的帽子，脚上穿着有羽翼的鞋子，正是赫尔墨斯。"我敬佩你的勇气，"

赫尔墨斯说，"但你在做的事情是不可能的，冥界的王无情而顽固，不知人间的痛苦为何物，你不要奢求不可能实现的事情，让我引你回到人的世界中吧。""请你带我去找冥界的王哈得斯，我一定要找回我的爱人！"俄耳甫斯回答道，他的声音是那样地坚定。赫尔墨斯沉默了片刻，便再次牵起俄耳甫斯的手，带着他继续往前走。那是一条长长的隧道，黑暗而曲折蜿蜒，走了很久之后，他们终于听到了水拍岩石的微弱声响，那就是冥河了。

摆渡人卡戎正划着小船驶向岸边，他来迎接赫尔墨斯带来的亡灵，并把亡灵渡去对岸。当看到俄耳甫斯时，他大吃一惊，愤怒地向赫尔墨斯吼道："你带个活人来干什么？我绝不会让活人上船的！"

"是我自己要到这儿来的，"赫尔墨斯还没说话，俄耳甫斯就勇敢地开口了，"现在你是否能行个好，把我渡过去，我想拜见冥界的王。"铁石心肠的卡戎怒气冲冲地吼道："你这个自找麻烦的凡人，这不是你该来的地方！趁我还没有抢起桨揍你，赶紧从我面前消失！"俄耳甫斯仿佛没有听见一样，从肩上解下竖琴，手指滑过琴弦，动人的旋律从他手中流淌出来，那是冥界从没出现过的美妙音符。"这是什么声？"卡戎不知所措地叫道，心里却盼着俄耳甫斯继续弹奏下去。他还没理清思绪，竖琴的音符便再次洋溢在空中，卡戎斜倚着桨，听着那动人的旋律，仿佛中了邪。

俄耳甫斯手不离弦，慢慢走上了船，后面跟着满脸惊讶的赫尔墨斯。卡戎一动不动地站在那儿又倾听了一会儿，然后他荡起双桨，离开岩石嶙峋的岸边，让船平静地驶入冥河，到达对岸。

俄耳甫斯和赫尔墨斯在对岸下了船，前方是隐约可见的冥界大门。这扇大门常年敞开，然而永远有地狱三头犬刻耳柏洛斯把守。刻耳柏洛斯看到赫尔墨斯带着一个活人走过来，简直不敢相信。他的三个喉咙发出低吼，全身盘绕的很多毒蛇也在疯狂地嘶鸣，但也仅此而已，因为刻耳柏洛斯的使命是不许亡灵离开，而不是对那些想进来的人关上大门。

没过多久，赫尔墨斯和俄耳甫斯就出现在了冥王哈得斯面前。只见冷酷无情的哈得斯坐在高耸庄严的宝座上，身边坐着他的妻子，冥后珀耳塞福涅。看到赫尔墨斯将一个活人带入了冥界，哈得斯立刻阴沉了脸。他正要责问赫尔墨斯，俄耳甫斯弹响了竖琴，绝妙的旋律在黑暗中响起，空灵的歌声如夏日的微风，感染着他的听众。哈得斯慢慢站了起来，他被俄耳甫斯的琴声和歌声打动了，泪水沿着他的脸颊缓缓流下来。而身边的珀耳塞福涅也开始啜泣，她从这琴声和歌声中，回忆起地上那迷人的鲜花盛开的世界，那里鸟语花香，清流汩汩，仙女们奏出美妙的旋律，赞美并感谢她们伟大的神。

俄耳甫斯忘我地歌唱着，他唱出了世间的美好，唱出了对欧律狄刻刻骨铭心的爱，诉说着失去爱人的痛楚和不甘。歌中的情感越来越强烈，如涟漪般扩展到冥界最偏远的角落，到达每一个亡灵的内心深处。

终于，俄耳甫斯的歌声停了。哈得斯叹了口气，转头看了看眼中噙满泪水的珀耳塞福涅，她泪水涟涟地望着他，仿佛也要替这对可怜的爱人求情。哈得斯转向俄耳甫斯并开口说道："告诉我你的请求，我以神圣的冥河起誓，我会答应你的。"

俄耳甫斯大喜过望，他行了一礼，颤抖地说道："冥界伟大的王啊，我只希望你把我亲爱的欧律狄刻还给我。她在人世的时光太短暂，我们甚至还没来得及品尝爱情的美好。"哈得斯答应了这个请求，但他又说："欧律狄刻会跟在你身后，随你一同返回地上的世界。但你要切记，在你走出冥界入口之前，绝不能回头看她。如果你回头了，欧律狄刻就会立刻回到我的国度。"

俄耳甫斯满心欢喜地接受了这个条件。于是他们出发了，赫尔墨斯引路，后面是俄耳甫斯，欧律狄刻隔了一段距离跟在后面。他们来到冥界的大门，刻耳柏洛斯立刻竖起耳朵。俄耳甫斯用手指拨动琴弦，甜美的旋律飘荡在空中。冥界可怕的门卫垂下头来，一动不动，完完全全被迷住了。他们就这样走过了冥界的大门，坐上卡戎的渡船，再次渡过冥河，开始走上返程那段黑暗的隧道。

和来的时候一样，那段小路曲折又漫

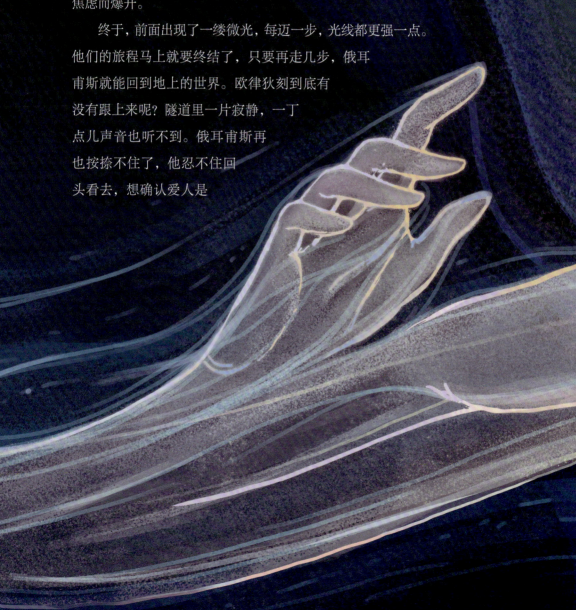

长。俄耳甫斯追随着信使神的脚步，满心考虑的却都是跟在后面的欧律狄刻。"她真的跟上来了吗？"狂喜过后，这个疑虑渐渐在俄耳甫斯心中扎了根。周围一片沉寂，他能听到自己的呼吸，也能听到赫尔墨斯的脚步声，而他却听不到身后的任何声音。"要是欧律狄刻没跟来怎么办？要是刻耳柏洛斯不许她通过冥界的大门怎么办？要是卡戎不让她登上渡船怎么办？我要是能确定欧律狄刻跟在我后面有多好，我要是能看见她或者听到点动静有多好！"一路上，这样的想法不断地折磨着俄耳甫斯，随着不断前行的脚步，他的心几乎要为这可怕的焦虑而爆开。

终于，前面出现了一缕微光，每迈一步，光线都更强一点。他们的旅程马上就要终结了，只要再走几步，俄耳甫斯就能回到地上的世界。欧律狄刻到底有没有跟上来呢？隧道里一片寂静，一丁点儿声音也听不到。俄耳甫斯再也按捺不住了，他忍不住回头看去，想确认爱人是

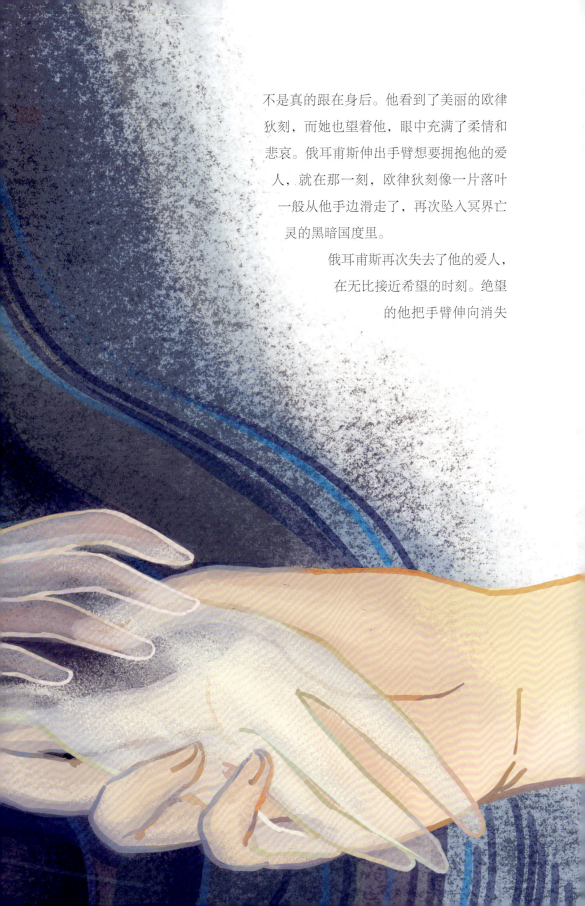

不是真的跟在身后。他看到了美丽的欧律狄刻，而她也望着他，眼中充满了柔情和悲哀。俄耳甫斯伸出手臂想要拥抱他的爱人，就在那一刻，欧律狄刻像一片落叶一般从他手边滑走了，再次坠入冥界亡灵的黑暗国度里。

俄耳甫斯再次失去了他的爱人，在无比接近希望的时刻。绝望的他把手臂伸向消失的爱人，痛哭失声。随后他又想冲回黑暗的深渊去救出欧律狄刻，但是被冥河的摆渡者拦住了去路。他请求卡戎把他渡向对岸，却遭到了拒绝。可怜的俄耳甫斯不吃不喝，在冥河岸边坐了七天七夜。最后，无计可施的他只好无限悲伤地返回人间。每当他想念欧律狄刻，就会弹起七弦琴，琴声是那样哀怨，连石头听了都会心碎。

天琴星座

后来，当色雷斯举办献给狄俄尼索斯的盛大宴席时，这位伟大的歌手将面临生命终结的时刻。一群在盛宴上狂欢的妇女要求俄耳甫斯为她们弹琴唱歌，遭到拒绝。她们非常生气，愤恨地朝他投掷石头。一大块飞石打中了俄耳甫斯的头，他立刻就满脸是血，倒在绿色的草地上，永远地闭上了眼睛。

俄耳甫斯死了，他的灵魂欢快地赶到冥界，在那里他又找到了自己的爱人。现在他们都留在了那里，幸福地彼此拥抱，永远相伴。

缪斯女神们非常伤心，她们安葬了他，为他举行了体面的葬礼。而他的竖琴被阿波罗升上天空，成为天琴座，从此在夜空中闪闪发光。

Chiron

英雄导师喀戎

他无所不知、无所不晓，是尽人皆知的贤者。

喀戎（Chiron）是希腊神话中著名的贤者，是希腊神话中众多英雄的老师。他的父亲是泰坦巨人克洛诺斯，母亲是三千海洋神女中的菲吕拉（Philyra）。喀戎从血统上来看是宙斯同父异母的兄弟，所以他本身具有不老不死的神性。

克洛诺斯和菲吕拉结合的时候，克洛诺斯的妻子瑞亚突然现身。为了躲避妻子，克洛诺斯变作一匹公马，因此喀戎生下来就成了半人半马的模样。菲吕拉讨厌喀戎的外表，为他这个样子深深叹息，最后她宁愿变成一棵椴树，也不愿承担抚养他的责任。

虽然喀戎的外形是半人半马，但他实际上并不属于半人马这个族群，因为他还有着完整的人腿，和其他的半人马都不同。他也不像其他半人马那样野蛮凶残，反而善良温厚，又充满智慧。长大后的喀戎凭着出类拔萃的能力受到人们的敬仰，他无所不知、无所不晓，是尽人皆知的贤者。国王们于是把年幼的孩子送到他那里，学习真正的英雄精神。

喀戎住在皮立翁山（Mount Pelion）一个静谧的山洞里，他就在那里教孩子们各种具有男子汉气概的体育运动，教他们如何用草药治病和如何看懂天上的星星。古希腊神话中众多大名鼎鼎的英雄都出自他的门下，他可以说是希腊英雄们的导师，人们统称喀戎的门徒为"皮立翁的英雄"。

喀戎的弟子们像星星一样，在希腊的神话传说中绽放出自己的光芒，其中包括大力神赫拉克勒斯；杀死牛头怪弥诺陶洛斯（Minotaur）的忒修斯（Theseus）；杀死蛇发女妖美杜莎的英雄珀尔修斯；取得金羊毛的伊阿宋；医药之神阿斯克勒庇俄斯（Asclepius）；特洛伊战争中的英雄阿喀琉斯（Achilles）、埃阿斯（Ajax）；等等。

有一次，大力神赫拉克勒斯在使用老师赠送的毒箭时，不小心误伤了喀戎。那箭上的毒液来自九头蛇许德拉的血液，能给人以极大的痛苦，喀戎虽有不老不死之身，还是被毒液折磨得死去活来。后来，赫拉克勒斯救下了为盗天火而被宙斯锁在悬崖上的普罗米修斯，为了不违背宙斯的条件，需要有人代替普罗米修斯被锁在悬崖上。为了解救普罗米修斯，也为了结束被毒液折磨的痛苦，喀戎自告奋勇，甘愿放弃不死之身，代替普罗米修斯被锁在悬崖上致死。

优秀的喀戎就这样死去，宙斯感到非常遗憾，于是就将他升上天空，成为手持弓箭的人马座。

阿斯克勒庇俄斯的故事

阿斯克勒庇俄斯是光明和音乐之神阿波罗的孩子，他的母亲是一位人类的公主。在他出生的时候，他的母亲已经去世了。阿波罗救下了阿斯克勒庇俄斯，并把他交给了喀戎来抚养。

于是，阿斯克勒庇俄斯就在喀戎的精心呵护下长大了。喀戎教他学习医术和狩猎，不过这孩子非常温柔善良，对于狩猎这事并不感兴趣。他专注于医术的学习，也常常在受伤生病的禽兽身上尝试他从老师那儿学来的医术。

　　几年后，阿斯克勒庇俄斯学有所成，喀戎对他说："我亲爱的学生，我没什么能教给你的了，你现在的医术已经比我还要高明了。去吧，下山去，到人间去救治伤病者。"他亲切地送这位少年下山而去。从那之后，阿斯克勒庇俄斯就在希腊全境一城一城地游历着，一路上治愈了各种各样的病症。他的医术出神入化，无论什么疑难杂症，一经他诊治，一定能够痊愈。

　　这天，阿斯克勒庇俄斯正因为一种罕见的疾病而陷入沉思，一条蛇悄悄从草丛里溜出来，盘上了他的手杖。他急忙用石头将蛇砸死了。一会儿，他看到另一条蛇滑行过来，口中衔着一株药草。它将这草放进死蛇的嘴里，死蛇竟然活了过来。阿斯克勒庇俄斯就这样偶然地找到了能起死回生的药草。他激动极了，从那以后，每当他在人间行医的时候，总是会带着一根手杖，手杖上盘绕着一条蛇。这根手杖也因此成了他的标志。许多已经去世的人都被阿斯克勒庇俄斯用那种药草救回了人世间，他的医术也因为受到蛇的启发而越来越精妙了。

　　不过，阿斯克勒庇俄斯却因此得罪了冥王哈得斯——如果人类克服了死亡，那冥界的存在还有什么意义呢？哈得斯很不高兴，但是他又不好亲自对阿波罗的儿子动手，便去向宙斯诉苦："阿斯克勒庇俄斯总是偷偷把我那里的亡魂给弄走，这不是扰乱了我冥界的秩序吗？人类要是能一直活着，不会死掉，我这个冥王还有什么用呢？"

　　宙斯得知这件事后，非常震怒，因为阿斯克勒庇俄斯的神奇医术不仅威胁到了冥王，也威胁到了只有神才能拥有的"不死之身"。于是，当阿斯克勒庇俄斯再次救活死人的时候，宙斯唤来了雷霆，劈死了他。

　　救治了无数人的阿斯克勒庇俄斯就这样死去了，化成了灰烬。愤怒的阿波罗为了报复，射死了为宙斯锻造霹雳的独目巨人。宙斯得知这件事后，将阿波罗罚往特洛伊为凡人修筑城墙。不过，当阿波罗刑期满了以后，宙斯还是答应了阿波罗的请求，把阿斯克勒庇俄斯升上天空，化为蛇夫座（Ophiuchus）。人们因此将阿斯克勒庇俄斯奉为医神，为他建造了神庙。他们相信，只要他们足够虔诚，阿斯克勒庇俄斯就会出现在他们的梦中，为他们开出救治的药方。

Prometheus

先知者普罗米修斯

很快，大地上燃起了人类第一堆木柴，熊熊的火焰越燃越旺。

人类的诞生

普罗米修斯是泰坦巨神的后代，他的名字有"先见之明"的意思，很多时候他都能预见未来。他长得高大英俊，是最有智慧的天神之一。在宙斯与克洛诺斯的那场战争中，就是因为他知道宙斯会取得最终的胜利，才会带着弟弟厄庇米修斯加入了宙斯一方。

战争结束后，因为大地遭到了严重的毁坏，宙斯让这兄弟俩到大地上去恢复那里的生机。普罗米修斯看着大地上各种各样的飞鸟虫鱼和四足动物们，忽然想到，要是还有一种像神一样既聪明又有灵性的生物就好啦，那世间不知会增添多少欢乐。他一边想，一边顺手抓起河边的泥，按照自己的样子，捏出了一个又一个精美的小人儿。

小人儿捏好了，该赋予他们什么样的天赋呢？就在他思考这个问题的时候，一只苍劲的老鹰从天空飞过，发出巨大的叫声。有了！普罗米修斯把手往空中一伸，然后紧紧地握住，老鹰的犀利，连同大地上狮子的威猛、豹子的速度，还有狗的忠诚，就通通都收集到了他的手中。不过，他同时也提取了缺点，狐狸的奸邪、兔子的软弱也被他收入了手心。然后他摊开手，对着这些小人儿猛地吹了一口气。小人儿们就这样活起来了，他们也都具备了那些动物的性格特征。普罗米修斯看着活蹦乱跳的小人儿们，高兴极了。

不过，普罗米修斯看着看着，总觉得他们还缺了些什么——他们还不会开

口说话，也不会思考，还不算是有思想、有智慧的生物。怎么办呢？就在这时候，智慧女神雅典娜来到了他的身边，她看到普罗米修斯的成果，非常感兴趣。普罗米修斯对她说明了情况，恳请她帮忙，于是雅典娜对着小人儿们用力吹了一口带有神力的气，他们的脑袋里就有了智慧，有了灵性。

就这样，人类诞生了。他们在大地上不断繁衍生息，数量越来越多。而普罗米修斯则肩负起了教化人类的重任。他教会人们观察日月星辰的运行规律，帮他们发明了文字，还教他们根据四季的变化来耕种、收获，以及建造房屋、驯化动物、开采矿藏等生活的技巧。人类在普罗米修斯的带领下，日益发展壮大，成为大地上的统治者。他们对普罗米修斯充满了感激，把他称作"人类之父"，并为他建立了神庙，虔诚敬拜。

盗火者

人类的出现，终于引起了奥林匹斯山上众神的注意。这种有智慧的生物让他们十分好奇，于是，他们决定保护这种生物，条件则是让人类敬重他们，为他们献祭。众神为此召开了一次会议，宙斯要求普罗米修斯作为人类的代表出席，并让他带来人类最好的祭品。

普罗米修斯很是为难，他知道人类生存的不易，不想他们辛辛苦苦得来的食物被烧掉给天神献祭。于是，这位神明决定运用智慧来蒙骗宙斯。

普罗米修斯杀了一头大公牛，切成碎块，然后分成两堆。一堆里放的全是牛骨头，上面盖着干净的牛油，看上去很诱人；而另一堆里放着牛肉、牛脑、牛内脏，用脏兮兮的带血牛皮包着，看上去很恶心。然后，他对宙斯说："尊敬的天神宙斯，这是一头特别强壮的公牛，其中一堆是敬献给您的，还有一堆是留给人类，让他们继续生活的，请您做出您的选择吧！"

宙斯无所不知。他看穿了普罗米修斯的计策，但表面上却不动声色，选择了看起来很诱人的那一堆："哈，这堆这么干净饱满，就选它了！"当他拿掉牛油，看到里面全是牛骨头时，他装作上当的样子，大发脾气："普罗米修斯，你竟然敢戏弄我，人类将为此付出代价！他们永远别想得到最重要的东西——火！"

从此，人类可以保留动物的肉和内脏，只需要把剩下的骨头包在脂肪里献给神明。但是，因为宙斯的报复，他们无法吃上做熟的食物。这难不倒聪敏过人的普罗米修斯，他很快想出了取火的办法。

当太阳升起的时候，普罗米修斯找了一根又粗又长的茴香秆，扛着它悄悄走近飞驰而来的太阳车，然后把它伸到太阳车的火焰里。"哗啦"一声，灼灼

燃烧的火焰立即点燃了
茴香秆，普罗米修斯迅速带着
这光明的火种回到地上。很快，大地
上燃起了人类第一堆木柴，熊熊的火焰越燃
越旺。

宙斯看到了人间燃烧的火焰，大发雷霆，但他已经无法
收回传出去的火种，于是决意要惩罚普罗米修斯和人类。他叫来火神
赫菲斯托斯和他的两名仆人，命令他们抓住普罗米修斯，然后把他送到高加
索山（Caucasus Mountains）的峭壁上锁起来。

赫菲斯托斯心里是不太愿意执行父亲的命令的，因为他和普罗米修斯都是
泰坦神的后代，而且他很喜欢这位聪明的神祇。于是，他对普罗米修斯说："朋
友，我深深地同情你，但天父的命令，我不能违抗。我会尽量动作轻一点，让
你不那么痛苦。"但两位仆人却很粗鲁，他们抓住了普罗米修斯，然后用锁链
把他锁在了悬崖上面的岩石上。这条锁链是赫菲斯托斯亲手打造的，永远都不
能开启，也就是说，普罗米修斯要永远被锁在这里。

赫菲斯托斯和两个仆人都离开了，只留下普罗米修斯一个人。他的双手
无法动弹，身子被直挺挺地吊着，无法入睡，连弯一弯膝盖都做不到。这非

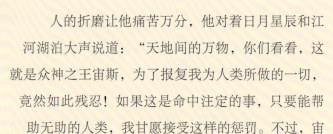

人的折磨让他痛苦万分，他对着日月星辰和江河湖泊大声说道："天地间的万物，你们看看，这就是众神之王宙斯，为了报复我为人类所做的一切，竟然如此残忍！如果这是命中注定的事，只要能帮助无助的人类，我甘愿接受这样的惩罚。不过，宙斯也应该知道，神谕已经表明，他未来的一场婚姻，将会使他面临灭顶之灾！"宙斯听到了这番话，不由得大吃一惊。他立刻来到了普罗米修斯被锁的峭壁上，逼问他神谕的内容。普罗米修斯的意志非常坚强，他始终不肯开口。

宙斯气得咬牙切齿，于是他派去了一只凶恶无比的秃鹰，每天用尖利的喙啄食普罗米修斯的肝脏。因为普罗米修斯是神祇，他的肝脏被吃掉以后，很快又会恢复原状。但第二天，秃鹰又会飞过来啄食，周而复始。普罗米修斯每天都要承受被啄食肝脏的痛苦，这痛苦似乎永远没有尽头，但他仍然拒绝告诉宙斯神谕是什么。

日复一日，年复一年。终于有一天，大英雄赫拉克勒斯在寻找金苹果的旅途中，路过高加索山，看到了被锁在悬崖上遭受折磨的普罗米修斯。他立刻取出背上的弓箭，把弓拉得满满的，对准了正在啄食的秃鹰。只听"咻"的一声，锋利的箭头刺穿了秃鹰的身体。接着，力大无比的赫拉克勒斯来到普罗米修斯的身边，用力一拽，就把他身上的锁链扯断了。

被放下来的普罗米修斯非常感激赫拉克勒斯，但他也知道，宙斯不会轻易放他离开这里。果然，宙斯已经看到了这一切，他冷冷地说："看在我儿子赫拉克勒斯的分儿上，我可以让你离开，但前提是你必须找到愿意代替你的人，在这山上替你忍受苦难。"

普罗米修斯不愿去找代替他的人，准备继续留在这里。而赫拉克勒斯身边的喀戎见此情景，自愿留下来代替普罗米修斯。他说："我愿意代替你在这里死去，这样我可以摆脱九头蛇的蛇毒，你也可以脱离这种痛苦的折磨，我们双方都能得到解脱。"赫拉克勒斯虽然万分不舍，还是答应了。就这样，喀戎放弃了永生，而普罗米修斯也终于可以离开高加索山。

不过，宙斯还是要求普罗米修斯永远戴着一个铁环，上面镶嵌一粒高加索山上的石子。这样，宙斯才可以对众人说，他的仇敌依然被锁在高加索山的悬崖上。这就是宙斯惩罚普罗米修斯的方式了，而在锁住普罗米修斯之后，宙斯惩罚人类的方式，就比较隐蔽了。他派去了一个美丽的女人，她的名字叫潘多拉。

至于普罗米修斯那条神谕的内容，是海洋女神忒提斯所生的孩子会比孩子的父亲更强大。宙斯于是不敢追求忒提斯，把她嫁给了一位人类英雄珀琉斯。后来，忒提斯生下了一个儿子，名叫阿喀琉斯，是特洛伊战争中著名的大英雄。

Pandora

众神的礼物潘多拉

永无止境的好奇心折磨着她，让她一天比一天更焦虑，
更想知道盒子里究竟放了什么。

普罗米修斯违背宙斯的意图，帮人类盗走了火种。宙斯气急败坏，把普罗米修斯锁在了高加索山上的峭壁上，肝脏终日遭受秃鹰的啄食，忍受无尽的痛苦。可是对于人类，宙斯想了一个隐秘的惩罚方式。

他又一次叫来了手艺高超的火神赫菲斯托斯，吩咐他说："用你最好的材料、最拿手的工艺，给我打造一个最美丽的女人。去吧！"赫菲斯托斯不敢怠慢，立刻忙碌起来。他用一块白色的大理石来雕刻少女的模样，又用娇艳欲滴的红宝石做她的嘴唇，晶莹剔透的蓝宝石做她的眼睛。很快，一座楚楚动人、惊艳无比的少女石像就做好了。

宙斯见石像已经完工，就命令在场的众神每人给她一份礼物。雅典娜给了她一件轻盈的纱衣，并为她戴上了美丽的花环和闪闪发光的珍珠项链；阿佛洛狄忒朝她吹了一口气，给了她让男性怦然心动的魅力；赫尔墨斯给了她语言的天赋和巧舌如簧的能力。最后，在宙斯的神力下，少女石像活了过来，宙斯对她说："以后，你的名字就是潘多拉，这意味着你拥有别人没有的一切能力，这是天神赐予你的礼物。"潘多拉美丽的大眼睛看着宙斯，点了点头。

接着，宙斯拿出一个精美的盒子，放到潘多拉手里，

对她说："这个盒子，你要随身带着，保管好，但是千万不能打开它。"潘多拉疑惑地接过盒子，仔细收好。趁着这个时候，宙斯飞快地将永无止境的好奇心注入了潘多拉体内。

赫尔墨斯把潘多拉带到了人间，作为众神送给人类的礼物，嫁给了普罗米修斯的弟弟厄庇米修斯。在哥哥受到惩罚，被锁在高加索山上以后，厄庇米修斯就接替了哥哥的工作，成为人类的领袖，教授人类各种本领。普罗米修斯在离开之前，曾经警告过弟弟，千万不要轻易相信天神，更不能接受宙斯赠送的任何礼物。可是，当美丽动人的潘多拉走向他的时候，他还是情不自禁地牵起了她的手。

就这样，厄庇米修斯和潘多拉生活在了一起。他们心心相印，幸福无比。

只是，潘多拉心里始终惦记着宙斯让她保管的那个盒子。那里面到底有什么呢？为什么宙斯不让她打开呢？永无止境的好奇心折磨着她，让她一天比一天焦虑，更想知道盒子里究竟放了什么。"打开它吧！打开它，就看一眼，只要看看里面放了什么就行了！不管里面有什么，我都绝不拿出来，保证盒子里的东西完好无损！"潘多拉的这个念头越来越强烈，终于有一天，她再

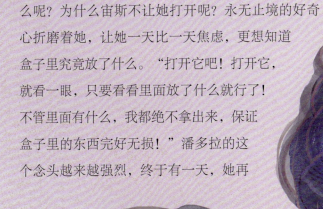

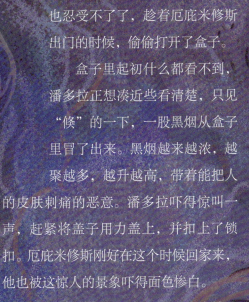

也忍受不了了，趁着厄庇米修斯
出门的时候，偷偷打开了盒子。

盒子里起初什么都看不到，
潘多拉正想凑近些看清楚，只见
"倏"的一下，一股黑烟从盒子
里冒了出来。黑烟越来越浓，越
聚越多，越升越高，带着能把人
的皮肤刺痛的恶意。潘多拉吓得惊叫一
声，赶紧将盖子用力盖上，并扣上了锁
扣。厄庇米修斯刚好在这个时候回家来，
他也被这惊人的景象吓得面色惨白。

此时冒出来的黑烟如同一朵巨大的乌云，转眼间布满了整个天空，大地一
片黑暗，各种灾难随之降临。原来，盒子中是种种祸害、灾难和邪恶！从那之后，
人们学会了说谎、多疑、忌妒、贪婪、虚荣，他们的日子也更加艰难了，不时
会遭受洪水、旱灾、瘟疫的袭击，偷盗、残杀等罪恶也应运而生。

潘多拉和厄庇米修斯惊恐地看着这一切，却无能为力。他们泪流满面，万
分自责。而潘多拉所不知道的是，因为她匆忙地关上了盒子，盒子底层唯一美
好的东西——"希望"来不及飞出来，被她永远锁在了盒子里。

这个结果在宙斯的意料之中，在他看来，这是人类理应付出的代价。厄庇
米修斯此时终于想起了哥哥普罗米修斯曾经的叮嘱，如梦初醒。他愧悔难当，
从那之后，他把自己放逐在人间，和所有普通人一样，忍饥挨饿，经受着日晒
雨淋，以及各种苦难的折磨。那些灾难降临人世之后，就再也没有离开过，直
到今天。

而接下来，人类的故事，也就开始了。

英雄史诗

古老的希腊神话，留下了很多英雄的传说。

英雄的故事让人热血沸腾，英雄的功绩
绵延流传。

谁才是希腊神话中最伟大的英雄？
是强大的赫拉克勒斯，还是
勇敢的阿喀琉斯？

每一个听故事的人，都有自己的答案。

GREEK MYTHOLOGY

后　传

丢卡利翁和皮拉——新一代人类始祖

潘多拉把灾难带到人间后，人世间开始出现偷盗、残杀等恶劣的罪行，人心也开始变坏了。人们开始胡作非为，整个世界乌烟瘴气，一片狼藉。天神宙斯听说了这一切，决定假扮成凡人的模样去人间看一看真实的情况。到了人间之后，他发现情况比他预想的还要糟糕得多，这群人类不仅对天神毫无敬意，还残忍又恶毒，完全不值得拯救和宽恕。

宙斯生气地回到了奥林匹斯山，他叫来各位天神，商议要毁灭这群罪恶滔天的人类。他本想用自己手中的闪电来惩罚他们，转念一想，这么猛烈的闪电会不会把整个苍天都点着呢？如果那样的话，宇宙之轴也会被烧毁的。于是，他放弃了这个粗暴的念头，选择了使用他的霹雳雷锤。这个锤子可以向世间倾泻无穷无尽的洪水，用来毁灭人类再合适不过了。

宙斯把所有的风都锁在了埃俄罗斯的地窖里，他们的力量实在太吓人了，宙斯不敢全部都放出来。他只选择了其中最威猛的南风，"去吧，你去协助霹雳雷锤的洪水，把人类都除掉！"南风得到命令，立刻扇动着湿漉漉的翅膀扑向地面。他那黑沉沉的身体汲取了天空中所有乌云的水。霎时间，天地间雷声隆隆，狂风大作，瓢泼大雨倾泻而下。大地上所有的植物都被淹没，失去了生机，人们辛劳一年的成果也都化为乌有。

宙斯的哥哥波塞冬也不甘寂寞，加入了破坏的行列。他把陆地上所有的河流湖泊都聚集起来，对他们说："你们尽情地干吧，冲垮房屋，毁掉堤坝，把人类全消灭！"河水汹涌澎湃起来，势不可当，泛滥的洪水涌上田野，就像狂

暴的野兽一样。波塞冬自己也披挂上阵，他拿出他的三叉戟，在地上一击，巨大的水柱就从地底喷涌而出。整个地球上洪流滚滚，大树被连根拔起，房屋庙宇被冲得无影无踪。很快地面和海面相接成了一片，地球几乎成了一个大水球。

面对这样灭顶的灾难，人类拼命寻找着逃生的办法。他们有的爬到屋顶，可是房子很快被冲垮了，他们也被冲走了；有的逃到山顶，可洪水眨眼间漫了过来，无处藏身的他们眼睁睁看着巨浪汹涌而来，把他们淹没；就算聪明一点的驾起小船，也禁不起滔天巨浪，船很快就被打沉了。

最终，在这场灾难中，幸存下来的只有一对夫妇，男的叫丢卡利翁（Deucalion），是普罗米修斯的儿子，他的妻子叫皮拉（Pyrrha），是厄庇米修斯和潘多拉的女儿。这两人是天底下最正直和虔诚的人，他们一直对神心怀敬意，也从未犯过任何罪行，既善良又贤德。所以，早在宙斯决定毁灭人类之前，能预知未来的普罗米修斯就提醒儿子丢卡利翁去造一条坚固的大船，然后带着妻子皮拉躲进船里去。

丢卡利翁照父亲的话去做了。洪水泛滥的时候，他和妻子躲在大船里，在水上漂浮了整整九天九夜。到了第十天，大船在最高的山峰顶上搁浅。世界上只有他们两个人还活着，整个大地都被洪水吞没，其余人类全都被淹死了。夫妻俩赶紧向天神献祭，以平息他们的怒火。宙斯在天上看到他们虔诚地献祭，心中的怒火稍稍平息。他叫来了北风："去，把那些乌云都吹散，让这两个可怜人找到一个栖身之所。"

北风很快驱散了重重乌云，天空露出了一片亮光。海神波塞冬见状也把三叉戟收了起来。洪水渐渐退去，河床重新显现，树木也从淤泥中露出了树梢，山坡上的草开始重新生长。

　　丢卡利翁环顾四周，大地荒芜，一片泥泞，一个人影都没有。整个世界静悄悄的，沉寂得可怕。他的眼泪忍不住落了下来，对妻子皮拉说："亲爱的，我们再也看不到一个活人，我们是世界上仅存的两个人了，我们要怎么生存下去呢？唉，我多么希望父亲普罗米修斯教会我造人的本领，教会我把灵魂注入泥人里的本事啊！"皮拉听了，也忍不住和丈夫一起痛哭起来。

　　夫妻俩内心充满了悲伤，他们不知道该怎么办，只好去找天神请求帮助。他们一起来到了毁坏得只剩一半的女神忒弥斯的神庙前，虔诚地跪下，恳求说："尊敬的女神啊，请您告诉我们，如何才能重新塑造已经灭亡了的人类，让世界恢复人丁兴旺的景象呢？只要您告诉我们，任何事情我们都愿意为您效劳！"

　　"你们应该离开神庙，"女神的声音传了过来，"然后戴上面纱，解开腰带，再把你们母亲的骸骨扔到自己的身后去！"丢卡利翁和皮拉听了，觉得难以置信。他们不明白，女神的指示到底是什么意思。"母亲的骸骨早已深埋地下，怎么可能挖出来呢？"皮拉忍不住说道。丢卡利翁看着泥泞中露出的石头，忽然眼前一亮，他高兴地对妻子说："皮拉，我知道了，女神并没有让我们去做不敬的事。大地是我们仁慈的母亲，石头就是她的骸骨！女神的意思是让我们把石头往身后扔呢！"

　　皮拉将信将疑，但她愿意和丈夫尝试一下。于是，他们捡来一些石头，然后把自己的头蒙起来，解开腰带。接着，他们按照女神的指示，一边走，一边把石头朝身后扔去。奇迹出现了！掉在地上的石头不再坚硬，而是变得柔软灵活起来。它们不断地拉长、生长，逐渐拉伸出长条的形状，然后慢慢显现出人的模样来，最后变成了人的身体。原来，石头上的泥土和水分变成了人的肌肉，而石头变成了人的骨骼，石头上的纹理成了人的筋脉。

　　丢卡利翁和皮拉惊喜万分，他们激动地拥抱在了一起。"伟大的女神，谢谢您，赐给了我们新的人类！"更令他们惊奇的是，丢卡利翁往后扔的石头都变成了男人，而皮拉扔的石头都变成了女人。这些人长得健康壮实，看起来比上一代人更加坚强硬朗，他们能够从事任何繁重的劳动。

　　直到今天，人类都记得他们是由什么物质而创造的，也保持了坚强、勤劳的品性。他们对丢卡利翁和皮拉十分崇敬，因为他们是新一代人类的始祖。

欧罗巴——欧洲以她命名

腓尼基王国是一个肥沃富饶的地方，那里盛产橄榄和葡萄。国王有个女儿，名叫欧罗巴，她天真可爱，长得十分美丽，所有人都非常喜欢她。

有天夜里，欧罗巴做了一个梦。她梦见了两个女人，其中一个看起来很亲切，举止外貌是亚细亚人的样子，她非常温柔地对欧罗巴说："欧罗巴，你是我的女儿，你属于腓尼基，你要在这里结婚生子，让你的王国更加繁荣昌盛。"另一个的长相却非常陌生，穿着打扮像是外国人，她听到这话，立刻扑过来拉住欧罗巴："欧罗巴，你不能听她的，你属于天神宙斯，你得跟我走，命运之

神会给你指引。"欧罗巴有些害怕，挣扎着喊道："不要，你是谁？你要带我去哪里呢？"就在这时，欧罗巴猛然惊醒过来，一颗心还在扑通扑通跳个不停。多奇怪的梦啊！自己为什么会做这样的梦呢？

第二天清晨，朝阳升起，金色的阳光照耀着富庶的腓尼基王国，一切都那么赏心悦目。欧罗巴和一群年龄相仿的姑娘来到海边开满鲜花的草地上玩耍。她精心梳洗打扮，穿了一条用金丝银线精心编制的裙子，据说这条裙子是波塞冬求爱时献给利比亚的礼物，传了很多代传到了欧罗巴这里。欧罗巴穿上这条裙子后，显得更加美丽动人。她开心地和姐妹们在草地上嬉戏奔跑。姑娘们采摘了各种鲜艳的花朵，然后围坐在一起，开始编织花环。

欧罗巴并不知道，此时此刻，有一位天神，已经被她深深吸引，正目不转睛地在天上看着她。这位天神就是宙斯，他认定欧罗巴就是他想找的克里特岛的女主人。可是，他又害怕自己那容易吃醋的妻子赫拉发怒，于是想了一个主意。

宙斯叫来了众神的信使，也就是他的儿子赫尔墨斯说："你去帮我办一件事，把腓尼基草地上的牛全部赶到海边去，一定要快！"赫尔墨斯虽然不明白父亲的用意，但他还是照办了。很快，在编织花环的少女们身边，就出现了一大群牛。欧罗巴和她的女伴们非常纳闷，怎么突然出现这么多牛呢？更令人吃惊的是，其中一头公牛，长得高大健壮，浑身金色的皮毛闪着光泽，看起来既高贵又华丽。它径直来到了欧罗巴的身边。欧罗巴有些害怕，不由得连连后退。但这头公牛用很温柔的眼神望着她，还用头轻轻地蹭了蹭她的手。欧罗巴见这头漂亮的公牛这么友好又通人性，也不再害怕，她壮着胆子抚摩了一下它光滑的牛背，然后把手上的花环戴到了公牛的脖子上。

公牛在欧罗巴的脚边温驯地伏下身子，又回头看着她，好像在示意她坐到它的背上去。欧罗巴大着胆子，坐到了公牛的背上，就在她招呼大家也一起坐上去的时候，公牛却站了起来，驮着她穿过草地，朝大海奔去。欧罗巴还没明白发生了什么事，公牛已经纵身跳进了大海。她的女伴们惊恐地大叫起来，但公牛却理都不理，只管背着欧罗巴游向深海。

欧罗巴害怕极了，她紧紧地抓住牛角，生怕从牛背上跌下来。她不时回头

张望海岸，大声呼唤女伴们，但很快，她就再也看不到海岸线了，周围只有无边无际的海水。

渐渐地，欧罗巴发现，这头公牛并没有要害她，反而把她保护得很好，坐在牛背上的她，身上竟然没有沾到一滴水。

不知过了多久，他们终于上岸了。公牛把欧罗巴放下，转眼之间变成了一位英俊潇洒的年轻男子。他温柔地说："欧罗巴，你不要害怕，这里是克里特岛，我是这里的主人，希望你能嫁给我，成为克里特岛的女主人。"欧罗巴想起了之前的梦境，她又惊又怕，号啕大哭："我不要在这里，我要回家！"宙斯被她哭得烦了，一下子就消失了。

欧罗巴孤零零地被留在了岛上，不知道该怎么办。这时候，她突然听到背后传来一阵轻轻的笑声。她回头一看，原来是一位美丽的女子。女子说道："欧罗巴，带你来这里的正是众神之王宙斯，而我是爱与美之神阿佛洛狄忒，之前的梦就是我带给你的。你已经骑上牛背，说明你接受了命运之神的安排。在这块土地上安定下来吧，你将受人敬仰，而且作为宙斯在凡间的妻子，你的名字将得到永存。"欧罗巴虽然不情愿，但静下心来一想：我现在离家已经千万里，凭我自己的力量肯定没法跨越海洋，回到家乡，只能在这儿先安定下来了。得知欧罗巴的想法，宙斯很快回到了她身边。宙斯英俊潇洒、温柔和气，欧罗巴慢慢接受了他。

后来，欧罗巴生下了宙斯的三个儿子，分别是米诺斯、拉达曼提斯和萨尔珀冬。米诺斯和拉达曼提斯都是睿智的人，拉达曼提斯后来成了冥界的判官。萨尔珀冬是一位伟大的君王。而欧罗巴生活的那块大陆，就以她的名字命名，被称作欧洲。

伊娥——被赫拉嫉恨的公主

　　据说，比拉斯齐人是古希腊最初的居民，他们的国王是伊那科斯，他有一个美丽的女儿，伊娥公主。

　　一个晴朗的日子，伊娥在草地上帮父亲牧羊，碰巧被天神宙斯看到了。他被伊娥的美貌深深吸引，便化成一名男子来到伊娥眼前，用各种动听的语言赞美她："多么美丽的姑娘，谁会有幸成为你的丈夫呢？可是没有凡人能够配得上你如花的美貌，你只适合做万神之王宙斯的妻子。"伊娥被这突如其来的一番话吓到了，慌张地想躲开他。宙斯见状，更是紧追不舍："我就是宙斯！烈日会灼伤你娇嫩的肌肤，快和我一起躲到树荫下去休息吧！"

　　可怜的公主丢下羊群，飞快地奔跑起来。宙斯挥了挥袖子，变出一大团云雾挡在她的面前。因为看不清路，伊娥只能放慢脚步，宙斯趁机捉到了她。

这时，宙斯的妻子赫拉刚好看到了这片云雾，她发现这云雾不是自然形成的，顿时起了疑心。她到处寻找宙斯，却怎么都找不到。"一定是宙斯在那儿！他肯定在做什么坏事！"于是，多疑又愤怒的赫拉追赶到人间。

宙斯看到赫拉追来了，心里慌张极了，为了让心爱的姑娘免受赫拉的报复，他忙把伊娥变成一头小母牛。可是这头母牛样子太美了——浑身雪白，一双乌黑发亮的眼睛楚楚可怜，好像会说话。

赫拉看到母牛，立即明白了一切，但她装作什么都不知道，称赞道："这头小母牛真漂亮呀！是什么品种呢？"

窘迫的宙斯只能强装镇定："是吗？不过是普通的动物罢了。"

"可是，我很喜欢它呢，雪白雪白的。你把它送给我好不好？"赫拉并不打算这样放过宙斯。

这下可怎么办？宙斯左右为难。答应她的话，他会失去可爱的伊娥公主；可不答应的话，肯定会引起赫拉的怀疑，那伊娥也会遭到报复。无奈之下，宙斯只能忍痛把小母牛送给了赫拉。赫拉把一条带子系在小母牛的脖子上，然后心满意足地牵着她走了。

虽然赫拉现在控制着伊娥，但她仍然没有十分放心，唯恐这头母牛跑掉或被宙斯解救。她想到了她的仆人

阿尔戈斯。阿尔戈斯体形巨大，力大无穷，最关键的是他浑身上下长着一百只眼睛，睡觉的时候也只闭上一双，其余的眼睛都睁着，真是做看守的最佳选择。赫拉命令阿尔戈斯看守可怜的伊娥公主，让宙斯也无法搭救他落难的情人。

阿尔戈斯忠诚地履行着自己的职责，他始终跟在小母牛身边，一百只眼睛都盯着她。有时候，阿尔戈斯会背对着伊娥，可是他还是能够看到她，因为他的脑后也有眼睛。可怜的伊娥只能用四蹄行走，吃青草和树叶。她想开口恳求阿尔戈斯放了自己，但她一张口才发现自己无法言语，只能发出哞哞的叫声。

赫拉一直担心宙斯找到伊娥，所以吩咐阿尔戈斯要不停地变换住处。一天，伊娥发现阿尔戈斯竟牵着她来到了她的故乡。当看到她的父亲和姐妹们的时候，伊娥再也抑制不住了，她满含眼泪地来到亲人们身边。可是他们都没有认出她。父亲伊那科斯从小树上捋了一把树叶喂她，伊娥欣喜又感激地舔舐着父亲的手，用泪水和亲吻表达着对亲人的思念和眷恋。

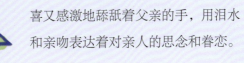

可惜的是，老国王对此毫无察觉，他不知道眼前这头美丽的母牛就是自己失踪的心爱的伊娥公主。

伤心的伊娥灵机一动，想出了一个好办法：她开始用蹄子在地上写字，这个不同寻常的举动立刻引起了身边老国王的注意。当老国王读

出小母牛用蹄子画出的竟然是"我是您的女儿伊娥"这句话时，他不禁惊叫一声："天哪！"然后便伸出双臂，紧紧抱住女儿的脖颈，眼泪不停地流下，"我走遍全国到处找你，想不到你竟然变成了这个样子！我可怜的女儿啊，你受苦了……"伊那科斯的话还没有讲完，阿尔戈斯就发现了异样，他立刻跑过来，粗暴地拉开相拥而泣的父女俩，并立刻牵着伊娥离开了。他们一直走，一直走，最后来到迈锡尼的树林边。阿尔戈斯把伊娥拴在一棵巨大的橄榄树下，用他的一百只眼睛更加警惕地注视着四周。

宙斯实在不忍心自己心爱的姑娘一直这样受折磨，于是把儿子赫尔墨斯叫

到跟前："你是足智多谋的孩子，快快想个计策让阿尔戈斯闭上所有的眼睛，趁机救出伊娥！"

赫尔墨斯奉命离开了父亲的宫殿，他扮成牧人，带着羊群降落到了阿尔戈斯看守伊娥的树林边。他抽出一支牧笛，吹起了乐曲，乐曲悠扬婉转，美妙动人。阿尔戈斯被这笛声迷住了，他向赫尔墨斯大声呼喊："吹笛子的朋友，来我这儿坐坐吧。看，我这儿的橄榄树荫下多舒服，快来休息一下吧！"

"好啊！谢谢啦！"赫尔墨斯大声应着，和阿尔戈斯并排坐在了树荫下，身旁就是被拴住的变成小母牛的伊娥。

赫尔墨斯和阿尔戈斯两个人交谈起来，

越谈越投机，不知不觉天色渐暗，阿尔戈斯的困意开始袭来，他接连打了好几个哈欠。赫尔墨斯趁机吹起牧笛，笛声有神奇的催眠作用，阿尔戈斯的困意更浓了，一百只眼睛里有一些合上了，但他还是坚持不让眼睛全部闭上，睁着的那些眼睛还依然盯着小母牛。

阿尔戈斯从来没有见过赫尔墨斯吹奏的那种牧笛，更没有听到过这么动听的乐曲，他很好奇，向赫尔墨斯问道："我走南闯北，去过很多地方，但你吹奏的这个乐器我从未见过。它是什么乐器？你又是在哪里学会演奏它的呢？"

"呃，关于这乐器的来历，可真是个有趣的故事呢。"赫尔墨斯狡猾地一笑，说道，"如果你有耐心，我愿意慢慢讲给你听。"

"讲给我听听吧，我很想知道。"阿尔戈斯答道。

于是赫尔墨斯开始讲述这个冗长的，关于这种乐器来历的故事。在夜色中、在困意侵袭下、在悠长的故事讲述中，阿尔戈斯睁着的眼睛一只一只地闭上，最后，一百只眼睛全都合上了。

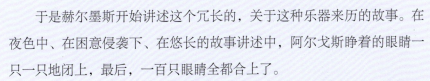

赫尔墨斯停下了故事，轻轻挨近阿尔戈斯，拿出一根能催人昏睡的荆木棍，一只只地触碰阿尔戈斯的一百只眼，以使它们睡得更深沉……终于，阿尔戈斯打起了雷鸣般的鼾声，赫尔墨斯抽出宝剑，砍下了阿尔戈斯的头颅。

就这样，伊娥获得了自由，但她仍然是小母牛的模样。

赫拉得知了这一切，但她的怒火还没有完全平息，她要继续折磨可怜的伊娥。赫拉变出很多牛虻，让牛虻叮咬这头小母牛。伊娥被叮咬得痒痛难

忍，全身血迹斑斑，痛苦不堪。为了躲避牛虻的侵袭，可怜的伊娥逃遍了世界各个地方——她逃到高加索、逃到亚马孙部落、逃到阿瑟夫海……她一下子跳过了欧洲和小亚细亚之间的海峡，到了亚洲。后来，那道海峡就被称为"博斯普鲁斯海峡"，意思是"母牛跳过之处"。

然而，她还是没有逃得掉牛虻的追咬。最后，经过长途跋涉，她来到了埃及。疲惫不堪又伤痕累累的伊娥再也跑不动了，她跪在尼罗河岸边，昂起头，仰望着奥林匹斯山，哀求的泪水从眼中汨汨地流出。

宙斯看到了这幅情景，内疚极了，他立刻来到赫拉身边，恳求道："求求你停止折磨这个可怜的姑娘吧！她已经受够了苦难，而这一切都不是她的错！"就在宙斯请求的同时，赫拉也听到了小母牛朝着奥林匹斯圣山发出的哀鸣声。她终于心软了，同意宙斯恢复伊娥的原形。

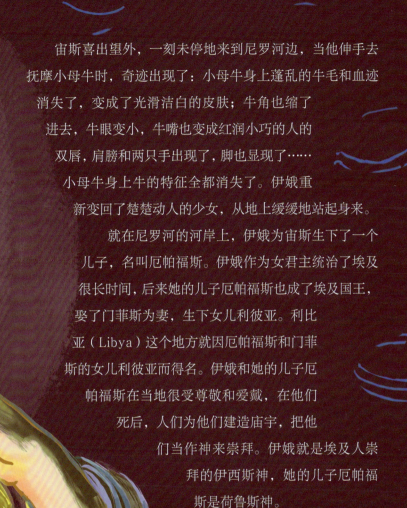

宙斯喜出望外，一刻未停地来到尼罗河边，当他伸手去抚摩小母牛时，奇迹出现了：小母牛身上蓬乱的牛毛和血迹消失了，变成了光滑洁白的皮肤；牛角也缩了进去，牛眼变小，牛嘴也变成红润小巧的人的双唇，肩膀和两只手出现了，脚也显现了……小母牛身上牛的特征全都消失了。伊娥重新变回了楚楚动人的少女，从地上缓缓地站起身来。

就在尼罗河的河岸上，伊娥为宙斯生下了一个儿子，名叫厄帕福斯。伊娥作为女君主统治了埃及很长时间，后来她的儿子厄帕福斯也成了埃及国王，娶了门菲斯为妻，生下女儿利彼亚。利比亚（Libya）这个地方就因厄帕福斯和门菲斯的女儿利彼亚而得名。伊娥和她的儿子厄帕福斯在当地很受尊敬和爱戴，在他们死后，人们为他们建造庙宇，把他们当作神来崇拜。伊娥就是埃及人崇拜的伊西斯神，她的儿子厄帕福斯是荷鲁斯神。

珀尔修斯——挑战美杜莎的英雄

不幸的预言，英雄出生

在希腊半岛西部有一个国家叫阿戈斯（Argos），那里的国王有一对双胞胎儿子，一个叫普罗托斯，一个叫阿克里西奥斯（Acrisius）。这两兄弟从小到大，关系一直不好，没有一刻不在争吵。待父王终老，他俩的矛盾还升级成了战争，因为两兄弟谁都想继承王位。但他们势均力敌、各不相让，整个国家被战事搞得乌烟瘴气，无论谁当国王，大家都非常不满。终于，两兄弟在一次最激烈的战斗中达成了暂时的休战协议，把国土一分为二，分别做了国王。两国之间还筑起了高大的城墙，摆出一副老死不相往来的架势。

神明决定惩罚这两个如此不团结的手足兄弟，因此阿克里西奥斯当上国王后，总是会接到同一个不祥的神谕，说他将来会被自己的孙辈杀死。阿克里西奥斯只有一个女儿，从此心虚的他不敢和王后生其他孩子了，而且女儿长大了也不准她嫁人。

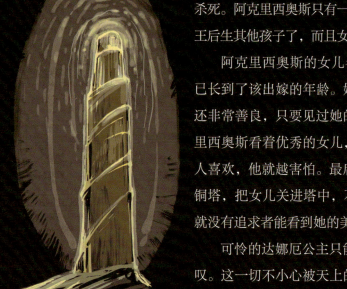

阿克里西奥斯的女儿名叫达娜厄（Danae），转眼已长到了该出嫁的年龄。她不仅拥有倾国倾城的美貌，还非常善良，只要见过她的人都十分喜欢她。可是阿克里西奥斯看着优秀的女儿，心里却无比恼怒，女儿越受人喜欢，他就越害怕。最后，他竟然命人修建了一座青铜塔，把女儿关进塔中，不允许任何人靠近——这样也就没有追求者能看到她的美貌，更别提与她结婚生子了。

可怜的达娜厄公主只能透过塔顶小小的天窗仰天长叹。这一切不小心被天上的宙斯瞥见了，他被达娜厄公

主的美貌吸引，也为公主令人同情的遭遇叹息。于是，他化作了阵阵金色的细雨来青铜塔陪伴达娜厄。这样，达娜厄终于不再孤单，她成了宙斯的新娘。

过了一段时间，达娜厄发现自己怀孕了，宙斯终于告诉她自己真实的身份，让她不要害怕，还告诉她，她将生下一名男婴，作为神的儿子，他日后定会成长为一个了不起的大英雄。

果然，达娜厄公主生下了一个男孩儿，男孩儿出生时，身体像沐浴在金光之中，整个青铜塔都被金光镀上了一层灿烂的光晕。大家看见这样的情景都惊呆了，但也为达娜厄公主感到高兴。只有国王阿克里西奥斯阴沉着脸，他心里越发惴惴不安，甚至顾不上追问孩子的父亲是谁，只想让男孩儿离自己远远的。

于是，国王让人找来一只大木箱，把公主和男孩儿装了进去，然后将木箱抛向远海，祈祷海神波塞冬让他们母子漂去无人知道的国度，此生都不要再相见了。

可怜的达娜厄公主不知父王为何会如此对待自己和刚出生的孩子，但是她心里一直记着宙斯说的话。木箱中的男婴也像懂大人心思似的不哭不闹，扑闪着炯炯有神的大眼睛看着妈妈，达娜厄感到无比的安慰，她对着男婴说："我的孩子，你就叫珀尔修斯吧，我们一定会平安无事，将来你会是个英雄！"

客居他乡，接受艰难的任务

也不知大木箱在海上漂了多少个日夜，就在一个说不上日期的晴朗日子里，有一个渔夫正在海岸边撒网，刚好就把装着达娜厄和珀尔修斯母子的大木箱给

网上了岸。这个渔夫叫狄克堤斯（Dictys），他好奇地打开了木箱，被木箱里的母子吓了一跳。

达娜厄忍住泪水，向救命恩人哀求道："哦，善良的渔夫，我是阿戈斯的公主，我的父王把我们母子逐出了门，我们才会流落至此，您若好心，就请让我给您当个家仆吧，可怜可怜我们这外乡的弃儿吧。"

"可怜的孩子，这里是塞里福斯岛，我叫狄克堤斯，我与妻子无儿无女，定是我妻子的祈祷感动了众神，为我们送来了你们母子。你就委屈做我的女儿吧，你的儿子也好有一个异乡的家。"渔夫说。

狄克堤斯和妻子是塞里福斯岛出了名的好人，就这样，不幸又幸运的达娜厄母子在他乡有了一个幸福的家。

珀尔修斯从小就表现出了惊人的天赋，他会使用家中各种农具和渔具，而且力气比成年人还大。他还特别喜欢运动，在与其他年轻人比试的时候，每次都能赢了所有的人。每次珀尔修斯为自己的本事骄傲时，母亲达娜厄就会告诫他不要莽撞，他们母子是外乡人，千万不能给善良的狄克堤斯招来什么麻烦。

慢慢地，珀尔修斯长成了英俊的青年，他十分孝顺母亲和狄克堤斯夫妻二人，达娜厄为此感到十分欣慰。

可麻烦还是来了。

这里的国王叫波吕得克忒斯（Polydectes），他生性刻薄、骄傲自大。他听说狄克堤斯收养了一对外乡来的母子，但没有在意这件事。一个偶然的机会，国王见到了达娜厄母子，他立刻就被达娜厄的美貌吸引了，宣布要娶达娜厄为妻。

达娜厄婉言拒绝了国王，这让国王十分生气，甚至想强行把她带走。珀尔修斯见母亲被欺负，毫不客气地想要狠狠教训国王一顿，幸好被达娜厄和狄克堤斯拦下。国王虽怨恨珀尔修斯，但又惹不起他，便开始谋划怎么对付这个麻烦的小伙子。

这天，国王邀请岛上所有的优秀人才来赴宴，珀尔修斯自然也在被邀之列。按照当地的习俗，每个赴宴的人都应该为国王献上一份礼物，但珀尔修斯并不知道这件事，贫穷的他也没有什么东西能拿得出手。

于是，在宴会上，受邀前来赴宴的人们个个穿着华丽的衣服，捧着珍贵的礼物，只有珀尔修斯两手空空，衣衫简朴，在国宴之上显得格格不入。

这时，波吕得克忒斯假惺惺地问："嗯，那位穿着破衣的人，你是怎样混进来的呀？怎么连件像样的礼物都没有，难道你来这里，就是要告诉大家你是个大英雄吗？"说罢，哈哈大笑起来，整个王宫都在嘲笑珀尔修斯。

珀尔修斯哪里能忍受如此的羞辱，他大声说道："不就是一件礼物吗？看看你们这帮凡夫俗子献上的所谓的礼物，这也能叫礼物？"

波吕得克忒斯见自己的激将法成功了，马上接话道："说得好，我也觉得这些礼物全都是些凡人的玩意儿，听说美杜莎的头能敌万军，能把它取来献给我的人，当之无愧就是我们塞里福斯的英雄！"

"好，美杜莎的头颅，我的礼物就是它了，倒要让你们见识见识美杜莎的头长什么样子！"珀尔修斯还没等波吕得克忒斯的话音落下就抢着说道。这正中了国王的下怀，毕竟之前想要去杀掉美杜莎的人一个都没有活着回来过，这下他终于可以摆脱这个难缠的小子了。

美杜莎是戈尔贡三姐妹中最小的一个。戈尔贡三姐妹是三个可怕的女妖，她们的头上和脖子上都布满了鳞片，头发是一条条的毒蛇，不停地吐着芯子；她们还有着金色的羽翼和黄铜手腕，刀枪不入；最可怕的是，看到她们眼睛的人，都会变成石头。三姐妹中，只有小妹美杜莎是凡身，可以被杀死。没有人知道她们住在哪里，只知道离这里很远很远。

于是国宴一结束，国王就命令珀尔修斯去取美杜莎的头颅来给他。这时的珀尔修斯心里后悔极了，他想，自己简直是被当时的羞辱和国王的计谋冲昏了头，怎么会答应这样离谱的要求呢？连美杜莎在哪里都不知道，他要到哪里去找她？何况自己离开后，母亲受人欺负怎么办？

就在珀尔修斯懊悔之际，他眼前忽然出现了一个美丽的女神，她看起来庄严肃穆，一双灰色的眸子闪闪发光，身着战袍，头戴头盔，左手持盾，右手持矛，好不威风。只听得女神说道：

"珀尔修斯，我是雅典娜。你是个英勇善战的人，但遇事经常缺乏谨慎思考，这次你招来的困难可以作为一次对你的严厉考验，我会帮助你顺利通过考验，成为真正的英雄。这里有一个宝囊，里面装着三样宝物，你不能偷看。要找到美杜莎，你要先向西方进发，找到三个共用一只眼睛和一颗牙齿的女妖，设法从她们那里打听到美杜莎的下落，这时才可以拿出里面的一样宝物。剩下的两样宝物要到达美杜莎住处时才能取出。记住，千万不要去看美杜莎的眼睛。你不必担心你母亲在你走后会被人欺辱，我会保护好她等你凯旋。"

珀尔修斯惊得嘴巴还没合上，雅典娜就不见了，但珀尔修斯手中已经多了一个羊皮囊袋。看来这一切都是真的。他谨记刚才听到的一切教诲，加快脚步回到家中。

珀尔修斯向母亲诉说了一切，达娜厄知道这一定是珀尔修斯的父亲宙斯在让众神帮助儿子去勇敢地经历磨难，好磨炼意志、锻炼本领，成为可担当大任的英雄。就这样，英雄珀尔修斯告别了母亲，出发去寻找美杜莎了。

向美杜莎挑战

按照雅典娜的指示，珀尔修斯先要找到那三个共用一只眼睛和一颗牙齿的女妖，她们是戈尔贡的姐妹，只有她们知道戈尔贡在哪里。这三个女妖头发是灰色的，身体是灰色的，就连她们共用的那只唯一的眼睛和那颗唯一的牙齿也是灰色的，她们被叫作灰色三姐妹。

珀尔修斯朝着遥远的西方动身了。他走了很久很久，这天他来到了一片山林，耳边忽然传来了一阵阴森怪异的歌声，听得让人心惊胆战。顺着歌声，珀尔修斯终于在一个深不可测的幽暗山洞里找到了灰色三姐妹。

只见女妖们正在传递着那只共用的眼睛，她们轮流用这只眼睛看东西。趁着眼睛被传递的空当，珀尔修斯一个箭步上前，飞速把眼睛夺了过来，并以此威胁灰色三姐妹快点说出美杜莎的下落。女妖们在一片漆黑之中哀求着、威胁着珀尔修斯交出她们的眼睛，但珀尔修斯非常坚持。被逼无奈之下，她们只能恶狠狠地说："我们的戈尔贡啊，就在那海之边际，日落最西滨。"

珀尔修斯听了灰色三姐妹的话后开始犯难了，茫茫大海，无边无际，怎样才能到达大海的最西边呢？这时他突然想起雅典娜说过，得到美杜莎的下落以后，可以从宝囊中掏出一样宝物。于是珀尔修斯赶紧把手伸进宝囊一掏，拿出的是一双带翅膀的鞋子。这鞋子可不简单，是赫赫有名的神使赫尔墨斯的鞋子。果然，珀尔修斯一穿上它，一下子就飞了起来，不一会儿，他就到达了美杜莎所在的地方——大海的最西边。

这大概就是海与天、海与地连接的地方吧，珀尔修斯心想。

这个地方异常幽静，太阳发出刺眼的白光，让人头晕目眩。周围丝毫不见生命的迹象，满是白色的石头，犹如遍地白骨一样惨淡。珀尔修斯想到雅典娜警告过他千万别看美杜莎的眼睛，否则会立刻变成石头，不由得打了个寒战，那些白色的石头好像都是各种动物和人变的呢。

此时美杜莎和两个姐姐正在海岸上呼呼睡大觉。她们头上的毒蛇像海里漂动的海藻，不停地舞动着，每条毒蛇都张着血盆大口，尖牙闪出寒光，长长的

芯子传递着死亡的信号。

此时，按照雅典娜的指示，珀尔修斯应该需要第二件和第三件宝物了。于是，他小心翼翼地从宝囊中掏出剩下的两件宝物：一件是冥王哈得斯的隐身帽，可以让他隐去身形；另一件宝物是一柄锋利无比的青铜宝剑，因为戈尔贡最怕青铜器，所以赫尔墨斯就把这柄青铜宝剑借给了珀尔修斯。

珀尔修斯戴上隐身帽，顿时消失得无影无踪了。他手持青铜宝剑，屏住呼吸，慢慢靠近戈尔贡三姐妹。因为美杜莎是可以死的，两个姐姐习惯性地让她的头朝向最难被发现的方向。

怎样能又不看到美杜莎的眼睛，又杀死她呢？这个问题有点儿难，但难不倒聪明的珀尔修斯——他借着明如镜面的宝剑照出了三姐妹的影像，找准了美杜莎，然后猛地俯冲下去，一剑就将她的头砍了下来。霎时间，毒血从美杜莎的脖子里迸射而出，随着毒血还蹦出了一匹骏马和一个孩子，他们是美杜莎和波塞冬的两个儿子：飞马珀伽索斯和巨人克律萨俄耳（Chrysaor）。

珀尔修斯见一击得手，赶紧把美杜莎的头丢进宝囊，然后靠着飞天鞋跑得无影无踪了。两个戈尔贡姐妹这才发现小妹被砍了头，她们愤怒地张开翅膀飞到空中，想要追赶凶手报仇，可是她们连仇人的影子都看不到——珀尔修斯戴着隐身帽，轻松躲过了她们的追捕。英勇的珀尔修斯就这样在众神的帮助下斩了女妖美杜莎的头颅，完成了国王波吕得克忒斯设下的不可能完成的任务。此时，他一心挂念着远在塞里福斯岛的母亲，恨不得一下子就回到母亲身边。

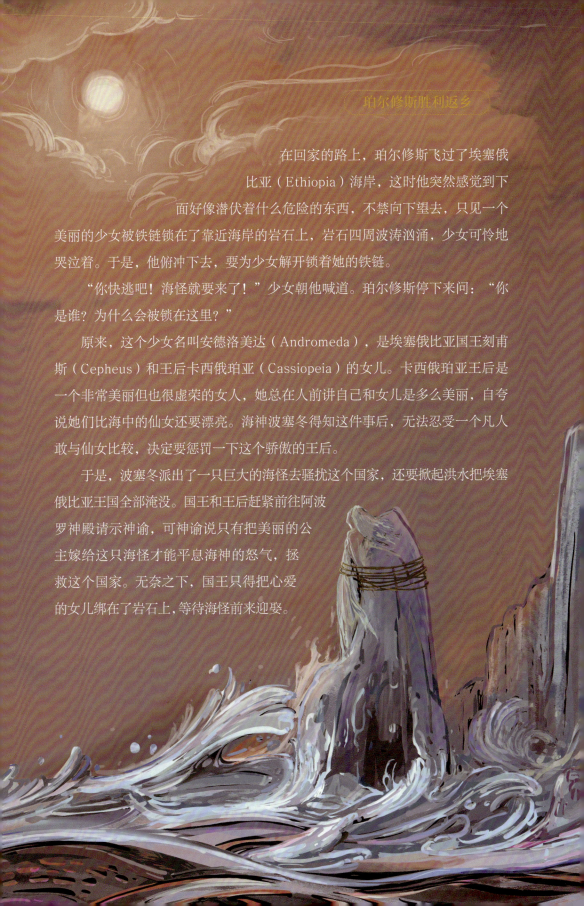

在回家的路上，珀尔修斯飞过了埃塞俄比亚（Ethiopia）海岸，这时他突然感觉到下面好像潜伏着什么危险的东西，不禁向下望去，只见一个美丽的少女被铁链锁在了靠近海岸的岩石上，岩石四周波涛汹涌，少女可怜地哭泣着。于是，他俯冲下去，要为少女解开锁着她的铁链。

"你快逃吧！海怪就要来了！"少女朝他喊道。珀尔修斯停下来问："你是谁？为什么会被锁在这里？"

原来，这个少女名叫安德洛美达（Andromeda），是埃塞俄比亚国王刻甫斯（Cepheus）和王后卡西俄珀亚（Cassiopeia）的女儿。卡西俄珀亚王后是一个非常美丽但也很虚荣的女人，她总在人前讲自己和女儿是多么美丽，自夸说她们比海中的仙女还要漂亮。海神波塞冬得知这件事后，无法忍受一个凡人敢与仙女比较，决定要惩罚一下这个骄傲的王后。

于是，波塞冬派出了一只巨大的海怪去骚扰这个国家，还要掀起洪水把埃塞俄比亚王国全部淹没。国王和王后赶紧前往阿波罗神殿请示神谕，可神谕说只有把美丽的公主嫁给这只海怪才能平息海神的怒气，拯救这个国家。无奈之下，国王只得把心爱的女儿绑在了岩石上，等待海怪前来迎娶。

珀尔修斯听到这里，决定把这无辜的公主救下来，他凝望着已经不太平静的海面，对安德洛美达说："我把海怪杀掉，你就做我的妻子吧！"

　　就在这时，海面上出现了一个巨大的漩涡，"砰"的一声，一只凶恶的海怪从海里腾空而起，它张着血盆大口，利爪闪着寒光，身形如巨蟒一般。眼看着无辜的安德洛美达就要被海怪带走了，珀尔修斯脚蹬飞天鞋一个猛冲，手中的青铜宝剑只一挥，便直扎进了海怪的喉咙。海怪一声哀嚎，甩着尾巴挣扎着沉了下去，迸溅而出的鲜血染红了整片海洋，从此那片海就被叫作红海。

　　埃塞俄比亚国王和王后十分感谢珀尔修斯的壮举，夸他不但解了王国的洪灾，还救下了女儿安德洛美达，安德洛美达对这位英雄也是一见倾心，就这样，一场盛大的婚礼即将在埃塞俄比亚王国举行。

　　这下周围王国的王子们不干了，他们个个抢着要当美丽的安德洛美达的新郎。虽然国王刻甫斯知道他们都是胆小鬼，海怪横行的时候没有一个敢站出来，现在海怪被斩杀了，一个一个都开始吹嘘起自己的本事来。但是刻甫斯又不敢推掉这些求婚的王子，他怕惹恼了邻国而给自己的王国引来战事，只得再次求助英雄珀尔修斯。

　　一边是国王的恳求，一边是蛮不讲理的各国王子的挑衅，珀尔修斯情急之下不得不掏出了美杜莎的头颅，王子们在看到美杜莎眼睛的一瞬间就变成了石头。可惜的是，国王刻甫斯和王后卡西俄珀亚在猝不及防下，也看到了美杜莎的眼睛，也变成了石头。珀尔修斯告诉了妻子这一切后，安德洛美达十分伤心，不过，因为她是宙斯儿子的妻子，众神出手把国王和王后升上了天空，成为仙王座和仙后座。

解决了路上的麻烦，珀尔修斯抱着妻子安德洛美达继续赶路，往家里飞去。终于，他们飞回了塞里福斯岛。可是珀尔修斯并没有在家中见到母亲，原来在珀尔修斯远行去挑战美杜莎的时候，国王波吕得克忒斯一直在不断骚扰达娜厄。有一天，狄克堤斯做了个梦，梦里说可以把达娜厄藏到雅典娜神殿去，于是达娜厄在神殿安顿了下来，总算能过得安宁一些。这位可怜的母亲日夜盼望着儿子安全返乡，每日都为他虔诚祈祷。

　　狄克堤斯向珀尔修斯讲述了他离家后发生的事，珀尔修斯忙赶到雅典娜神殿，母子见面抱头痛哭。把妻子安德洛美达留在母亲身边，愤怒的珀尔修斯提着宝囊朝国王的宫殿走去。

　　王座之上，波吕得克忒斯正在举办宴会，看到珀尔修斯回来了，还是一样的衣衫简朴，波吕得克忒斯轻蔑地举起酒杯喊道："这不是我们的大英雄回来了吗？怎么没见美杜莎的头颅呢？更是好久没看见你那'海上漂'的母亲了啊。"人们都放声大笑，嘲笑着这个风尘仆仆的年轻人。

珀尔修斯懒得与波吕得克忒斯废话，他从宝囊中掏出了美杜莎的头颅，就这样，大殿之上，国王和他那帮一样傲慢无礼的贵族一下子就都变成了惨淡无光的石头，有的嘴巴还惊讶地大张着，再也合不上了。

岛上的人们很高兴除掉了波吕得克忒斯这个暴君，而善良的狄克堤斯成了塞里福斯岛的新国王。珀尔修斯把所有宝物都物归原主，包括美杜莎的头颅，对于凡人来讲，它实在是过于危险了。雅典娜收下了这份礼物，还将它镶在了她的盾牌上。

一语成谶，神谕变成现实

虽然狄克堤斯王希望珀尔修斯和他的家人能继续在塞里福斯岛生活，也希望珀尔修斯可以帮他治理国家，但珀尔修斯知道自己现在已经是一个英雄了，有能力带着母亲和妻子返回阿戈斯王国，让母亲与外公团聚。于是，珀尔修斯一家人拜谢了狄克堤斯王，朝着阿戈斯王国出发了。

可是，阿戈斯的国王阿克里西奥斯听说自己的外孙要起程回来，心里却没有喜悦，而是害怕。他感觉当初的预言就要应验了，珀尔修斯一定知道当初自己把他们母子装到木箱扔进大海的事，这次回来一定是为了报仇的。他不敢见外孙，于是向整个阿戈斯王国宣告，自己已经老了，准备退位，英雄珀尔修斯将是他们新的国王。

就这样，珀尔修斯千里迢迢回到了阿戈斯王国，却没能看见躲起来的外公，倒是莫名当上了阿戈斯的国王。珀尔修斯不但是个勇士，在治理国家上也兢兢业业、勤恳能干，阿戈斯王国几年里已经成了远近闻名的强国。

还记得珀尔修斯很热爱运动吗？他经常参加一些大大小小的比赛。这天，珀尔修斯正在参加扔铁饼的比赛，他扔出了一个完美的抛物线，动作标准、扔出的距离无人能敌，可是不知为什么，当时突然刮起了大风，铁饼偏离了方向，刚好砸中了观众席上的一位老者，老者被当场砸死。

这老者不是别人，正是珀尔修斯的外公，阿克里西奥斯！原来，珀尔修斯参加的每个项目，老阿克里西奥斯都是他忠实的观众。有哪个人不热爱英雄呢？更何况珀尔修斯是阿克里西奥斯的亲外孙呀！可他最终还是应了神谕的预言，死在了自己的外孙手上。

珀尔修斯得知这件事后伤心欲绝，他厚葬了自己的外公，日日祈祷众神原谅自己无意间的罪行。因为众神知道一切，因此珀尔修斯没有受到任何惩罚。他更加努力管理着王国，人民生活十分幸福，他和妻子安德洛美达生了很多子女，后世一代一代出了不少英雄豪杰。最后，他们死去的时候，宙斯把他们也变成了天上的星座。

驴耳朵国王弥达斯

点石成金的国王

酒神狄俄尼索斯不仅握有葡萄酒那醉人的力量，还到处布施欢乐与慈爱，在人世间非常有感召力。有一次，酒神的老师西勒诺斯醉倒在路边，人们发现之后，给他戴上花环，把他送去了国王弥达斯那里。弥达斯热情地欢迎他，还设宴款待他，照顾了他整整十天。直到第十一天，国王才把这位客人交给了来接他的酒神狄俄尼索斯。为了报答这位热心的国王，狄俄尼索斯决定满足弥达斯一个愿望。

弥达斯欣喜万分，不假思索地说道："伟大的酒神狄俄尼索斯，请您赐给我一种魔力，让我能把一切碰到的东西都变成闪闪发光的金子！"说完，他很期待地看着酒神。酒神的脸上露出了既吃惊又惋惜的神情，他问："你确定要满足这个愿望吗？"弥达斯坚定地点了点头，于是，酒神答应了。

弥达斯大喜过望，他高高兴兴地离开了酒神。在回去的路上，弥达斯按捺不住喜悦的心情，忍不住尝试了起来。他从路旁的大树上折下一根树枝，树枝立刻成了金枝。他又从地上捡起一块石头，石头也马上变成了金灿灿的金块。"天哪，是真的！我拥有魔力啦，太棒了！"弥达斯高兴得又蹦又跳。

这魔力真是太神奇了！他从麦穗上摘下的麦子变成了金粒；从苹果树上摘下的苹果变成了金苹果；他回到宫殿，手指刚刚接触到门柱，柱子就闪着金色的光芒。他叫仆人打水洗手，洗过手的水也变成了金水。

弥达斯太激动了，他立刻吩咐仆人，给他准备一顿丰盛的大餐，他要好好庆祝一下这神奇的魔法。很快，仆人给他准备好了满满一桌的美味佳肴。弥达斯伸手抓了一只他最爱吃的鸡腿——鸡腿却瞬间变成了金子，咬都咬不动。他又拿起一块烤牛排，牛排也一样成了金子。最后他端起了葡萄酒杯，于是，芬芳的葡萄酒也变成了无法饮用的黄金。

　　这时，弥达斯终于意识到，自己得到了一份可怕的礼物。"糟糕，这可怎么办，我什么都吃不到啊！"他尝试让仆人喂他东西吃，但结果仍是一样的——食物或饮料一接触他的嘴唇，就变成了沉甸甸的黄金！可怜的国王，他面前是一桌世界上最昂贵的大餐，可他却饿着肚子！弥达斯突然觉得，这曾经看来十分迷人的金黄色，如今还比不上能吃到肚子里的一个鸡蛋！天天对着这样昂贵

的食物，却只能看不能吃，他能活多少天呢？

正在这时，国王的小女儿蹦蹦跳跳地跑来找他。这是个多么可爱的小姑娘啊！她的头发金灿灿的，就像黄金一样；她的脸颊红扑扑的，像最好的红苹果。这个体贴的女孩儿发现国王愁眉苦脸地坐在餐桌前，就想要好好地安慰一下他。于是，她跑到弥达斯面前，伸出双臂，亲热地抱住父亲的膝头。见状，弥达斯心里稍稍有了些安慰，他弯下腰，亲了亲女儿的额头。

然而，在那一瞬间，发生了怎样可怕的事！——可爱的小姑娘也像弥达斯碰到的其他东西一样，变成了一尊黄金雕像！

"天哪！我做了什么！我的宝贝！"弥达斯大声叫嚷起来，他抱着硬邦邦的小女儿，内心充满了恐惧。他缓缓跪了下来，举起双手，苦苦哀求："伟大的狄俄尼索斯，请您帮助我吧，我太愚蠢了！求求您，把我的点金术去掉吧！"

狄俄尼索斯听到了弥达斯的祈求，他很快出现了。"弥达斯国王，你现在聪明多了，黄金从来就不该是最珍贵的东西。你既然已经意识到了这一点，就照我说的做吧。珀克托洛斯河（Pactolus River）源头的河水有神奇的力量，你到那里去，用河水浸泡全身，就能洗掉你的点金术。"

弥达斯连连致谢，然后火速赶到了珀克托洛斯河的源头。他的双手一伸进河里，就产生了大量的金沙落入河中。就这样，点金术的魔法被去除了，他之前碰过变成黄金的东西，也都恢复了原样，包括他那花儿一样的小女儿。弥达斯终于解脱了，从那之后，他对金子和所有珠玉财宝都心怀芥蒂，避之不及。

长了一对驴耳朵

憎恶财富的国王弥达斯，开始向往田园般的生活。他经常离开自己豪华的宫殿，到山林和河流边漫步。于是，不久后，他就成了森林之神的信徒。

不过，他的判断力并没有太大的长进，这使得他又犯了一个错误。

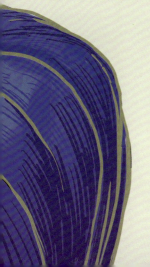

在阿波罗和森林之神玛息阿斯那场音乐的比试中，阿波罗请来了九位缪斯女神来做裁判，玛息阿斯则请来了国王弥达斯。虽然大家都认同阿波罗的音乐毫无悬念地压过了玛息阿斯，弥达斯却并不同意这个结论，他大声抗议道："明明是玛息阿斯的演奏更好听啊！你们的耳朵没问题吗？"面对他独特的音乐口味，阿波罗只能摇头，表示这样的耳朵简直无可救药了。于是，弥达斯的两只耳朵被阿波罗拉长了，尖尖地朝外伸展，接着耳朵上还长出了一层灰色的长毛——那不就是一对驴耳朵吗？

　　大家看着弥达斯滑稽的样子，不由得哈哈大笑。弥达斯羞愧得无地自容，捂着两只耳朵落荒而逃。从此以后，他每天都用一块大头巾包住头，把耳朵遮得严严实实，希望人们看不到他的驴耳朵，从而保守住这个秘密。

　　不过，他可以瞒得了别人，却瞒不住为他理发的仆人。经常为他理发的仆人还是发现了这个秘密。他大为吃惊，但不敢泄露这个惊天奇闻，默默地守口如瓶。但是，这个秘密实在太好笑了，憋着不说，真的很辛苦。

国王弥达

终于，仆人忍不住了，他想了一个两全其美的办法：他悄悄跑到了河边，找了一片地，趁着没人的时候挖了个洞，轻轻对着洞口说了一句："国王弥达斯长了一对驴耳朵！"说完了，他如释重负，这下可舒坦了。

谨慎的仆人把洞口填起来才离开河边，偏偏这里到处都长着芦苇，没多久，他挖洞的地方也长了一簇。在微风的吹拂下，芦苇沙沙作响，可在风与芦苇叶摩擦的声音中，还夹杂着另一个声音，隐隐约约地说着："国王弥达斯长了一对驴耳朵！国王弥达斯长了一对驴耳朵！……"就这样，这个秘密传开了，整个国家的人都知道了。弥达斯气得跳脚，但也无可奈何了。

了一对驴耳朵

西西弗斯——愚弄神明的人

科林斯（Corinth）的建造者西西弗斯（Sisyphus）被称为有史以来最聪明的国王，他甚至曾愚弄了神明。

有一天，宙斯看上了河神埃索普斯（Asopus）的女儿，就化作一只老鹰把她叼走了。河神正在到处找女儿，这时他遇到了西西弗斯。

西西弗斯的城邦正闹旱灾呢，于是他就对埃索普斯说："河神啊河神，你要是为我的城邦提供泉水，我就将你女儿的去处和盘托出。"埃索普斯是个很小气的河神，很不愿意与别人分享他的泉水。他不情愿地在地上敲了敲，清澈的泉水立刻从那里汩汩地冒了出来，西西弗斯看了既惊讶又得意，他于是对埃索普斯说："河神啊河神，你可知带走你女儿的正是伟大的宙斯啊！"

埃索普斯最终还是没能追回自己的女儿。而宙斯一打听，知道是西西弗斯把他的好事说了出去，就决定要惩罚西西弗斯。他让冥王哈得斯亲自去把西西弗斯带到冥界，严厉地惩罚他。可西西弗斯是最聪明的国王，他装出一副受宠若惊的样子，诚惶诚恐地对哈得斯说："冥王啊冥王，抓我还得您亲自动手啊？您那得力的助手赫尔墨斯呢？为什么不是他来接我呢？"冥王一想，对啊，按规矩是该赫尔墨斯来接人去往冥界，这下子该找个什么理由呢？可就在他想的时候，敏捷的西西弗斯居然将哈得斯用一根铁链绑了起来。于是，冥王被西西弗斯锁在了柱子上，就像是拴狗一样。

这下可乱了套，只要哈得斯不能回冥界，地上的人就都死不了，掌管命运的神也没了谱，人间一片混乱。最后，在众神的威逼之下，西西弗斯才不得不

放了哈得斯。地上的人们终于可以死掉了。众神一致认为，第一个死掉的当然应该是戏弄神明的西西弗斯了！这一次，是赫尔墨斯来找西西弗斯，准备带他去冥界。

足智多谋的西西弗斯早料到了这一点，提前想好了对抗神明的对策。他对他的妻子说："亲爱的，如果你还希望见到我，就请不要为我操办葬礼，就让我像一个乞丐一样死去吧。"西西弗斯的妻子听从了他的吩咐，西西弗斯于是两手空空，像乞丐一样来到了冥界。身无分文的他根本没有钱付渡资，摆渡人卡戎也拒绝载他渡过冥河。

哈得斯得知之后大怒，他认为西西弗斯城邦里的人太不尊重亡者了，尤其是西西弗斯的妻子，她根本就没有给西西弗斯操办一场国王的葬礼。如果不好好教训她，会给世人带来非常坏的影响，冥界也就收不到献祭了。于是哈得斯将西西弗斯送回地面上，要他回去教训自己的妻子。聪明的西西弗斯又把神明们耍了一次，他回到人间，装着教训妻子，实际上却和妻子一起白头到老。

最后，西西弗斯寿终正寝后，终于来到了冥界。众神都说必须好好惩罚他，叫他再也没有时间去动歪脑筋。于是，他们把西西弗斯关进冥界中专门惩罚罪人的地方，并罚他去把一块巨大的石头推到陡峭的山坡上去。每当西西弗斯推着石头快要到达山顶时，石头就会从他手中滑落，又滚回山脚下，他只得重来一次，永远重复这没有尽头的工作。

柏勒洛丰——飞驰人生

　　柏勒洛丰(Belleropho)是西西弗斯的孙子,也是一个伟大的驯马者。他强壮、勇敢又彬彬有礼,是个人见人夸的优秀青年。他从来不在意衣着服饰,也不喜欢收集奇珍异宝,一般王公贵族热心的事物他向来没什么兴趣,唯一比较特别的地方就是他是个地地道道的马痴,从小就善于驯马。

　　这天,柏勒洛丰听说,有一匹名叫珀伽索斯的飞马从美杜莎的血液中展翅而出,现在正在希腊大陆出没。为了一睹飞马的风采,他赶到了珀伽索斯经常喝水的泉水边,蹲在一丛月桂后等待。太阳落山后,随着一阵轻柔的振翅声,珀伽索斯从天而降,那雪白的毛皮、优美的形体、闪闪发光的双翅,太美了,胜过柏勒洛丰拥有的所有骏马,让他看得如痴如醉。他多想用鼻子蹭蹭这匹漂亮的马儿,取得它的信赖呀!可是他还没朝马儿走上三步,机警的飞马就抬起了头,发现了他的靠近。柏勒洛丰只能张口结舌地看着飞马嘶鸣一声,打开了翅膀,转眼间就腾空而起,飞得无影无踪。

　　马儿飞走了,也带走了柏勒洛丰的心。他自此茶不思饭不想,脑海中都是飞马的影子。他花了很长时间偷偷观察珀伽索斯,也想了很多办法接近它,可惜飞马不同于一般的马儿,一旦它展开翅膀,根本不可能追得上它。而柏勒洛丰每次试图接近飞马时,它又总能嗅到他的气味,然后像箭一般飞快地消失了。屡战屡败的柏勒洛丰一筹莫展,只好前往雅典娜的神殿,虔诚祈祷神祇赐予他驾驭珀伽索斯的力量。

　　"只要能让我驾驭珀伽索斯,我付出什么都愿意,神啊,请给我一个机会拥有它!"祈祷过后,柏勒洛丰就在神殿中迷迷糊糊地睡着了。梦中出现了神殿的主人雅典娜,她交给了柏勒洛丰一样东西,对他说:"你真的敢驾驭波塞冬的儿子——珀伽索斯吗?如果你真的有勇气,就把这个套在

珀伽索斯身上，它会臣服于你的。"柏勒洛丰猛然惊醒，果然发现手里攥着一个袋子，里面是一个金子做的马笼头，可以驯服珀伽索斯的马笼头！

拥有了马笼头的柏勒洛丰信心大增，直奔泉水而去。珀伽索斯果然来了，它合上了翅膀，落在柔软的草地上，啃食起鲜嫩的青草来。柏勒洛丰几乎屏住了呼吸，他耐心地躲在灌木丛中等待着，当飞马啃食够了青草、准备展翅离去的时候，他抓住时机猛冲出去，跨坐到了马儿的背上。珀伽索斯平生第一次感到背上有一个凡人的重量，它又惊又怒，一跃而起，冲天飞去。

这一跃可真了不得！柏勒洛丰还没来得吸口气，就发现自己已经身在高空，一旦落下去就是粉身碎骨。珀伽索斯打着响鼻，在云雾中横冲直撞，想用闪电一般的速度把背上的这个人甩掉。柏勒洛丰几乎是俯卧在马儿的鬃毛上，只能抱紧马脖子，一只手还紧紧攥着装了黄金马笼头的袋子。就在他快要支持不住的时候，狂野的珀伽索斯速度慢了下来，柏勒洛丰抓住这个机会，猛地把女神给他的黄金马笼头套在了珀伽索斯的头上。马儿一下子温驯下来，仿佛自己生来就是被柏勒洛丰驯养的一般。柏勒洛丰的愿望终于实现了。

从那之后，柏勒洛丰每天都要骑着飞马四处游历，他们配合得天衣无缝，在天空中翱翔，迅疾如风。每次打猎时，他都不会忘记带着珀伽索斯同行，有飞马在身边，他的打猎技巧也越来越好，无论猎物躲藏得有多隐蔽，他都能百发百中。

几年后的一天，柏勒洛丰来到了一个名叫利西亚（Lycia）的国家，当地的国王非常喜欢柏勒洛丰，他早就听说柏勒洛丰是个杰出的青年，不但有非凡的狩猎技术，品格也非常高尚，所以对这位远道而来的贵客礼遇有加。

而柏勒洛丰为了回报国王连日来的热情招待，决定帮他除掉利西亚王国内正在为祸一方的怪物喀迈拉。

　　喀迈拉是个可怕的怪物，它身体的前段是一头狮子，中间是山羊，后段是蟒蛇的尾巴。它呼吸吐出的都是火焰。它的皮非常结实，任何尖利的武器都无法刺穿。它会吃人，又四处破坏村庄和作物，大口一张，喷出的烈火就会把周围的东西都烧成一片焦土。

　　柏勒洛丰了解了喀迈拉的特征后，想了一个办法。于是他找到一个铁匠，要求他帮自己打造一支长长的矛，但矛头要用铅来做。铁匠非常惊讶，对他说："你确定矛头要用铅来做？铅是很软的，这样的矛头根本刺不穿盔甲，也刺不穿毛皮。"

　　"我知道，我就是想要一个铅做的矛头。"柏勒洛丰坚持说。铁匠只得按他的要求去做。拿到这支特殊的矛后，柏勒洛丰就出发了。他唤出了在天空中休息的珀伽索斯，骑着它一路飞往喀迈拉所在的地方。

　　在一个隐秘的洞穴中，柏勒洛丰发现了藏匿的喀迈拉，果然是一只有着狮子头、山羊身和蟒蛇尾的怪物。洞穴四周热浪滚滚，弥漫着难闻的气味。喀迈拉身躯虽然庞大，行动却很敏捷，口中还不时吐出熊熊火焰。柏勒洛丰骑着飞马在高空绕着喀迈拉飞了几圈，愤怒的喀迈拉朝着柏勒洛丰喷火，差点烧到飞马的毛皮。趁着喀迈拉喷完一次火的机会，柏勒洛丰大喊道："降落，珀伽索斯，落下去！"边喊边抽出了他特制的长矛。

　　珀伽索斯俯冲而下，柏勒洛丰壮着胆子举起长矛，用力刺进喀迈拉的喉咙深处。喀迈拉大吼一声，一股热浪再次袭来，珀伽索斯停止了俯冲，开始笔直地朝上飞去，躲开了这次热浪的袭击。柏勒洛丰在马背上低头望去，只见喀迈拉一边惨叫一边挣扎，铅做的矛头遇到烈焰立刻熔化，滚烫的铅水流到了它的肚子里，它全身都着了火，没一会儿就一命呜呼了。

　　确认喀迈拉死了之后，柏勒洛丰落到地上，切下了喀迈拉的头，带回去给利西亚的国王，以证明他的胜利。国王惊叹他过人的智慧和勇气，认为他是被天神眷顾的人，于是把自己的小女儿嫁给了他。柏勒洛丰和美丽的妻子生活得十分美满，老国王去世之后，他继承了王位，成了一个伟大的国王，为人民做了很多好事，也得到了人们打心底里的敬佩和爱戴。

　　可是，自身的成功让柏勒洛丰越来越傲慢，他的头脑开始发昏，觉得自己像神一样伟大。有一天，柏勒洛丰骑着珀伽索斯前往奥林匹斯山，他想去参加众神的聚会，并理所当然地认为众神一定会欢迎他。这样的狂妄和骄傲可过了头，激怒了众神，于是宙斯派出一只牛虻去叮咬珀伽索斯。牛虻不断地叮咬让飞马发了狂，骑在上面的柏勒洛丰从马背上摔了下去，在岩石上摔断了腿。他虽然没死，但因为亵渎神明，被众神抛弃，最终漂流四方，孤独而痛苦地死去。

　　珀伽索斯独自落在了奥林匹斯山上，宙斯让这匹俊美的马儿留了下来，专门为他搬运霹雳。后来，这匹飞马被宙斯送入天空，成为秋夜星空中耀眼的天马星座。

赫拉克勒斯——大力神

赫拉克勒斯的身世

赫拉克勒斯是世间最强壮的人，人们称他为大力神。他的父亲正是天神宙斯，而母亲是英雄珀尔修斯的孙女阿拉克涅公主。据说，在阿拉克涅怀孕时，宙斯的妻子赫拉就对她和她的孩子心怀嫉恨。但宙斯却满心期待，他对诸神预言说："这个孩子前途无量，以后一定是个大英雄呢。"后来，阿拉克涅果真生下了一个男孩，宙斯给他取名为赫拉克勒斯，意思是赫拉的荣耀。

当然，对赫拉来讲，这孩子可不是她的荣耀，而是她的耻辱，因为宙斯曾经的预言，她更想把这个孩子除掉。阿拉克涅也担心赫拉会加害孩子，就将赫拉克勒斯放进了一个篮子，篮子上盖了一点稻草，然后把篮子悄悄地放到了一片田野里。后来，这片田野就被称为"赫拉克勒斯田野"。

如果不是神力的驱使，这孩子在田野中肯定是活不下去的。他正因为饥饿而哇哇大哭的时候，刚好雅典娜和赫拉在这个时候经过了这片田野。雅典娜一眼瞧见了这个孩子，见他生得漂亮，心里十分喜欢，于是她对赫拉说："您看，这孩子多可爱啊，竟然被人扔在了这里，肯定是饿坏了。您正好生完孩子不久，还有奶水，就发发善心，给他喂点奶吧！"赫拉看了孩子一眼，起了些恻隐之心，于是把孩子抱起。谁知孩子一到赫拉怀里，就开始用力吮吸奶水，吸得她疼痛不已。赫拉"啊"地叫了一声，生气地把孩子扔到了地上。雅典娜又把孩子抱起来，带到了王宫，交给阿拉克涅抚养。

阿拉克涅一眼就认出了自己的孩子，她迫不及待地接过失而复得的孩子，放进了摇篮。她认为这一定是诸神的保佑和恩赐，让孩子活了下来，并被女神所救。而她不知道的是，因为赫拉克勒斯喝了赫拉的乳汁，从此脱离了凡胎，拥有了神力。

不过，赫拉也很快就知道了那个吃奶的孩子是谁，而且知道他又回到了亲生母亲身边。她非常后悔当时没有把他除掉，于是又想出了一个主意。

夜里，宫殿里的人都沉浸在甜蜜的梦乡。两条毒蛇探着头，吐着芯子，悄无声息地游到了赫拉克勒斯的房间，熟睡的女佣和阿拉克涅都没有发现它们。毒蛇很快爬上了孩子的摇篮，缠住了他的脖子。孩子大叫一声惊醒过来，他觉得脖子非常难受，于是伸出双手，猛地抓住了那两条毒蛇，用力一捏，竟然把两条毒蛇都捏死了。

阿拉克涅听到孩子的叫声，猛然惊醒，赤脚飞奔到孩子的摇篮边。她发现孩子手上握着两条死去的毒蛇，不由得大吃一惊。人们为这孩子的天生神力惊叹不已，认为这孩子还这么小就有这样非凡的能力，长大后一定会是个大英雄。于是，各地的英雄纷纷赶来，向这个年幼的孩子传授种种本领。

赫拉克勒斯不负众望，展现了他学习的天赋和本领。他学得很快，骑马射箭、角斗拳击、弹琴唱歌、读书识字，对他来说都不在话下。十八岁时，他就成了全希腊最英俊、最强壮的男子汉。同时，他也面临着命运的挑战——他会用他的本领为人们谋幸福，还是会给人们带来灾祸呢？

最初的英雄之举

赫拉克勒斯选择了为人们谋幸福。他决定用自己的一身本领，把人们从凶恶的野兽中解救出来，就像很多英雄曾经做过的那样。那时候，希腊遍布丛林沼泽，各种作恶的野兽常常祸害人类。赫拉克勒斯首先除掉的是在基泰隆山（Mount Cithaeron）山脚下一头为非作歹的狮子。他用利箭射杀了它，接着把狮子头割下来，戴在自己头上当作头盔，又把狮子皮剥下来披在自己肩上。

当赫拉克勒斯怀着胜利的喜悦凯旋的时候，他遇到了一群穿着使者服饰的人，他们大摇大摆，神气活现。原来是明叶国王派来强迫忒拜交年贡的人。赫拉克勒斯一心要为民除害，看到这群人，不由分说就拿出了棍棒，把他们打了个落花流水，然后用绳子把他们捆了起来，送回去给忒拜的国王克瑞翁（Creon）。明叶国的国王听说这件事后非常生气，他命令忒拜国王把凶手交出来，否则就要他们好看。

赫拉克勒斯组织了一群勇敢无畏的年轻人跟随他，他们的队伍与明叶国的军队展开了激烈的战斗，最终彻底击溃了他们，占领了明叶人的首都。人们四处赞颂赫拉克勒斯的赫赫战功，忒拜国王更是对他感激万分，把自己最喜欢的女儿墨伽拉（Megara）许配给了他。后来墨伽拉给赫拉克勒斯生下了三个儿子。

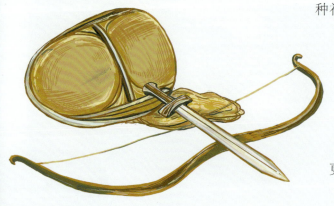

众神得知此事后，也纷纷送给这位半人半神的英雄各种礼物。赫尔墨斯给了他一把剑，阿波罗则送给他一张弓，能工巧匠赫菲斯托斯送来的是一只金色的箭袋，雅典娜也给他带来了崭新的青铜盾。赫拉克勒斯一一佩戴上，看起来更加英气逼人，无人能敌。

不过，赫拉看到这样的场

景后，非常不高兴。她暗暗催动神力，让赫拉克勒斯发起疯病来。赫拉克勒斯控制不了自己的行为，他开始胡言乱语，在狂暴中用弓箭射死了他的儿子们，他还以为自己是在射杀巨人。过了很久，赫拉克勒斯才清醒过来，发现自己闯下了大祸。他被自己的所作所为吓坏了，痛苦不已，于是来到圣地德尔斐，询问该如何弥补自己的罪过。神谕告诉他，他必须为他的堂兄欧律斯透斯（Eurystheus）做十件事。

前四项任务：斗狮，除蛇，擒鹿，捉野猪

赫拉克勒斯的堂兄欧律斯透斯是当时麦肯尼的国王，他是个矮小孱弱的人，因此十分忌妒赫拉克勒斯超凡的本领和显赫的名声，一心想要为难他。有了赫拉的默许，他想了一些最困难的任务交给赫拉克勒斯去完成。

欧律斯透斯的前四项任务是征服附近危险的野兽和怪物们。第一项就是要赫拉克勒斯剥下尼米亚巨狮的皮。这头巨狮生活在伯罗奔尼撒半岛的森林里，它巨大无比，凶猛异常，人间没有武器能伤害到它。据说它是"万妖之父"堤丰和"万妖之母"厄喀德那所生的儿子，才会拥有这样的能力。

赫拉克勒斯拿起弓箭和大棒，一路奔波，傍晚时分，终于在一条林间小道上看到了捕食回来的巨狮。他躲在茂密的树林里，悄悄向巨狮射出了一箭，可是那箭却像碰到石头一样被弹了回来。狮子被惊扰了，它昂起头，转动眼睛四处张望，露出尖利的牙齿。赫拉克勒斯赶紧朝狮子的心脏射了第二箭，可是这次也一样，箭仍然没能伤到狮子。

赫拉克勒斯没有来得及射第三箭。狮子发现了他，瞪着血红的眼睛，狂怒地扑了过来。赫拉克勒斯扔掉手里的箭，冲过去一把按住了狮子的背，右手拿着木棒朝着狮头大力捶打下去。接着，他用手抱住狮子的脖子，狠命捏住狮子喉咙，直到狮子挣扎着断气。

给狮子剥皮的时候，赫拉克勒斯费了些力气，因为任何武器都没办法在狮皮上留下一道口子。后来，他灵机一动，用狮子的利爪划破了狮皮，终于把狮

子的皮剥了下来。后来，他用这张奇异的皮为自己缝制了铠甲和头盔，披着回去报告他的第一项任务已经完成。

国王欧律斯透斯看到赫拉克勒斯有这样的神力，十分惊恐，吓得腿都站不直了。"你，你离我远一点，以后都不要靠近我！"从此以后，他再也不让赫拉克勒斯走近自己，而是吩咐其他人向赫拉克勒斯转达各项命令。

赫拉克勒斯得到的第二项任务是战胜九头蛇许德拉，那也是堤丰和厄喀德那的女儿。她在沼泽里长大，身体硕大无比，长了九个脑袋，其中的八个可以杀死，而中间那颗直立的蛇头是杀不死的。她不时地出没在乡村田野，践踏庄稼，危害牲畜，凶猛无比。

赫拉克勒斯登上马车，急匆匆地朝着怪蛇栖息的地方驶去。来到洞穴口，赫拉克勒斯看到许德拉就在里面。他于是一连射了几箭，把许德拉引出了洞。怪蛇发出咝咝的声音，九个头竖立起来，吐着芯子。赫拉克勒斯毫不畏惧地迎了上去，举起木棒，朝着蛇头狠命击打。可是一个蛇头刚被打碎，马上又会长出一个新的来。

赫拉克勒斯十分生气，他呼喊着他的马车夫："快拿火把来！"马车夫举着火把奔过来帮助赫拉克勒斯，他用火把烧怪蛇的脖子，不让新生的蛇头重新长出来。这样赫拉克勒斯终于打碎了八个蛇头，只剩最后一个不死的头了。就在他要得胜的关键时刻，赫拉却派了一只巨蟹来捣乱。巨蟹用它的利钳夹住了赫拉克勒斯的一只脚，让他动弹不得。赫拉克勒斯咬紧了牙，用尽全力撑住身体，腾出一只脚把那巨蟹踩得粉碎。接着，他大吼一声，搬起一块大石头朝许德拉砸去。许德拉被压在沉重的石头下面，被赫拉克勒斯趁机砍掉了最后一个不死的蛇头。然后，赫拉克勒斯把蛇身劈成了两段，又把自己的箭浸泡在蛇血里。许德拉的蛇血剧毒无比，从此以后，赫拉克勒斯的箭也变得威力无比，中了他箭的人，都再也无药可医。

这样，赫拉克勒斯就完成了第二个任务。他的第三个任务，是要活捉一头刻律涅亚山上的雌鹿。那头雌鹿非常漂亮，长着金色的鹿角，体态轻盈，奔跑神速。它是女神阿耳忒弥斯首次打猎时捕捉到的五头雌鹿之一，另外四头都被她驯服来拉她银色的战车了，只有这一头被放回了树林，自由自在地生活。

赫拉克勒斯接到任务以后，夜以继日，死命地追赶。他追了整整一年，跟着灵巧的雌鹿耐心地翻过一座座山、一道道河谷，一直追到最北边的地方。据说，那里的太阳一年只出来一次。终于有一天，他抓到了这头雌鹿。赫拉克勒斯小心翼翼地将雌鹿扛起来，往回走。

在回乡的途中，赫拉克勒斯遇到了女神阿耳忒弥斯和阿波罗。阿耳忒弥斯看到他肩上的雌鹿，十分恼怒。"这是我放生的动物，你为什么要伤害它？你是要跟我抢夺猎物吗？"女神冷冷地说道。

赫拉克勒斯赶紧解释说："伟大的女神，请你原谅，我绝不是在恶作剧，是迫于无奈，不然我完不成欧律斯透斯交给我的任务呢。"阿耳忒弥斯听了，明白了原委。她平息了怒火，不再责怪他。赫拉克勒斯扛着雌鹿继续往回走。他回到麦肯尼，将牝鹿交给了国王。

接着，赫拉克勒斯接到了他的第四个任务：活捉厄律曼托斯山上的野猪。他大声吼叫着把野猪赶出了丛林，又一路把它赶到雪地里去。筋疲力尽的野猪陷在了雪地里，被赫拉克勒斯用活结轻松套住。接着，他又把野猪一直送去了麦肯尼。欧律斯透斯看到这头可怕的野猪，吓得跳到了坛子里。

不过，这次在捉野猪的路上，赫拉克勒斯的毒箭不小心误伤了他的老师喀戎。九头蛇的蛇毒无药可医，不老不死的喀戎将永远忍受伤痛的折磨。赫拉克勒斯含着眼泪答应喀戎，无论付出怎样的代价，都要请死神为喀戎解脱痛苦。当然，后来这个诺言实现了。

第五项任务：清扫奥格阿斯牛棚

前四项任务完成了，接下来赫拉克勒斯接到了第五项任务：在一天之内把奥格阿斯国王（King Augeas）的牛棚打扫干净。奥格阿斯住在遥远的西方，他是一个非常喜欢养牛的国王，养了许许多多的牛，一共三千多头，都关在宫殿前面的牛棚里面。因为牛棚很长时间都没有打扫过了，堆积的牛粪像山一样高，发出难闻的气味。

"天啦，这是什么任务呀！"赫拉克勒斯捂住鼻子，皱起眉头，"我是个大英雄，让我活捉野兽，打败怪物，都不在话下。可这么多的牛粪，臭不可闻，怎么能在一天之内清理完？欧律斯透斯这明明就是故意来羞辱我的！"

但没有办法，赫拉克勒斯不能违抗欧律斯透斯的命令。他只好来到国王奥格阿斯那里，承诺说，自己愿意为他清理牛棚。奥格阿斯打量着穿了一身狮子皮的赫拉克勒斯，感觉他不是普通人，而是一位高贵的武士。

他忍不住笑了起来，说："外乡人，你真的愿意干这种仆人干的活儿吗？如果你真的能在一天之内把牛棚清扫干净，那这牛群的十分之一就归你了！"

赫拉克勒斯接受了这个条件。接着，他再次来到牛棚周围，仔细察看了一下，很快就有了主意。力大无穷的他在牛棚的一边挖了一条沟，引来了两条河的河水。河水哗哗流进了牛棚，把里面成堆的牛粪冲刷得干干净净。赫拉克勒斯连手都没有弄脏，就完成了任务。

奥格阿斯一看，傻眼了。这时他也听说了赫拉克勒斯是奉欧律斯透斯的命令来清扫牛棚的。于是他想赖账了："这牛棚根本都不是你亲自打扫的，我也没有说过要给你十分之一的牛群。你要是不服，就

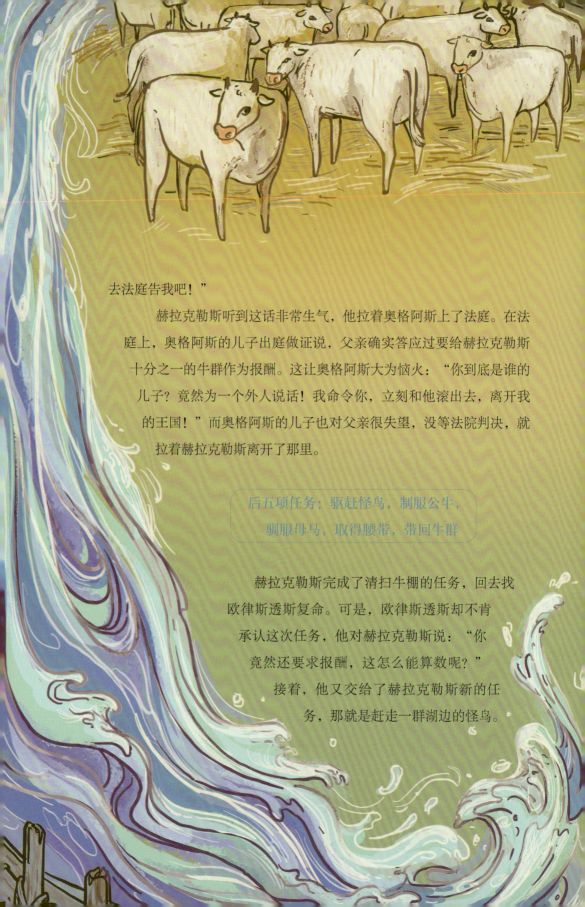

去法庭告我吧！"

赫拉克勒斯听到这话非常生气，他拉着奥格阿斯上了法庭。在法庭上，奥格阿斯的儿子出庭做证说，父亲确实答应过要给赫拉克勒斯十分之一的牛群作为报酬。这让奥格阿斯大为恼火："你到底是谁的儿子？竟然为一个外人说话！我命令你，立刻和他滚出去，离开我的王国！"而奥格阿斯的儿子也对父亲很失望，没等法院判决，就拉着赫拉克勒斯离开了那里。

后五项任务：驱赶怪鸟，制服公牛，
驯服母马，取得腰带，带回牛群

赫拉克勒斯完成了清扫牛棚的任务，回去找欧律斯透斯复命。可是，欧律斯透斯却不肯承认这次任务，他对赫拉克勒斯说："你竟然还要求报酬，这怎么能算数呢？"

接着，他又交给了赫拉克勒斯新的任务，那就是赶走一群湖边的怪鸟。

那是一种身形巨大、非
常凶猛的鸟儿，它们长着铁翼、铁
喙和铁爪，抖落的羽毛支支都是射出的利
箭，而它们的铁喙几乎可以啄破青铜的盾牌。赫
拉克勒斯来到湖畔，仰头看着空中不停盘旋的怪鸟，
有点束手无策，因为不管他怎么引诱，
那些鸟就是不肯降落。就在他一
筹莫展的时候，他感到有人轻轻
拍了一下他的肩膀。他回头一
看，原来是雅典娜。

　　雅典娜看着赫拉克勒斯笑了
笑，交给他两面大铜钹，说道："你
把这个拿去吧，这是火神赫菲斯
托斯专门为我制造的，可以帮你
赶走怪鸟。"接着，她教给了赫拉克
勒斯使用铜钹的方法。

　　于是赫拉克勒斯爬上了湖边的一座小山，使劲敲起了铜钹。怪鸟们受不了
这刺耳的声音，仓皇逃窜，尖叫着飞出树林。赫拉克勒斯趁这机会拿出弓箭，
连射了几箭。许多怪鸟应声落地，其余的也急忙飞走了。它们飞越了大海，再
也没有回来。这样，赫拉克勒斯的第六项任务也完成了。

　　第七项任务，是制服克里特岛上的公牛。这头公牛是海神波塞冬施展神力
从海中升起来的，波塞冬要求克里特国王米诺斯把这头牛献祭给他，可是米诺
斯看到牛之后太喜欢了，舍不得献出去。于是，他把公牛悄悄地藏在自己的牛
群里，用另一头普通的牛作为代替品献给了波塞冬。这一无礼行为让波塞冬非

常生气，他施展神力，让那头公牛变得异常暴怒，在克里特岛四处奔逃，大肆破坏，人人避之不及。赫拉克勒斯的任务就是制服这头公牛，并把它带回去交给国王欧律斯透斯。

赫拉克勒斯来到了克里特岛，他先去拜见了国王米诺斯。"尊敬的国王，听说您因为作乱的公牛整日忧愁，现在我来为您排忧解难！"米诺斯喜出望外，亲自帮助赫拉克勒斯捕捉那头疯狂的公牛。

赫拉克勒斯拥有非凡的力量，当公牛朝他冲过来时，他毫不躲闪，一把抓住了牛角，把它摔在了地上。接着，他三下五除二，将狂暴的公牛制得服服帖帖。之后，赫拉克勒斯骑上了牛背，像坐着大船一样回到了家乡。欧律斯透斯看到公牛，又吓得躲进了坛子里。

第八项任务是将狄俄墨德斯（Diomedes）的一群母马活着带回麦肯尼。狄俄墨德斯是战神阿瑞斯的儿子，他是个非常不好客的国王，养了一群母马，那群马凶猛到必须用铁链条紧紧锁在铁制的马槽上才行。而

喂马的饲料不是燕麦，而是那些不幸误入国王城堡的外乡人。

赫拉克勒斯来到这里之后，听说了这件事，非常生气。他制服了看守马匹的武士，然后把邪恶的狄俄墨德斯国王扔到了马槽里，让他也享受一下被马匹当作美餐的滋味。奇异的是，这群母马吃过国王以后，都变得驯服了。它们老老实实地跟着赫拉克勒斯，一直被赶回了麦肯尼，交到了欧律斯透斯手上。欧律斯透斯将这些马全都交给了天后赫拉，这些马不断繁衍，后代成群。

完成了第八项任务后，赫拉克勒斯就随同伊阿宋和阿尔戈的英雄们去夺取金羊毛了。第九项和第十项任务，是在他夺取金羊毛归来之后完成的。

第九项任务是帮欧律斯透斯的女儿取回亚马孙（Amazons）女王希波吕特（Hippolyta）的腰带。亚马孙是一个女儿国，那里的女人都很好战，打斗起来比男人还厉害，而男人平日里只会纺纱、做饭、照顾孩子。他们的女王希波吕特有一条战神赠予的腰带，那是女王权力的标志。赫拉克勒斯来到这里见到了女王，说明了来意。女王看到他相貌堂堂，英俊不凡，知道他是一个大英雄，于是一口答应把腰带送给他。

不过，赫拉并不希望看到这样的场面，她假扮成一个亚马孙女人，到处宣扬说这个外乡人是来劫持女王的。亚马孙人非常生气，她们一起冲向赫拉克勒斯，但没有一个人是他的对手。赫拉克勒斯顺利地带着希波吕特的腰带回到了麦肯尼。

赫拉克勒斯的第十项任务是要从一个非常遥远的海岛上带回巨人革律翁（Geryon）的一大群红牛。革律翁长得很怪异，他像山一样高，并有三个身体，世界上没有人敢与他作对。

赫拉克勒斯毫不犹豫地去了。他来到西边陆地的尽头，那里骄阳似火，酷热难耐。赫拉克勒斯弯弓搭箭，瞄准太阳，想把太阳射下来。太阳神赫利俄斯惊叹于他的大无畏精神，借给了他一只金色的船，让他能在海中航行到达革律翁的海岛。在出发之前，赫拉克勒斯拔了两面巨大的峭壁，安放在那里。它们至今还在那里，被称为"赫拉克勒斯之柱"。

到达海岛后，赫拉克勒斯刚一上岸，就看到了革律翁和他的牛群。岛上看守的双头狗发现了赫拉克勒斯，吠叫着扑了过来。赫拉克勒斯大棒一挥，就把它打倒了。革律翁也冲过来攻击赫拉克勒斯，被他用一支毒箭射中了三个身体，倒地死去了。就这样，赫拉克勒斯带着革律翁的红牛返回了麦肯尼，他的十项任务终于完成了。

新的任务：摘取金苹果，带回刻耳柏洛斯

虽然十项任务已经完成，但欧律斯透斯却不承认其中的两项。他说，因为赫拉克勒斯在杀九头蛇许德拉的时候，曾让他的马夫帮忙烧怪蛇的脖子；而清扫奥格阿斯的牛棚的是两条河里的水，不能算是赫拉克勒斯的功劳，这两个任务不能

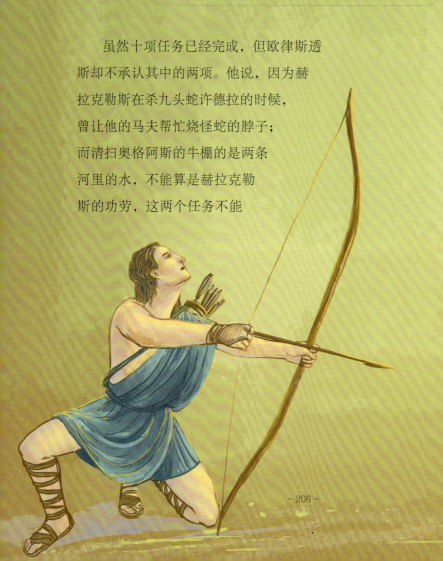

作数。因此，赫
拉克勒斯不得不另
外补做两项任务。

　　第十一项任务是找
到赫拉的金苹果树，并取
得三个金苹果。那棵金苹果树
是在宙斯跟赫拉结婚的时候，大
地女神盖亚送给赫拉的结婚礼物。赫
拉很珍爱这棵树，她把它放在了赫斯珀里
得斯的果园里，由三位仙女和百首巨龙拉冬共
同守护它。拉冬也是堤丰和厄喀德那的后代，它长着
一百个头，从不睡觉，那一百张嘴能发出一百种不同的声音。
每当它走动的时候，人们远远地就能听到它发出的巨响。

　　赫拉克勒斯踏上了征途。他漫无目的地走着，因为他实在不知道金苹果树
到底在哪里。一天，他来到了一群山林水泽女神的面前，向她们问路："尊敬
的女神们，你们是否知道金苹果树的方向？"

　　女神们回答说："你去找年迈的河神涅柔斯（Nierus）问问吧，他智慧超群，
能预测一切事情。不过你得趁他睡觉的时候袭击他，将他捆起来，他才会告诉
你真实的情况。"

　　赫拉克勒斯谢过女神们之后，就去找河神涅柔斯了。尽管河神本领高强，
能够变成各种模样，赫拉克勒斯还是按照女神的建议制服了他，并问出了金苹

果树的位置。他说，金苹果树所在的赫斯珀里得斯果园就在肩扛天空的泰坦巨神阿特拉斯附近。

于是，赫拉克勒斯又出发了，他穿过利比亚和埃及，遇到了各种险境，不过都化险为夷了。接着，他来到了高加索山，看到了被宙斯绑缚在悬崖上的普罗米修斯。尽管急着赶路，赫拉克勒斯还是上前救下了普罗米修斯。心存感激的普罗米修斯便指点赫拉克勒斯说："金苹果是永生之果，只有天神才可以摘取，你去摘的话，会丢掉性命的，你还是让阿特拉斯帮你去摘吧！"

"阿特拉斯？他时时刻刻都得扛着天，怎么能去帮我摘金苹果呢？"

"办法有的是，你动动脑筋就是！"

赫拉克勒斯找到了阿特拉斯，只见阿特拉斯用头和肩膀扛着天空，满脸疲惫，不停变换着姿势，仿佛随时都会被压倒。他走过去，同情地对阿特拉斯说："可怜的阿特拉斯，你真是太辛苦了，我真想帮你扛一会儿天空，让你能休息一下啊！可惜我还有必须做的任务要完成呢！"

阿特拉斯看到赫拉克勒斯，就像看到了救星一样，赶紧说道："你有什么重任，我去替你完成吧！只要帮我扛一会儿天空就行了！"

"真的吗？这个任务可不一般，是要从赫拉的树上摘下三颗金苹果，旁边有三位仙女和凶猛的百首巨龙看守着，你能办到吗？"赫拉克勒斯说。

"放心，我绝对可以办到！"

阿特拉斯把肩上的重担转给赫拉克勒斯，然后立刻朝赫斯珀里得斯果园的方向跑去。他想办法让百首巨龙睡着了，然后又挥刀把巨龙斩成了两段。接着他使了点小伎俩骗走了看守的仙女们，摘了三个金苹果，高高兴兴地回到赫拉克勒斯面前。

赫拉克勒斯见状也很高兴："阿特拉斯，你真的很厉害，谢谢你帮我摘到金苹果！现在我要把金苹果送回去给国王了。"他准备把重担交回给阿特拉斯。

可是，重新得回自由的阿特拉斯却不乐意了："这个活儿我实在受够了，还是没有重担的时候轻轻松松舒服多了。我不想干了，你继续吧！"说完，他把三个金苹果扔到地上，转身就要离开。

赫拉克勒斯一听就着急了，眼看着阿特拉斯已经走了几步，他灵机一动，说道："喂，我想去找块软垫子来，让我的肩膀舒服点，你先帮我扛一小会儿吧！"阿特拉斯转过身来，赫拉克勒斯又说，"天空真是太重了，我才扛了一小会儿就累得够呛了，我找到软垫就回来，你不会连这点小忙都不愿意帮我吧？"

阿特拉斯认为赫拉克勒斯说得有道理，就同意了。他接过担子，等着赫拉克勒斯找到软垫来替他。可是，左等右等，就是不见赫拉克勒斯的踪影。阿特拉斯隐隐觉得自己上当了。而赫拉克勒斯呢？一卸下重担，他就赶紧捡起地上的金苹果，快速踏上了归程。

赫拉克勒斯把三个金苹果交给了国王欧律斯透斯。国王却不敢保留这三个金苹果，他只是想刁难赫拉克勒斯而已。金苹果被供奉在雅典娜的圣坛上，女神又把这些圣果送回了赫斯珀里得斯的果园——它们本来应该在的地方。

赫拉克勒斯的最后一个任务，是去冥界把地狱三头犬刻耳柏洛斯带回来。那狗有三个脑袋，嘴里滴下的是毒液，全身盘绕着很多毒蛇。

赫拉克勒斯在世界尽头找到了冥界的入口，进入了冥界，然后凭借自己高超的箭术，射中了冥王哈得斯的肩膀。哈得斯只好答应把地狱三头犬交给赫拉克勒斯，但要求他必须制服它，而且不能使用武器。

赫拉克勒斯答应了这个条件，他只穿了胸甲和狮皮，就把刻耳柏洛斯制服了，并带着它一路回到了欧律斯透斯面前。国王大吃一惊，简直不敢相信自己的眼睛。现在他终于相信，自己根本没办法难倒这个英雄，更不可能除掉他了。不过，他不知道该怎么处理刻耳柏洛斯，只好又让赫拉克勒斯把它送回冥界去，还给它的主人。

再次犯下大错的赫拉克勒斯

　　赫拉克勒斯终于不必再去完成国王交给他的任务了，他一共完成了十二项任务，赎清了他犯下的罪孽，他的英雄壮举也为他赢得了很多荣耀和赞扬。他觉得无限轻松，心情大好。这时他想起了自己的妻子墨伽拉，因为自己在狂乱中杀死了与她生的孩子，他很愧疚，觉得自己再也不能跟她一起生活了。于是，后来墨伽拉要改嫁的时候，赫拉克勒斯没有反对。

　　此时的赫拉克勒斯，已经是人们眼中的大英雄，他环游希腊，结识了很多好朋友，备受尊崇。可是，赫拉仍然不肯罢休，她让赫拉克勒斯的疯病再次发作起来，赫拉克勒斯在狂暴中失手把自己忠诚的朋友推下了城墙。

　　再次犯下大错的赫拉克勒斯清醒后非常后悔，他心中充满了沉重的负罪感。为此他四处漂泊，到各个国家请求国王为自己清洗罪过，可是都遭到了拒绝。最后，天神宙斯给了赫拉克勒斯一道神谕：他要卖身为奴，做三年苦差，并把卖身钱交给死者的父亲，才能解除罪孽。赫拉克勒斯遵照这个要求，漂洋过海到了东方，把自己卖给女王翁法勒（Omphale）为奴。

　　在为奴的日子里，赫拉克勒斯恢复了一些元气，他变得正常了很多，轻易不再狂乱。他仍然尽力为当地的人们做好事，继续自己的英雄本色。他制服了那里作乱的各种强盗，维护了女主人和周边的安全。

　　翁法勒非常赞赏这个仆人的英雄行为，她猜想这个人身手不凡，一定大有来头。果然，她很快听说这就是宙斯的儿子赫拉克勒斯。于是，她立刻恢复了赫拉克勒斯的自由，并且决定招他为夫。从那以后，赫拉克勒斯过上了花天酒地的生活，他不禁飘飘然起来，纵情享乐，不思进取。渐渐地，连他的妻子都看不下去了。

　　终于有一天，翁法勒把赫拉克勒斯叫过来，生气地对他说："看看你的样子，哪里还有昔日英雄的一点影子？我看你不如穿上女人的衣服，把你那英雄的狮皮和棍棒给我好了！"稀里糊涂的赫拉克勒斯以为妻子是跟他开玩笑，竟然答应了这个要求。身穿女装、戴着首饰的他还跟女佣们一起围坐在纺车旁边，用他那粗壮的手指纺出细长的纱线。高兴的时候，他会给翁法勒和她的女佣们讲起自己年轻时的英雄事迹，大家都听得津津有味。

直到给翁法勒为奴的期限将满的时候，赫拉克勒斯才如梦初醒，从浑浑噩噩中醒悟过来。他羞愧地把女人的衣服脱下，把它们扔得远远的。"我怎么又变得如此糊涂？真是太不应该了啊！"很快，赫拉克勒斯恢复了英雄气概，浑身充满了力量，他决定要好好珍惜重新获得的自由。

救出阿德墨托斯的妻子

赫拉克勒斯有个朋友，名叫阿德墨托斯（Admetus），是一个贤明、善良的国王。因为他曾对阿波罗有恩，阿波罗为了报答他，说服了命运女神，只要阿德墨托斯能找到愿意代替他去死的人，就可以让他逃脱死亡。阿德墨托斯得知这件事后，心想这还不简单吗？他的臣子和仆人们不是总说他的生命比他们的更宝贵吗？然而，当他信心满满地去询问他们的时候，却没有一个人愿意代替他去死——虽然他们即将失去这样一位贤明的国王。最终，只有阿德墨托斯的王后阿尔刻提斯（Alcestis），一位年轻美丽的妻子站了出来，表示愿意代替她的丈夫死去。于是，死神的使者带她去了地府。

王后去世了，国王的宫殿里正在准备丧事。正在这时，赫拉克勒斯来到了这里。阿德墨托斯强忍着悲痛招待了赫拉克勒斯，只说是家里的一个女眷去世了，他要去参加她的葬礼。说完，他就离开了餐厅，留赫拉克勒斯一个人在餐厅里吃喝。赫拉克勒斯看到服侍他的仆人也很悲伤，责问到底出了什么事，这个仆人只好告诉了他原委。

听完了这个故事，赫拉克勒斯流下了眼泪。他决心要救出这位代替丈夫死去的妻子，于是抓起他的棍棒，大步流星地走出宫殿，朝地府走去。他像一阵风一样到达了地府，地狱三头犬刻耳柏洛斯见到他，立刻为他让开路。赫拉克勒斯再次见到了冥王和冥后，他对他们讲述了阿尔刻提斯为丈夫献身替死的故事，并成功把她救了出来。

当赫拉克勒斯把阿尔刻提斯带到阿德墨托斯的面前时，还沉浸在悲伤中的国王简直不敢相信自己的眼睛。他激动地把妻子搂进怀里，不停地对赫拉克勒斯道谢。宫殿里的悲伤气氛一扫而空，人们为王后的归来欢呼雀跃，举办宴会庆祝起来。就这样，阿尔刻提斯成了最忠心的妻子，远近闻名。

赫拉克勒斯、得伊阿尼拉和涅索斯

再次获得自由的赫拉克勒斯又做了许多英雄事迹后，有一天来到了卡吕冬（Calydonian）。这个国家的国王名叫俄纽斯（Oineus），有一个女儿叫得伊阿尼拉（Deianira），长得美丽迷人，追求者络绎不绝。其中有一个追求者是河神阿刻罗俄斯（Achelous），可是他长得奇丑无比，看到他的人都避之唯恐不及。他一会儿变成一头公牛，一会儿又变成一条闪闪发光的巨龙，最后他变成了人的身子，但长了一个公牛的脑袋，毛茸茸的下巴上还流下了"一股泉水"。

得伊阿尼拉看到这个长相怪异的求婚者，吓得瑟瑟发抖。她绝望地逃到了神庙，向神祇祷告："伟大的诸神，我实在无法想象，要嫁给这样一位丈夫，还请赐我一死吧！"河神却毫无放弃的打算，逼得越来越紧。看

到女儿如此抗拒，得伊阿尼拉的父亲也确实不愿意把女儿嫁给他，尽管河神是神祇的后代。

就在这时候，赫拉克勒斯也闻讯而来，加入了求婚者的队伍。他早在地府的时候就已经听说过这位公主的名字，对她十分倾慕。牛头人形的河神看到赫拉克勒斯要抢夺自己的意中人，气得血脉偾张，扬起牛角就朝对方冲过去，想置他于死地。国王俄纽斯看到他们的争斗，立刻有了一个主意，于是他宣布说："你们俩来一次真正的比试吧，谁最后赢了就可以娶到我的女儿！"

于是，国王、王后和得伊阿尼拉一起观看两位求婚者的比拼。赫拉克勒斯志在必得，他左右开弓，气势逼人，可是很久也没能得手。而河神也使出了浑身解数，想要寻找机会将赫拉克勒斯顶翻在地。最后他们扭打在一起，两人都累得气喘吁吁。终于，赫拉克勒斯获得了优势，他把河神用力摔倒在地，并紧紧抓住了牛角。只听"咔嚓"一声，牛角断成了两截。河神只得求饶，退出了比赛。就这样，赫拉克勒斯胜利了，他高高兴兴地和得伊阿尼拉举办了婚礼，幸福地生活在一起。

有一天，当他们一起在外游历的时候，遇到一条涨水的河。有个名叫涅索斯（Nessus）的半人马，力气很大，常常用双手抱着来往的行人帮他们渡河，

并向行人索要渡河的费用。他认为这是理所应当的，并没有对不起良心。赫拉克勒斯用不着涅索斯帮助，但他的妻子得伊阿尼拉却没法涉水而行，只好请求涅索斯的帮助。

涅索斯抱着得伊阿尼拉，立刻被她的美貌迷住了。他还没走到一半，就心生邪念，想把她拐走。于是，刚到岸边，涅索斯就迅速抱着得伊阿尼拉飞奔而去。得伊阿尼拉大声呼救，赫拉克勒斯听到妻子的声音，怒火中烧，立刻弯弓搭箭，朝涅索斯射去。涅索斯被箭射中，倒在了地上。得伊阿尼拉用力挣脱了他的手臂，就要朝丈夫奔过去。

就在这时，涅索斯拉住了她，他悄声说："俄纽斯的女儿，你听我说，你是我抱着渡河的最后一个人，因此有掩埋我尸体的责任。你把我伤口流出的最后一滴血保存起来，以后它会起到神奇的作用。如果你把血涂到你丈夫的衣服上，他以后就不会再爱上任何别的女人。"说完这些居心叵测的话，涅索斯就死了。虽然得伊阿尼拉从来不怀疑丈夫的忠诚，但她还是用一个杯子接下了这个半人马的最后一滴血，保存了起来。不过，她并没有把这件事告诉丈夫。

赫拉克勒斯的结局

赫拉克勒斯和得伊阿尼拉幸福地生活了很多年，他们有一个儿子，名叫许罗斯（Hylas），也是个勇猛善战的英雄。有一天，赫拉克勒斯和儿子在外征战，打了胜仗。他俘虏了一个美丽的公主，名叫伊俄勒（Iole）。他派了一个信使回家给妻子报喜，并把俘虏带回去。

此时，得伊阿尼拉在家里焦急地等待着丈夫的消息。忽然，王宫外传来了一阵欢呼声，接着一个报信的使者步履飞快地奔了进来："夫人，好消息，您的丈夫打了胜仗，很快就要凯旋了！他的仆人利卡斯（Lichas）正在给大家宣布胜利的喜讯呢。大英雄赫拉克勒斯过几天就可以回家了，他正忙着准备给宙斯的祭品。"

不一会儿，利卡斯带了一群俘虏回来了。见到得伊阿尼拉，他连忙行礼："尊敬的夫人，赫拉克勒斯伟大的正义战争已经胜利！我们还抓获了一大批俘虏。您丈夫让我转告您，请您善待这些俘虏，尤其是跪在您脚边的这位不幸的年轻女子。"

那位年轻女子正是伊俄勒，她低头跪着，一句话也不说。得伊阿尼拉同情地看着她，她太美了，气质又高贵典雅，不像是出身普通家庭。于是得伊阿尼拉把伊俄勒从地上扶了起来，并询问道："利卡斯，请告诉我，这位年轻姑娘的父亲是谁？"

"夫人，很抱歉，我对她的出身一无所知。"利卡斯回答，但他的目光躲闪，似乎隐瞒了什么。得伊阿尼拉没有继续追究下去，只是吩咐利卡斯把姑娘送到内室，并叮嘱好好照看她。

利卡斯和姑娘刚刚离开，之前报信的那名使者就立刻走上前，低声对得伊阿尼拉说："夫人，利卡斯在说谎，他没有告诉您实情。这位姑娘是国王的女儿，她很快就会成为您的竞争对手，来抢夺您的丈夫！"

得伊阿尼拉吃了一惊，心里痛苦万分。忽然，她想起了半人马涅索斯临死前对她说过的话，把他的最后一滴血涂到丈夫的衣服上，丈夫就不会再爱上任何别的女人。本来她以为，那滴血永远都派不上用场，没想到还是用得上它。

她来到一个小房间，找到了用那滴血制成的血膏，用羊毛蘸着涂抹到赫拉克勒斯的一件衣服上。然后她把衣服叠起来，放入一个漂亮的小箱子里。

做完这一切，得伊阿尼拉走出了房间，把小箱子交给利卡斯，并说："这是我精心准备的礼物，请你务必亲手交到赫拉克勒斯的手里。除了他，任何人都不许穿这件衣服。我给你一枚做证的戒指，他就会相信，衣服是我托你转交的。"

利卡斯答应按照她的吩咐去做，他带着礼物匆匆出发了，赶在献祭之前交给了赫拉克勒斯。家里的得伊阿尼拉无意间走到小房间的时候，发现蘸过血膏的羊毛已经化成了灰，她吓得魂飞魄散，只得日夜祈祷，希望丈夫和儿子平安回来。

然而，得伊阿尼拉并没有等来丈夫，却等来了独自一人回来的儿子许罗斯。一见

到母亲，许罗斯竟然充满仇恨地喊道："母亲，我真希望你从来就不是我的母亲！"得伊阿尼拉大吃一惊，连忙问："孩子，你这是怎么了？"

"是你，"儿子抽泣着说，"是你害死了我的父亲！你谋杀了人间最伟大的英雄！"得伊阿尼拉面色惨白，她努力镇定下来，问道："到底发生了什么事？是谁这样告诉你的？谁敢指责我做了这种伤天害理的事？"

"没有人告诉我，我亲眼看到的。"许罗斯告诉了得伊阿尼拉他所看到的事。原来，涅索斯的血根本不是什么爱情魔药，而是一种毒液，里面还混了赫拉克勒斯箭头上所沾的怪物许德拉的剧毒。赫拉克勒斯一穿上那件衣服，便开始浑身冒汗，不住地发抖，就像有一条毒蛇在咬他一样。那件衣服还像铁铸的一样紧紧地箍住他，让他无法动弹。他痛苦地在地上号叫打滚，没有人敢靠近他。最后，是许罗斯和手下的人把他抬到了船上，送回家来，因为赫拉克勒斯不想

死在陌生的国度。

听完这一切，得伊阿尼拉沉默了，
她绝望地离开了儿子，来到了丈夫的床上，
自尽了。有几个仆人听说过涅索斯赠送的血
膏的事，就把真相告诉了许罗斯，说他在愤怒中错怪
了母亲。许罗斯后悔不迭，可已经来不及了。

这时，回到官殿的赫拉克勒斯大声呼唤儿子，要儿
子惩罚他那狠心的母亲。许罗斯悲从中来，哭着说："父亲啊，我
那可怜的母亲，为了抵罪，已经先您一步结束了自己的生命。这都是涅索斯的
奸计，他欺骗了她，才使您落得今天的地步。"赫拉克勒斯呆住了，心中的悲
愤化为深深的悲哀，他明白了这是命运的安排，自己无力逃脱。这时，他想起
神谕曾经说过，他将会死在俄塔山（Mount Oeta）上。于是，他不顾身体的疼
痛，对身旁的人说："快，快把我抬到俄塔山的山顶上去！"

人们把他抬到了山顶，在那里架起了木柴。赫拉克勒斯把自己的狮皮铺
在上面，躺了上去。"点火吧！让我从痛苦中解脱出来吧！"他说。没有人愿
意执行这个令人悲痛的命令。但是，经不住他再三恳求，他的朋友菲罗克忒斯
（Philoctetes）看到他痛苦难忍，终于走上前来准备点火。"谢谢你，我的朋友，
我那战无不胜的弓箭送给你。"

木柴刚被点燃，天上就闪过几道闪电，并朝着火苗扑过来。随着一朵祥云
落到柴堆上，空中响起了隆隆的雷声。当木柴燃尽，人们走近柴堆，准备捡拾
赫拉克勒斯的遗骨，却什么也没找到。原来，赫拉克勒斯已经从凡人变成了神，
他拥有了不死之身，并被祥云接到了奥林匹斯山。

在奥林匹斯山上，赫拉克勒斯遇到了迎候他的雅典娜，雅典娜把他引入了
神的行列。众神都很高兴地迎接他，赫拉也宽恕了他，还把自己的女儿，永恒
的青春女神赫柏（Hebe）嫁给他。他们在奥林匹斯山上生活，养育了许多健康
美丽的孩子。

忒修斯——战胜弥诺陶洛斯的勇者

被隐藏的王子回到雅典

忒修斯是雅典国王埃勾斯（Aegeus）的儿子，也就是雅典的王子。不过，他却是一个并没有在王宫出生、长大的王子。在他出生之前，他的父亲埃勾斯已经年老，却还没有孩子，而他弟弟的五十个儿子都对他的王位虎视眈眈。于是，埃勾斯就想秘密找一个女子为他生一个孩子。他找到了在小城的好友庇透斯（Pittheus），求娶了他的女儿埃特拉（Aethra）。

很快，埃特拉就怀孕了。埃勾斯告别了她，要回到雅典去，并对她说："如果你生出一个儿子，就将他抚养长大吧！但是，你不能让他知道我就是他的父亲。"接着，他又取出了宝剑和鞋，用一块巨大的石头压着，说道，"等到有一天，我们的孩子长大成人，有力气搬动这块石头的时候，你就让他穿上鞋，带上宝剑，到雅典来找我。"

埃特拉果然生了一个儿子，这个孩子在他的外公庇透斯和母亲埃特拉的精心照顾下慢慢长大了。他仪表堂堂、气宇非凡，但他们从未向他人透露过孩子的身世。这位被隐藏的王子，就是忒修斯。终于有一天，强壮的他搬动了巨石，取出了作为信物的鞋和剑，于是他的母亲对他说："到雅典去找你的父亲吧，他是国王埃勾斯！"

从忒修斯的家去往雅典的路有两条，从海路走既安全又舒适，从陆路走则会遇到强盗和怪物。忒修斯拒绝了外公和母亲的建议，执意走陆路。他立志要像大力神赫拉克勒斯那样勇猛，建立一番功业。如果一开始就惧怕强盗和怪物，两手空空地去找国王父亲，那才是最难为情的！

年轻的忒修斯果然很快展露出了自己的英雄气质。他以其人之道，还治其人之身，除掉了好几个坏蛋。

首先是大盗佩里斐忒斯（Periphetes）。他手里有一支强大的手杖，总是用它拦住路过的行人，并把他们捶打至死。忒修斯轻易就夺过了他的手杖，用他杀人的方式杀掉了他，从此也用上了这根手杖。这根手杖后来成为他身份的标志。

接着，忒修斯遇到了一个叫辛尼斯（Sinnis）的人。人们叫他"扳松手"（pine-bender），因为他力大无比，能把松树给掰弯。他总是将两棵松树掰弯，把他抓来的人绑在两棵松树的树枝上，然后松手，路人就会被松树撕裂。当然，事实证明并不是只有他能扳得动松树，忒修斯就复制了他的办法，用在他身上。

忒修斯遇到的第三个坏蛋是斯喀戎（Scrion）。他总在悬崖边上强迫路人为他洗脚，但是一洗完脚，他就会把为他洗脚的人踢进悬崖下面的大海里。不过这一次，被踢进大海的人却换成了他自己。

接着是科尔基翁（Kerkyon），他爱和路人打赌摔跤，输的人要被杀死。结果，他败给了忒修斯。

最后一个坏蛋是恐怖的普洛克拉斯忒斯（Procrustes）。他开了一个旅店，但每次总是让客人躺到同一张床上去。如果客人的身子比床板长，他就会说："对不起，我的朋友，你长得太长了，我得来帮帮你！"然后把客人长出来的部分砍掉；如果客人的身子比床板短，他就会说："哦，朋友，这床可不太适合你，你太短了，不过我可以帮你变得适合它！"然后强行将人的身子拉长。不用猜，忒修斯让普洛克拉斯忒斯也躺上了那张床，遭受了同样的对待。

就这样，当忒修斯走过漫长的旅途，终于来到雅典的时候，他已经是小有名气的英雄了。他的父亲——老国王埃勾斯见到眼前带着信物而来的年轻人，骁勇善战又魁梧英俊，实在是喜出望外。他一把搂住了忒修斯，再也不用怕他弟弟的儿子们来抢夺他的王位了。

杀死弥诺陶洛斯

不过，这对刚刚相认的父子并没有开心多长时间，因为这一年又到了雅典向克里特岛的怪物献祭少男少女的时候，挂着表示哀悼的黑帆的船就要再一次启航。

克里特岛的统治者米诺斯是宙斯和欧罗巴生下的儿子。因为宙斯当初就是化身为公牛，把欧罗巴驮到岛上来的，克里特人崇拜牛。而当克里特岛的国王和王后没有像波塞冬所要求的那样，把一头美丽的公牛献祭给他，波塞冬非常

生气，他就让米诺斯的王后生下了一头半人半牛的怪物，除了人肉别的什么都不吃，这头怪物就是弥诺陶洛斯。

米诺斯于是命令一个叫代达罗斯（Daedalus）的能工巧匠在王宫底下建造了一个迷宫来安置这头怪物。迷宫由一些小房间和许多通道组成，非常复杂，没有人能够从里面走出来。米诺斯派人定期给弥诺陶洛斯送来活人，供它食用。

但是，送谁给这头怪物吃好呢？米诺斯的一个儿子曾经在雅典被意外杀死，于是他以此为借口威胁要攻打雅典，除非他们每九年进贡雅典的少男少女各七人到克里特岛来，献祭给弥诺陶洛斯。因为当时克里特岛比雅典强大，雅典国王埃勾斯不得不答应了这个条件。到忒修斯来找寻父亲的时候，两个九年已经过去了，雅典也已经献祭过两批少男少女了。很快，第三次的时间也要到了。

曾献祭了自己子女的雅典人开始抱怨了，他们认为既然国王埃勾斯现在也有儿子了，那么他也应该献祭出自己的儿子来。忒修斯希望把雅典人从这样的苦难中拯救出来，也想要成为被献祭的少男少女中的一员前往克里特岛。他祈求女神阿佛洛狄忒的庇护之后，就准备出发了。国王埃勾斯非常不舍，忒修斯安慰他说："我一定会杀死弥诺陶洛斯的，父王，你放心吧！如果我成功了，我们返程的时候就会挂起白帆来！"

阿佛洛狄忒果然对忒修斯的祈求做出了回应，忒修斯的克里特岛之行非常顺利。到达克里特岛的时候，这十四位少男少女先是被关在地牢里，等待被吃掉的命运。不过，克里特岛国王有个名叫阿里阿德涅（Ariadne）的公主，她听闻忒修斯是一个英雄，不惜到地牢看望他。忒修斯魁梧又英俊，她一瞧见就

不忍心他被怪物吃掉，而忒修斯也被这位美丽的公主深深吸引了。于是，他们做出了决定：阿里阿德涅帮助忒修斯杀死弥诺陶洛斯后，他们将一起离开克里特岛。

为了帮助忒修斯，阿里阿德涅公主送给他一个带有魔力的毛线球。午夜时分，忒修斯就带着毛线球进入迷宫。他把毛线球的线头缠在门上，手握宝剑，把毛线球放到地上，毛线球就自己滚动了起来，它滚过黑暗的回廊，滚上楼又滚下楼，滚过弯弯曲曲的小道，忒修斯顺着毛线球滚过的地方一路前进，不知走了多久，怪物弥诺陶洛斯的鼾声越来越近。

终于，忒修斯来到了正在一堆白骨中酣睡的弥诺陶洛斯的身边。这头怪物虽然巨大，但是因为多时没有吃到人肉，已经很瘦了，再加上正在熟睡中，忒修斯又十分强壮，他不费吹灰之力就杀死了这头怪物。

当弥诺陶洛斯被杀死的那一刻，他的吼声震动了整座官殿。忒修斯片刻也没有停留，他沿着毛线很快就回到门口。在那里，阿里阿德涅公主已经救出了地牢里的其他雅典人，他们连夜乘船离开克里特岛。

只是，即使是阿里阿德涅公主，也没办法帮他们对付守护克里特岛的青铜巨人塔罗斯。如果被它看到他们偷偷离开，一定会扔石头把船砸沉的。不过，因为阿佛洛狄忒的庇佑，一阵恰到好处的轻风，把他们送出了海港，避开了塔罗斯的监视，但因为离开得匆忙，雅典人们忘了改用表示胜利的白帆，仍然用着来时的黑帆。

米诺斯国王得知女儿和那群雅典人一起私奔了，简直要气疯了。他气急败坏地囚禁了建造迷宫的代达罗斯和他的儿子伊卡洛斯（Icarus），作为迷宫被破解的惩罚。才华横溢的代达罗斯当然无法忍受这样的生活，他偷偷地收集整理各种大大小小的羽毛，然后把它们拼起来，用麻线捆住，又用蜜蜡把末端封牢。这样，他就拥有了像鸟儿一样的翅膀。

代达罗斯制作了两对翅膀，用来让自己和儿子逃离克里特岛。他教会儿子如何操纵这翅膀飞行，并告诫他千万不可以飞得太高。儿子学会后，父子两个就扇动着翅膀，像鸟儿一样飞走了，国王米诺斯和青铜巨人塔罗斯都拦不住他们。

可惜的是，年轻的伊卡洛斯沉浸在飞翔的美妙体验里，渐渐忘记了父亲的话，他操纵着翅膀越飞越高，越飞越高，离太阳越来越近。终于，太阳的热度融化了翅膀上的蜜蜡，羽翼从他身上散开，伊卡洛斯整个人从空中跌了下去。等父亲代达罗斯发现的时候，儿子已经被汹涌的海浪吞噬了。

伤心的父亲只能继续朝前飞，他最终去了

西西里岛，被那里的国
王热情接待，并在那
里度过了余生。当然，
这都是后来的事了。

英雄返乡失去亲人

忒修斯离开克里特岛的时候，总算是松了一口
气。他终于成为一个真正的英雄，不但为雅典除去
了一大隐患，美丽的阿里阿德涅也将成为他的新娘。

因为他们半夜出发，当他们把克里特岛远远甩在
后面的时候，天还没有亮，于是他们把船停到了纳克
索斯岛（Náxos），并上岛休息。不幸的是，忒修斯刚
刚闭上眼睛，他的眼前就出现了酒神狄俄尼索斯，酒神怒
火中烧地对他说："命运女神已经将阿里阿德涅许配给我了，
她将成为我的妻子！阿里阿德涅要留在岛上，而你们必须马上
离开！"

作为凡人的忒修斯怎么能与天神作对呢？悲伤的他来到还
在熟睡的阿里阿德涅身边，俯下身，默默地看着眼前这个帮助
他杀死弥诺陶洛斯的公主。他伸出的手都不敢碰到这位已经是神
明未婚妻的美丽姑娘，只能招呼其他人扬帆启程，丢下了阿里阿
德涅。

美丽的公主醒来之后，发现自己被遗弃在这座岛上，伤心地
哭泣起来。这时，酒神狄俄尼索斯出现了，他为她戴上王冠，让
她做了他的新娘。后来，他们在一起幸福快乐地生活了很多年。

而沉浸在失去阿里阿德涅悲伤中的忒修斯，再次忘记了升起表
示胜利的白帆。雅典的船队依旧扬着黑帆航行。焦急的老国王埃勾

斯天天去海边眺望往来的船只，等待着儿子的消息。他远远地看到黑色的帆船归来，他以为他亲爱的儿子忒修斯已经死去了，便绝望地跳进了海里。

拯救了雅典人的忒修斯就这样失去了未婚妻，又失去了父亲，他伤心极了。他在悲伤中继承了父亲的王位，和所有雅典人一起哀悼他们的老国王。为了纪念他，人们把他跳下去的那片海称为爱琴海（Aegean Sea），那里至今还叫这个名字。

忒修斯不仅是英雄，在治理国家方面也才华出众。在他的统治下，更多居住在雅典周围村镇的人都搬到雅典来，雅典在他的治理下不断强大，人民也非常敬重他。

抢亲

除了没能与阿里阿德涅成婚，忒修斯共有过两个王后。第一个王后是亚马孙国的女王希波吕特，赫拉克勒斯曾去求取过她的腰带，而这位女王则成了忒修斯的王后。

她英勇、坚毅，而且美貌、智慧，她仰慕忒修斯的勇敢和出色的治理国家的能力，也愿意做他的新娘。不过，她很年轻的时候就死去了。为了纪念这位王后，忒修斯在雅典为她建立了一座石柱。忒修斯的第二个妻子名叫菲德拉（Phaedra），是阿里阿德涅的妹妹。只是，没过多久，她也去世了。从那之后，忒修斯就孤身一人，他没来得及再娶他的第三个新娘——抢来的新娘。

事情是这样的。

忒修斯有一个好朋友，名叫庇里托俄斯（Peirithous），也是一个英雄。两人初次相遇的时候，互相不服气，很想好好比试一番。然而当两人走近彼此的时候，都被对方强大的气场震慑住了，两位英雄对视了一会儿，竟然都放下了手中的武器。从那之后，他们就成了无话不谈的密友，经常一起冒险，也完成了很多英雄壮举。

不过，因为这位挚友，忒修斯也做出了非常鲁莽愚蠢的事。

庇里托俄斯的妻子在婚后不久就去世了，而忒修斯刚好也孤身一人。于是，两位英雄头脑一发热，就决定倚仗自己英雄的能力去抢夺新的妻子。然而，他们想要抢夺的女人确实非比寻常，以至于抢亲最终变成了悲剧。

忒修斯和庇里托俄斯先是来到了斯巴达（Sparta），他们在神庙里看到一位正在跳舞的少女，不约而同地爱上了她。她的舞姿轻盈优美，她的容貌令人神魂颠倒，她就是后来倾国倾城、引发特洛伊战争的大美人海伦（Helen），只不过忒修斯和庇里托俄斯见到她时她还小，只有十二岁。

这对挚友最后决定以抓阄的方式来判断能够拥有海伦的人，但不管谁占有了海伦，都必须帮助另外一位抢到属于他的新娘。结果是忒修斯赢得了海伦，他掳走了她，并把她藏了起来。接着，忒修斯就要帮助庇里托俄斯去抢夺他的新娘了，但当他知道这一目标不是别人，正是冥后珀耳塞福涅时，他惊呆了。"我的兄弟，"他说道，"这可是对神的极大不敬啊！"但他已经应允了朋友，而承诺了的事情不能食言，只能硬着头皮和庇里托俄斯一起前往冥界。

冥王哈得斯阴沉着脸看着这两位闯入冥界的英雄，他其实早就知道了他们的目的，但还是假装礼貌地接待了他们，并请他们入座。然而，招待他俩的椅子已经被施了魔法，当忒修斯和庇里托俄斯坐到椅子上的那一刻，他们再也站不起来了。哈得斯阴笑了一声，说道："冥界的幽灵将无情地嘲讽你们，蝙蝠也将在你们头上永不停歇地盘旋！"

在很久很久之后，赫拉克勒斯来冥界办事，那时他才发现了这两位可怜的英雄，他们还在挣扎着想从椅子上起身。赫拉克勒斯用双臂夹住他们的胳膊往上提，但他只能救出忒修斯，因为众神认为庇里托俄斯居然想娶一位女神做妻子，实在是太狂妄了，他必须永远被留在冥界，接受惩罚。庇里托俄斯为他的鲁莽和狂妄付出的代价实在太大太大了。当忒修斯被拉起来的时候，他的大腿有一大片肉粘在了椅子上，这使得忒修斯的大腿瘦了一大圈。据说后来雅典人以此为美，都喜欢瘦削的大腿。

忒修斯之死

忒修斯被赫拉克勒斯救出冥界后，回到了雅典。这时已经过了很多年，他已垂垂老矣。他这才知道，当他被困在冥界的时候，海伦的哥哥们早就把她救走了。他对于他犯下的罪行非常愧悔，在这样的心情中，他放弃了王位。这位曾经给雅典带来安宁和富足的英雄终于离开了雅典，而雅典人后来也慢慢遗忘了他。

忒修斯离开雅典后，来到了一个名叫斯库洛斯（Scyros）的岛屿，因为他的祖先在这里给他留下了大批财产。但是这里的国王想侵吞他的财产，又忌妒他的才能，就带着忒修斯到高高的山顶去享受一望无际的风光，并趁他不注意的时候将他推下了山崖。一代英雄忒修斯就这样死去了。

几百年后，在雅典人对抗波斯人入侵的关键时刻，雅典人感觉有如神助，人们都说是忒修斯这位大英雄的灵魂起了作用，是他的英灵领导着雅典人击退了波斯侵略军。在那之后，雅典人得到神谕，要找回他们曾经的国王忒修斯的遗骸，归还忒修斯应有的荣耀。

说来奇怪，当时雅典的大将军喀蒙（Cymon）占领了斯库洛斯岛，当他站在山头上的时候，飞来了一只鹰，它在他的上空不断盘旋，仿佛有所指引。喀蒙认为这是神的安排，就跟随那只鹰来到一座坟墓前，鹰开始用锋利的爪子刨着坟土。喀蒙立刻令人掘开坟墓，果然见到了一个巨大的棺木，棺木的旁边是一支矛和一把剑。他们认为，这是神明指引着他们找到了忒修斯的骨骸，就用盛大的仪式将这骨骸迎回了雅典。忒修斯的故事，也就到此为止了。

俄狄浦斯——一生悲剧

俄狄浦斯的故事，可以说是希腊神话中最具悲剧色彩的故事了。他的悲剧甚至在他还没有出生的时候就开始了。

俄狄浦斯是忒拜国王拉伊俄斯(Laius)和王后伊俄卡斯忒(Jocasta)的儿子，他的父母一直非常相爱也非常幸福。王后伊俄卡斯忒有一条漂亮的项链，就是由火神赫菲斯托斯打造的"哈耳摩尼亚的项链"，它可以让她容颜不老，总是保有青春和美貌。

王后怀孕以后，国王拉伊俄斯去德尔斐神庙请求神谕，却得到了一个惊人的警示。这则神谕的内容是："你将会有一个儿子，但他将杀死你，并娶他的母亲为妻。"神庙的祭司说，这是因为拉伊俄斯曾在其他国家做客时侮辱了当地的王子，因而才被诅咒，这也是宙斯的意志。

拉伊俄斯对自己的罪行心知肚明，因此对神谕非常害怕。当王后伊俄卡斯忒产下一个男孩的时候，他便命人刺穿了孩子的脚脖子，并用绳子拴起来，还命令一个牧羊人将孩子抛弃到荒野中去，以此来避免宙斯的惩罚。

对于一个新生婴儿来说，没有什么比这更残酷了。接受命令的牧羊人不忍心将孩子丢弃在荒野，任凭他饿死冻死，或者被野兽吃掉，于是把孩子交给了邻国科林斯的一个牧羊人。把孩子托付出去以后，他就回到了宫中，对国王和王后谎称孩子已经被丢弃。

命运的安排，让这个孩子活了下来。那个接受了孩子的牧羊人打开孩子的襁褓，发现孩子的脚脖子已经肿得厉害，就把这个男孩叫作俄狄浦斯（Oedipus，这个名字在希腊语中的字面意思就是"肿胀的脚"）。因为科林斯的国王波吕玻斯（Polybus）和王后墨洛珀（Merope）一直没有孩子，牧羊人就把俄狄浦斯送到了王宫，交给国王。

国王和王后见了孩子非常喜欢，于是把俄狄浦斯当作自己的亲生孩子抚养，给予他温暖的父爱与母爱，俄狄浦斯也因此成长为一名高贵的王子，并且成为科林斯的王位继承人。俄狄浦斯高大英俊、气宇轩昂、睿智又勇敢，只是年轻气盛，暴躁易怒了些。

这天，长大成人的俄狄浦斯去德尔斐神庙卜问自己的前程，得到的神谕对他来说简直是晴天霹雳："你将杀死自己的父亲，然后与你的母亲结婚，生下那些令后人唾弃的子女。"俄狄浦斯对自己的身世一无所知，他痛苦万分，决心一定不能让这么可怕的事情发生在爱他的父母身上。于是，带着命运的诅咒，他独自离开了科林斯。

斯芬克斯之谜

俄狄浦斯离开科林斯后就漫无目的地走进山间，他走在一条狭窄的山路上，那个可怕的神谕令他一直心神不宁，既惊恐害怕又愤怒不平。就在此时，迎面来了一辆贵族的马车，马车行驶得很快，差点就撞倒俄狄浦斯。俄狄浦斯非常生气，而贵族的仆人还在叫嚣："没看见我们正在赶路吗？还不快点给我们主人让开！我们有重要的事情要办呢！"说着就想把俄狄浦斯推到一边去，还想驾车碾过他的脚。心情烦闷的俄狄浦斯勃然大怒，和对方扭打了起来。那位贵族虽然高大魁梧，但头发灰白，已经老了。在混战中，贵族和他的仆人都被杀死，只有一个仆人逃走了。

俄狄浦斯没有太把这件事放在心上，他继续前行来到了忒拜，发现忒拜城正处于一片混乱之中。人们告诉他，这里来了一头名叫斯芬克斯（Sphinx）的怪物，她有着女人的面容，却长着狮子的身子，还有一对翅膀。她在城边的悬崖上，命令每一个过往的人猜出她的谜语，猜不出谜语的人马上就被她撕碎吃掉。没有人能够猜出斯芬克斯的谜语，已经有很多人因此丧命，忒拜城中人心惶惶。

没过多久，俄狄浦斯又听说，现在的情况变得更加糟糕了：为了除掉斯芬克斯，忒拜国王去德尔斐神庙祈求神谕，却在途中被强盗杀死了。现在，王后的弟弟克瑞翁只好暂时管理着国家并贴出告示，如果有人能够除掉怪物斯芬克斯，他就能够成为忒拜的新国王，并且娶王后伊俄卡斯忒为妻。

王位对俄狄浦斯并没有太大的吸引力，但他觉得自己既然已经被诅咒，死不足惜，为什么不试一试帮忒拜的人民除掉怪物呢？于是他朝着斯芬克斯走过去。斯芬克斯问道："有种动物早上用四条腿走路，中午用两条腿走路，晚上用三条腿走路，这是什么动物？"俄狄浦斯沉思了一会儿，说："这不就是人类吗？早上好比婴儿，需要双手双脚来爬行；中午是人类最强壮的青年时期，

只需要两条腿来走路；晚上则是老年，用上拐杖，就是三条腿走路了。"俄狄浦斯解开了这个谜语，斯芬克斯发出一声恐怖的尖叫，羞愧地从悬崖上跳了下去。

危险解除了，灾难也已经过去，忒拜人对这位高大英俊、睿智勇敢的英雄充满了感激和崇拜。克瑞翁兑现了他的诺言，俄狄浦斯成为忒拜的新国王，并娶了克瑞翁的姐姐——原来的王后伊俄卡斯忒为妻。伊俄卡斯忒当然在年龄上要比俄狄浦斯大很多，但是因为她戴着那条神奇的项链，以至于她看起来甚至比俄狄浦斯还要年轻。

可怜的俄狄浦斯，已经在不知情的情况下杀死自己的父亲、娶了自己的母亲，从而应验了那可怕的神谕。然而命运对他的嘲弄却还没有停止。

真相的揭露

在很长的一段时间里，勇敢睿智的俄狄浦斯就这样统治着忒拜，他和妻子伊俄卡斯忒生了一对双胞胎儿子波吕尼科斯（Polynices）和厄忒俄克勒斯（Eteocles），还有两个女儿安提戈涅（Antigone）和伊斯墨涅（Ismene）。他把忒拜治理得井井有条，忒拜的人民非常拥戴他。

可是后来，一场可怕的瘟疫席卷全国，人们悲伤又惊恐，认为这是神明降

临的惩罚，并来到他们国王的宫殿前请求俄狄浦斯的帮助。他们对俄狄浦斯说："主人啊，神已经将灾难降临在我们身上，您曾经打败斯芬克斯，拯救了我们，一定是被神明眷顾的人，请您再次向神明求助，拯救我们的家园吧！"

俄狄浦斯安抚了他的臣民们，他之前派去祈求神谕的克瑞翁刚好回来了。神谕的内容非常清楚：杀死忒拜老国王的罪恶降临在这片土地上，只有这个杀死老国王的罪人离开这个国家，忒拜才能获救。

俄狄浦斯很快就昭告全国，派人到处寻找杀害老国王拉伊俄斯的凶手。就在这时，来了一位科林斯使者，他告诉俄狄浦斯，他的父亲、科林斯的老国王波吕玻斯已经过世，科林斯王国正在等待他回去继承王位。俄狄浦斯并不愿意回去，虽然科林斯的老国王已经去世，神谕的一半已经被打破，但王后还活着，他不想冒这个险。但使者却说："如果你只是因为担心这个，我可以让你安心。因为你并不是国王和王后的亲生孩子，你只是他们的养子。"这番话让俄狄浦斯极为不安起来。

原来，这位使者就是把俄狄浦斯带去科林斯王宫的那个牧羊人，他告诉了俄狄浦斯当年发生的一切：是他从忒拜的一个牧羊人手中接收了俄狄浦斯。这时，唯一幸存的那个拉伊俄斯的仆人也被找到了，他一眼就认出，俄狄浦斯就是当日杀死老国王的那个人！

可怕的真相终于浮出了水面，展现在众人面前。王后伊俄卡斯忒绝望地回到了房间，把门重重关上。而当俄狄浦斯冲进房间，才发现伊俄卡斯忒已经结束了自己的生命。俄狄浦斯从她袍子上取下纯金的胸针，对着自己的双眼戳下去，鲜血从他的眼窝流出来。他诅咒着自己的眼睛："好了，你们再也看

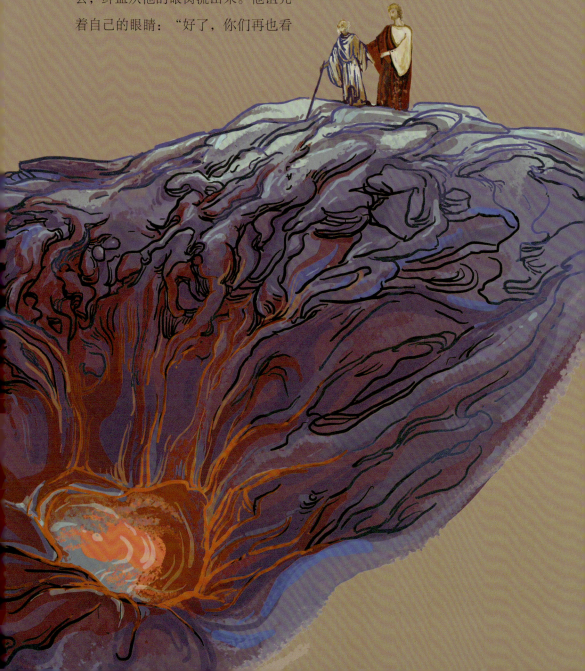

不见我所受的灾难，看不见我所造的罪恶了！你们看够了你们不应当看的人，从此黑暗无光！"

俄狄浦斯自我放逐

俄狄浦斯一刻也不能在自己的国家里待下去了，他请求克瑞翁把自己赶出忒拜，免得这个国家因为他而蒙羞；他还请求克瑞翁辅助他年幼的儿子治理国家，并照顾他的两个女儿。但他的女儿安提戈涅不放心已经双眼失明的父亲，就陪伴着俄狄浦斯一起离开忒拜。

父女两个一直在希腊四处流浪，他们的旅途充满了可想而知的艰难。他们忍受风吹日晒，居无定所，靠着别人的一点点施舍度日，不得不常常忍饥挨饿。

直到有一天，他们来到了雅典。雅典国王忒修斯倾听了俄狄浦斯的故事之后，对他们表示了宽宏的接纳。他说："你已经尽了最大的努力去逃避你的命运了，因此你的安息之所应该受到祝福，而我非常乐意为你提供这样的地方。"于是，父女俩就在这里留了下来。

在俄狄浦斯离开忒拜之后，忒拜就成了权力争夺之地，俄狄浦斯的两个双胞胎儿子，波吕尼科斯和厄忒俄克勒斯对父亲遭受的苦难不闻不问，他们一心都想获得忒拜的王位。没过多久，波吕尼科斯就被厄忒俄克勒斯赶出了忒拜，他投奔了阿尔戈斯国，娶了那个国家的公主。后来，他说服了阿尔戈斯的国王，纠集了一支由七位勇士率领的军队，一起去攻打忒拜，这就是"七雄攻忒拜"的故事。只是，他们并没能攻下忒拜的大门，而忒拜也没办法击退他们。无奈之下，人们决定让波吕尼科斯和厄忒俄克勒斯这对兄弟单独决斗，决斗的结果是两人同归于尽，最后是厄忒俄克勒斯的儿子做了国王。

不过，这一切都与俄狄浦斯无关了。根据神的旨意，俄狄浦斯在雅典国王忒修斯的陪伴之下，在众人都背对着他的情况下，走进大地的裂缝中，走进了地府。俄狄浦斯终于可以平静了。

伊阿宋——阿尔戈英雄之首

伊阿宋遇到保护神赫拉

伊阿宋是在半人半马的喀戎那里被养育成为一位英雄的。他的父亲埃宋（Ason）原来是约尔科斯（Iolcus）的国王，但埃宋的王位却被他的弟弟珀利阿斯（Pelias）夺走了。埃宋怕珀利阿斯会对伊阿宋下毒手，因此把他送到了喀戎那里。自然，伊阿宋长大后，也肩负着夺回王位的重任。

这一天，伊阿宋终于要离开喀戎了。他带着两把长矛上路，半路上杀死了一只豹子，就把豹皮披在身上。尽管披散着未经修剪的长发，但是伊阿宋高大的身躯和坚毅的目光让他浑身上下闪耀着英雄的光芒，就连奥林匹斯山上的赫拉看到了，也被吸引住，决定要试探一下这位年轻人。

当伊阿宋来到一条宽宽的河流边上，看到一位瘦弱驼背、衣衫褴褛的老妇人正发愁没办法过河。伊阿宋就对她说："老妈妈啊，让我来背着你过河吧。"伊阿宋把老妇人背在坚实又宽广的肩膀上就开始蹚河水。刚开始的时候，老妇人很轻，但是伊阿宋在河里每向前踏出一步，老妇人就变得重了一点，伊阿宋的脚陷到泥里面也就更深了一点，不过伊阿宋一句怨言都没有，坚持把老妇人一直背到了河的对岸。上岸后，他才发现他的一只鞋已经丢在了河里。

这位老妇人原来是赫拉变的。赫拉对眼前这位英俊的年轻人十分满意，就对他说："你是个可爱的凡人，我知道你的父亲埃宋和你的叔叔珀利阿斯的事情，我将会助你一臂之力，夺回属于你的王位！"原来，赫拉正想借这个机会惩罚一下珀利阿斯，因为有一次他在向众神献祭的时候遗漏了她。

有了神的承诺，伊阿宋更加踌躇满志了，没多久就走到了约尔科斯。约尔科斯人见到这个面容英俊、气质非凡的年轻人，都啧啧称奇。珀利阿斯见到了伊阿宋却非常害怕，因为他曾经得到过一个神谕，让他提防一个只穿一只鞋的人。而眼前的伊阿宋正好只穿了一只鞋。

珀利阿斯在心里盘算着如何对付伊阿宋，但表面上，他还是热情地款待了伊阿宋。一连好几天，他都大摆筵席，好好招待了伊阿宋一番，然后就装出一副非常为伊阿宋着想的样子，对他说："这个王位终究是属于你的！不过，最好有一项壮举，来证明你是一位真正的英雄，完全担当得起国王的王冠，才好让人们信服你呀！"

伊阿宋没有意识到珀利阿斯的险恶用心，爽快地答应下来。珀利阿斯于是说道："在黑海岸边的科尔喀斯国（Colchis），有一件世人都仰慕的珍宝——金羊毛。金羊毛挂在一片幽暗的森林里，由一条恶龙不分昼夜看管着。如果你能把金羊毛取回来，把它挂在德尔斐的阿波罗神庙里，王位就是你的了！"阴险的珀利阿斯当然希望伊阿宋有去无回。而无所畏惧的伊阿宋却满口答应："请给我木材和伙伴，我把大船建好了就出发！"

赫拉在暗中帮助伊阿宋。她让雅典娜帮助伊阿宋建造了一艘大船，叫作"阿尔戈号"。

在这条船的船首，雅典娜安置了一块神橡木，它是用一棵神圣的橡树制作的，不仅永不腐烂，还会在伊阿宋遇到困难的时候开口给他指引。这条船真是有史以来最适合航行的大船了。

"阿尔戈号"和夺取金羊毛这伟大的使命马上聚集了五十位不凡的英雄与伊阿宋一同出发。他们当中既有大名鼎鼎的赫拉克勒斯、大英雄珀琉斯，也有精通音律、能给大家带来抚慰的俄耳甫斯，还有北风之神那两个长着翅膀的儿子卡拉伊斯（Calaïs）和仄忒斯（Zetes）。大船的五十支船桨很快就分别交到了五十个英雄的手中，英雄们立誓要和伊阿宋一起面对旅途中的一切艰险。他们在出发前献祭了所有的神，因此波塞冬也让"阿尔戈号"顺风顺水地出发了。

"阿尔戈号"向金羊毛进发

"阿尔戈号"挂满了风帆，英雄们全力划桨，大船像离弦的箭一样往东驶去，向着金羊毛进发。他们先后经过了利姆诺斯岛（Lemnos）、基奇克斯岛（Cyzicus），与长着六条胳膊的野蛮土著巨人厮杀，但毫发无伤。

这天，赫拉克勒斯不小心把他的船桨划断了，于是他们在一个树木繁茂的海湾登陆，准备去找一棵新的大树，制作一支全新的桨。赫拉克勒斯去找树，他的美少年朋友许罗斯就拿了水罐在河边打水。水中的仙女被他的美貌深深吸引，她伸出双臂将他抱住，把他拉进了水里，许罗斯就这样消失了。找不到朋友的赫拉克勒斯不肯继续前进，坚持要留在这里寻找许罗斯，"阿尔戈号"只能抛下他们，扬帆出发了。

接着，他们到了野蛮的柏布律西亚国（Bebryces），那里的国王规定所有的外乡人都必须与他较量拳击，否则就不能离开他的领地。宙斯的儿子波吕丢刻斯（Pollux）是全希腊最优秀的拳击手，他接受挑战，并打赢了国王，赢得了胜利的阿尔戈英雄们收获了很多战利品，并向诸神献祭。

离开柏布律西亚国后，阿尔戈英雄们到达了色雷斯国（Thrace），那里的国王菲纽斯（Phineus）拥有阿波罗赐予他的预言本领，但因为他多次泄露天机，触怒了宙斯，宙斯派了两只美人鸟哈耳庇厄（Harpies）来惩罚他。每当菲纽斯要吃饭的时候，美人鸟就会扑下来抢走他要吃的食物，即使是剩下的食物也会被她们散发出来的气味所污染，不能再吃了。这样折磨下来，菲纽斯根本没办法进食，当英雄们到达这里的时候，他已经瘦得皮包骨头了。

英雄们非常同情这位快要饿死的国王，于是他们让国王摆好一桌丰盛的食物，当哈耳庇厄又要落下来的时候，北风之神的儿子卡拉伊斯和仄忒斯扑扇着翅膀腾空而起，拔出利剑去追逐哈耳庇厄。哈耳庇厄吓得瞪大了眼睛尖叫起来，忙不迭地逃走了。饱受饥渴折磨的菲纽斯国王终于可以安心吃东西了。他非常感激阿尔戈英雄们，于是为他们占卜未来，告诉他们通过博斯布鲁斯（Bosporus）海峡的方法和前往科尔喀斯国会途经的地方。

在博斯布鲁斯海峡，有两块漂浮在海上时而分开、时而互相碰撞的大岩石，处于它们中间的东西都会被撞得粉碎。菲纽斯国王送给伊阿宋一只鸽子，告诉他，如果这只鸽子可以飞得过去，那么他们还是有希望通过的。如果连鸽子也飞不过去，那他们还是放弃吧。

阿尔戈英雄们告别了菲纽斯国王，又踏上了旅程。靠近撞击之岩的时候，他们遵照国王的嘱托，放出了白鸽。鸽子顺利地从岩石中穿了过去，只是在两块岩石合并起来的时候，被夹掉了尾巴上的几根羽毛。

趁着岩石再次分开，伊阿宋指挥着英雄们飞速划船，大船以前所未有的速度朝两块岩石中间冲了过去。俄耳甫斯弹奏起激昂的乐曲，鼓励着勇士们不断前进。雅典娜也在暗中帮助他们，就在岩石马上就要合拢的时候，她一手抵着岩石，一手推了"阿尔戈号"一把，让英雄们顺利通过了岩石，只有船尾被撞碎了一小块。魔咒从此就被打破了，分开的岩石固定在了那里，再也不会合拢。从那之后，船只随时都能在那里安全行驶了。

通过博斯布鲁斯海峡，英雄们进入了黑海。那是一片危险的海域，赫拉和雅典娜为了保护"阿尔戈号"忙得不可开交。在她们的帮助下，伊阿宋和他的"阿尔戈号"避开了种种危险，顺利登上了阿瑞斯岛（Areonesos）。在这座岛上，英雄们遇到了四个落魄的年轻人。这四个年轻人的船在海上被巨浪打碎，他们抓着仅存的木板漂流到了岛上，现在他们衣不蔽体，食不果腹，遇到了阿尔戈英雄们像见到了救星一样喜出望外。

好心的英雄们收留了他们。原来，这四个年轻人与金羊毛大有关系。金羊毛本来属于一只会飞的金色公羊，是宙斯派去拯救他们的父亲——塞萨利（Thessaly）王子弗里克索斯（Phrixus）的。有一年地里的庄稼收成不好，弗里克索斯恶毒的继母就对他的父亲说，必须用他的儿子弗里克索斯做成祭品，才能免于饥荒。老国王听信了她的谗言，就准备献祭自己的儿子，可是宙斯一点都不喜欢用活人来献祭，就派了一只金毛羊从天而降，背起弗里克索斯飞走了。他们向东飞了很远，一直飞到科尔喀斯才停了下来。科尔喀斯的国王埃厄特斯（Aeetes）看到弗里克索斯受到神的庇护，就把大女儿嫁给了他。弗里克索斯则将金羊毛从公羊身上剃了下来献给埃厄特斯，埃厄特斯又把这金灿灿的羊毛挂在一片圣林中，并命令恶龙日夜看守。弗里克索斯不久前过世了，他的儿子们按照他的遗嘱乘船去拿回他留在塞萨利的财产，但是在回来的路上遇到了暴风雨。

伊阿宋知道了年轻人们的身世非常兴奋，因为他们的祖父阿塔玛斯和伊阿宋的祖父是亲兄弟，这样伊阿宋和他们可称得上是堂兄弟呢，于是伊阿宋邀请这几位年轻人一同完成使命。尽管四位年轻人都知道他们的外祖父埃厄特斯非常残暴，但还是愿意加入英雄们的队伍，为伊阿宋夺取金羊毛出力。

美狄亚助伊阿宋取得金羊毛

英雄们终于来到了科尔喀斯王国。在上岸之前，伊阿宋端着盛满酒的金杯，向着河流祭奠诸位神祇，以及在途中死去的英雄们，请求他们帮助"阿尔戈号"。

当伊阿宋他们走进科尔喀斯都城的时候，赫拉降下浓浓的雾气，把他们遮掩起来，直到护送他们进入宫殿，雾气才消散。她还让国王的小女儿美狄亚留在了宫殿里。美狄亚是一个年轻漂亮的女巫师，是巫师女神赫卡忒（Hecate）神庙的女祭司。赫拉知道，美狄亚在伊阿宋夺取金羊毛的过程中，会扮演一个非常重要的角色。

当伊阿宋和弗里克索斯的四个儿子出现在宫殿的时候，国王的大女儿意外地见到了她的儿子们，母子五人重新团聚，悲喜交集。国王和王后也闻讯赶来。就在这一片嘈杂声中，小爱神厄洛斯不知道什么时候已经蹲在伊阿宋的身后，瞄准美狄亚射去一箭，美狄亚只觉得脸上一阵炙热，她抬起金色的眼睛看到伊阿宋，立刻就爱上了他。

当国王埃厄忒斯知道这些人是为了金羊毛而来的时候，他决心要给他们出一个大难题，使他们终究没有办法带走金羊毛。于是他对伊阿宋说："感谢希腊的英雄们远道而来，如果你们能让我们全国的臣民见识到你们的力量和本领，那么金羊毛就属于你们！"

国王有两头长着铜蹄、鼻子能喷火的神牛，于是他给伊阿宋出的难题就是，要求英雄们必须用这两头牛耕地，地耕好后，在地上播种龙牙。他自信没有人能抵抗得了那两头神牛喷出的热浪，而即使英雄们成功耕好地、播下龙牙，龙牙一种下去就会长出一群全副武装的战士，把伊阿宋等人杀死。为了得到金羊毛，伊阿宋接受了这个挑战。

英雄们聚在一起商量对策，这时弗里克索斯的一个儿子说，他母亲的妹妹，也就是美狄亚，是一位女巫，如果有她的魔法帮助，这些听起来不可能的任务就会轻松得多。大家听了都非常高兴。美狄亚因为已经中了爱神之箭，欣然答应帮忙，于是约定第二天和伊阿宋在赫卡忒神庙见面。

第二天清晨，在神庙里，精心装扮过的美狄亚见到了伊阿宋。她交给了伊阿宋一盒药膏，这种药膏是用一种树根的黑汁制成的，用它涂抹全身后，一天之内都能刀枪不入，也不会被烈焰灼伤。除此之外，美狄亚还告诉了伊阿宋对付播种龙牙后长出来的战士的办法。

当美狄亚交代完事情的时候，她流下了眼泪，因为她知道当伊阿宋拿到金羊毛之后，他就要航海远去。伊阿宋感觉到自己也爱上了眼前这位美丽的女巫，

于是他说："美狄亚，我亲爱的姑娘，你将属于我，将成为我的王后，除了死神以外，谁都不能把我们分离。"美狄亚听到伊阿宋的话非常高兴，她愿意陪伴伊阿宋回到他的国家。

展示英雄们力量的日子很快就到来了。伊阿宋按照美狄亚的叮嘱在河水里沐浴，又给赫卡忒献祭，然后再把药膏涂满全身，还涂抹了长矛和盾牌。面对神牛的时候，伊阿宋果然变得水火不侵、力大无穷，他轻轻松松就制服了两头神牛，并给它们套上了铁犁。接着，他驱使着它们拉犁耕田，地耕好后，小心翼翼地播下了龙牙。地里果然马上长出了一群战士。伊阿宋再次按照美狄亚教他的办法，举起一块巨大的岩石，远远地扔到战士们当中。这时，所有的战士都站起来互相扭打在了一起。伊阿宋一直在旁边用盾牌保护着自己，他等到这些战士互相厮杀得差不多了，才扑过去拔出长矛，左冲右杀，把他们全部刺倒。看到这里，国王既生气又害怕，伊阿宋不仅力气大，而且还很有技巧。最后他得出一个结论，一定是自己的女儿美狄亚帮助了伊阿宋。

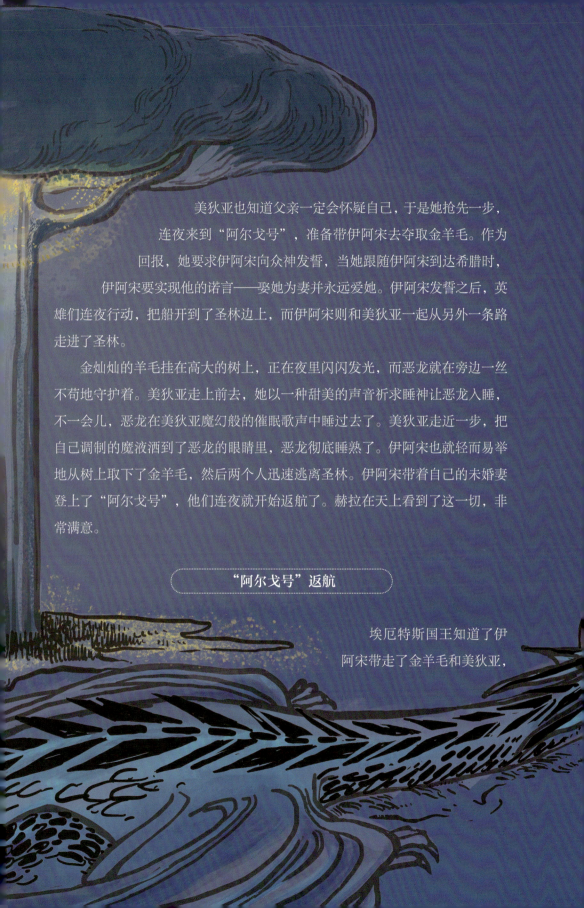

美狄亚也知道父亲一定会怀疑自己，于是她抢先一步，连夜来到"阿尔戈号"，准备带伊阿宋去夺取金羊毛。作为回报，她要求伊阿宋向众神发誓，当她跟随伊阿宋到达希腊时，伊阿宋要实现他的诺言——娶她为妻并永远爱她。伊阿宋发誓之后，英雄们连夜行动，把船开到了圣林边上，而伊阿宋则和美狄亚一起从另外一条路走进了圣林。

金灿灿的羊毛挂在高大的树上，正在夜里闪闪发光，而恶龙就在旁边一丝不苟地守护着。美狄亚走上前去，她以一种甜美的声音祈求睡神让恶龙入睡，不一会儿，恶龙在美狄亚魔幻般的催眠歌声中睡过去了。美狄亚走近一步，把自己调制的魔液洒到了恶龙的眼睛里，恶龙彻底睡熟了。伊阿宋也就轻而易举地从树上取下了金羊毛，然后两个人迅速逃离圣林。伊阿宋带着自己的未婚妻登上了"阿尔戈号"，他们连夜就开始返航了。赫拉在天上看到了这一切，非常满意。

"阿尔戈号"返航

埃厄特斯国王知道了伊阿宋带走了金羊毛和美狄亚，

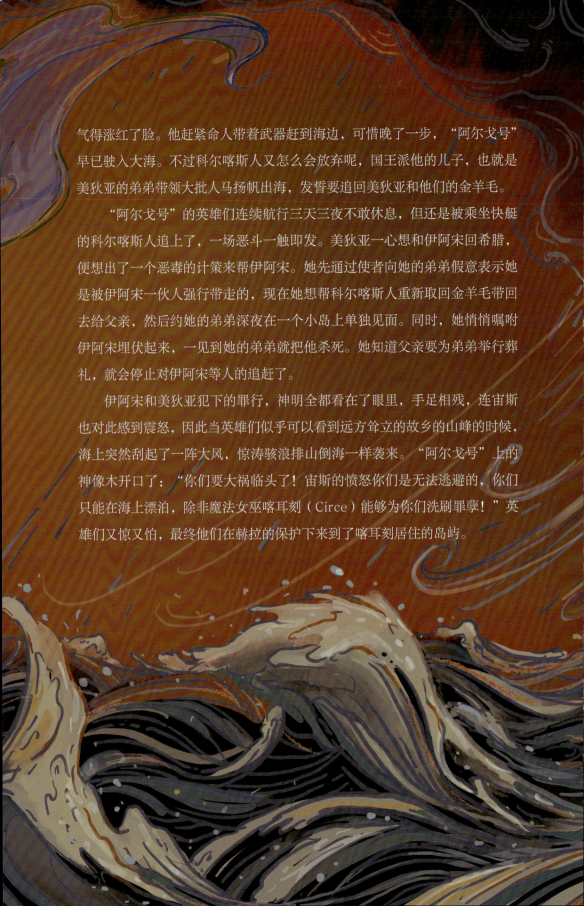

气得涨红了脸。他赶紧命人带着武器赶到海边，可惜晚了一步，"阿尔戈号"早已驶入大海。不过科尔喀斯人又怎么会放弃呢，国王派他的儿子，也就是美狄亚的弟弟带领大批人马扬帆出海，发誓要追回美狄亚和他们的金羊毛。

"阿尔戈号"的英雄们连续航行三天三夜不敢休息，但还是被乘坐快艇的科尔喀斯人追上了，一场恶斗一触即发。美狄亚一心想和伊阿宋回希腊，便想出了一个恶毒的计策来帮伊阿宋。她先通过使者向她的弟弟假意表示她是被伊阿宋一伙人强行带走的，现在她想帮科尔喀斯人重新取回金羊毛带回去给父亲，然后约她的弟弟深夜在一个小岛上单独见面。同时，她悄悄嘱咐伊阿宋埋伏起来，一见到她的弟弟就把他杀死。她知道父亲要为弟弟举行葬礼，就会停止对伊阿宋等人的追赶了。

伊阿宋和美狄亚犯下的罪行，神明全都看在了眼里，手足相残，连宙斯也对此感到震怒，因此当英雄们似乎可以看到远方耸立的故乡的山峰的时候，海上突然刮起了一阵大风，惊涛骇浪排山倒海一样袭来。"阿尔戈号"上的神像木开口了："你们要大祸临头了！宙斯的愤怒你们是无法逃避的，你们只能在海上漂泊，除非魔法女巫喀耳刻（Circe）能够为你们洗刷罪孽！"英雄们又惊又怕，最终他们在赫拉的保护下来到了喀耳刻居住的岛屿。

喀耳刻是美狄亚的姑姑，她们都是太阳神赫利俄斯的后代。船靠岸后，美狄亚警告阿尔戈英雄们不要下船，因为喀耳刻是个魔力强大的女巫，能够把人变成与他们的本性最接近的动物。她只叫了伊阿宋和她一起上岸，路上一直拉着伊阿宋的手，好让他不被魔力伤害。

喀耳刻一见到美狄亚，就认出她是自己的亲戚，因为美狄亚的眼睛里闪烁着金光，和她一样。美狄亚向喀耳刻描述了事情的经过，并祈求姑姑能帮他们洗刷罪过，但她隐瞒了杀死弟弟的事实。喀耳刻当然知道美狄亚隐瞒了最重要的罪孽，但她还是端出了牲畜和祭品，向宙斯献祭，以作赎罪。于是，当伊阿宋和美狄亚谢过喀耳刻，回到船上后，赫拉拜托海洋女神忒提斯帮助"阿尔戈号"继续航行。

不久，阿尔戈英雄们就来到了一个美丽的海岛。岛上住着塞壬（Siren），她们原本是珀耳塞福涅身边的少女，因为没能保护好她，因此被变成了人首鸟身的样子。她们的容貌非常漂亮，歌声甜美像百合一样，所有听到她们歌声的人都会跳下船朝她们游去，最终却只能淹死在海里。当"阿尔戈号"经过时，美妙的歌声传入英雄们的耳中，他们纷纷被吸引，正准备靠岸，唯一保持清醒的俄耳甫斯弹奏起手中的里拉琴，那曲调如波纹起伏一般，一下子就压制住了塞壬的歌声，也让英雄们清醒过来。于是，他们最终平安穿过了这片海域。

随风航行的"阿尔戈号"随即又来到了国王阿尔卡诺俄斯（Alcinous）所居住的岛上，可是很快科尔喀斯人的船队又追来了，要把美狄亚带回去。美狄亚向国王和王后求助，国王和王后认为，如果美狄亚还是一位未婚的姑娘，那么应该把她交给她的父亲去处置；但如果她已经是伊阿宋的妻子，那么就不能让她离开丈夫，破坏他们的幸福。伊阿宋得知这一想法后，马上选择了一处圣洁的山洞，在众多英雄的见证下，伊阿宋和美狄亚结成了夫妻。第二天，国王就对科尔喀斯人宣布美狄亚属于伊阿宋，科尔喀斯人再怎么生气也无济于事了。

告别了国王阿尔卡诺俄斯后，英雄们又经过了许多岛屿，还在经过克里特岛的时候杀死了青铜巨人塔罗斯。终于，带着金灿灿羊毛的"阿尔戈号"在伊阿宋的领导下，回到了希腊。为了感激一路上众神的照顾，伊阿宋把"阿尔戈号"搁在海峡上献给了神明。

伊阿宋背弃美狄亚

伊阿宋经历了这一切的艰难险阻，终于把金羊毛带回到约尔科斯，他的叔叔珀利阿斯却没有一点要把王位还给他的意思。他只是假惺惺地举行了典礼，庆祝伊阿宋凯旋。美狄亚对此非常愤慨，暗暗下了决心要让珀利阿斯付出代价。

在一个月圆之夜，美狄亚献祭过神明后，念动咒语制作出了具有魔力的汤药。接着她扮成一个年长的女巫，带着装有汤药的大锅，到处宣扬说，她有一种神奇的汤药，能够让人返老还童，重新变得年轻。王宫里的公主，也就是国王珀利阿斯的女儿听说了这件事，好奇地问她是如何做到的，能不能证明给她看。

于是美狄亚架起大锅，把锅里的汤药煮沸，然后把一只老山羊放到锅里。紧接着，一只嫩嫩的小山羊就从锅里蹦了出来。公主非常高兴，她希望自己的父王珀利阿斯也能像老山羊这样恢复年轻，于是拜托美狄亚用这种神奇的汤药帮助她的父王。美狄亚装模作样地答应了她的请求，可是当珀利阿斯走进大锅里的时候，锅里的水一下子就沸腾了，珀利阿斯被活活烫死在这口大锅里。这其实就是美狄亚想为伊阿宋争得王位的诡计。

美狄亚为了伊阿宋，再次犯下了可怕的罪行，她骗了一个无辜的女孩，

让她杀死了自己的父亲。连众神都受不了美狄亚这样邪恶的手段，他们认为她不再可爱了。约尔科斯的人们也不愿意让这样的人统治他们。伊阿宋和美狄亚被他们赶了出去，只好来到了附近的科林斯王国生活。

伊阿宋虽然失去了王位，但他和美狄亚在科林斯过了十年美满幸福的日子，他们生了两个可爱的儿子。可是不幸最终还是降临了。伊阿宋仍旧想追逐权力与地位，他此时已经忘记了自己对美狄亚发过的誓，忘记了他说过要永远爱她。他背着美狄亚向科林斯年轻美貌的公主求婚，国王同意了。婚期定下来后，伊阿宋才慌慌张张向美狄亚提出要离开她，并且虚情假意地跟她说，这一切都是为了给孩子们更好的未来。美狄亚为了爱情背叛自己的国家、父亲与弟弟，跟着伊阿宋出生入死，成为希腊的异乡人和恶毒女巫，现在却要惨遭丈夫的抛弃。她的心中充满了鄙夷和愤怒，却不动声色地在心里计划着要报复。

漂亮的公主趾高气扬，自私的国王则要将美狄亚和她的两个儿子逐出科林斯，这更是让美狄亚恨得几乎咬碎了牙。于是，她让伊阿宋给公主送去了她的礼物：一条璀璨夺目的漂亮裙子和一顶高贵的头冠。可是当公主一穿上那条浸泡过毒液的裙子，戴上施了魔法的头冠，她的身上马上就燃起了一团火焰，将自己与赶来救她的父亲一起烧死了。

美狄亚的复仇怒火越烧越烈，她决心要给她的丈夫伊阿宋最后致命一击。她来到了儿子们的卧室，复仇的执念已经吞没了她作为母亲的慈爱心。于是，当伊阿宋赶来找美狄亚算账的时候，却只看到已经死去了的儿子们，而美狄亚则驾着她的龙车腾空而去。

伊阿宋已经无法去追赶美狄亚了。他背弃了对美狄亚的神圣誓言，掌管婚姻的赫拉再也不会青睐他。他也不再年轻貌美，他失去了一切，权势、好运、妻子、儿子、朋友……万念俱灰之下，自己以往犯过的罪孽也一件件浮现在他的心头。他跌跌撞撞地走到他昔日的荣耀——"阿尔戈号"旁边。他想靠着船坐下来，可是这艘船已经变得腐烂不堪，就在他准备坐下来的那一刻，船头上的神橡木落了下来，砸在他的头上。一代英雄伊阿宋就这样结束了自己传奇的一生。

阿塔兰忒——不输男儿的女猎人

母熊养大的女猎人

如果要问谁是希腊神话中最出名的猎人，那么答案一定是善于疾走的阿塔兰忒。是的，这是个女孩儿的名字，而且阿塔兰忒是一位公主，一位颇具传奇色彩的公主。

阿塔兰忒的父亲是一个国王，他非常希望能有一个儿子继承他的王位，无奈他的王后为他生了一位公主，就是阿塔兰忒。得子无望的老国王竟然狠心地将她扔到了深山老林里，任由她自生自灭。

不过，阿塔兰忒并没有就这样死掉。狩猎女神阿耳忒弥斯不忍心幼小的阿塔兰忒被野兽吃掉，于是就在阿塔兰忒哇哇大哭的时候，一头母熊循着她的哭声缓缓走过来，大掌温柔地抚摩着阿塔兰忒的头，阿塔兰忒便安静了下来。母熊轻轻地叼起这个小婴儿，把她带回自己的洞穴，用自己的乳汁把阿塔兰忒跟自己的幼崽一起抚养长大。

阿塔兰忒在森林里一天天长大，她以森林为生，与森林里的野兽一起奔跑，她四肢强健有力，行动敏捷，锻炼出了常人无法企及的奔跑能力。有一天，一位猎人看到了她，那时的她正和一群熊在一起玩耍。猎人感到非常惊讶，把阿塔兰忒带回了家抚养。阿塔兰忒跟着养父很快学会了说话，养父对她的运动能力又惊又喜，把她培养成了出色的猎人。

长大了的阿塔兰忒有着令人难以抗拒的美貌，她经常将长发绾成发髻，仅用一支别针扣住衣领，左肩上挎一个象牙箭囊，左手拿一张弓。当她穿行于林间，箭在箭囊里哗啦哗啦地响着，她红润的脸庞和矫健的身影让她显得格外英姿飒爽。不过阿塔兰忒对男人毫无兴趣，她感谢阿耳忒弥斯救了她，并向阿耳忒弥

斯发誓，要像她那样，一辈子保持处女之身。

　　养父带着阿塔兰忒参加了很多运动会，赢得了所有的比赛。就连力大无穷的珀琉斯，也在角力比赛中败在了阿塔兰忒手下。就这样，阿塔兰忒的名声传遍了希腊，人人都知道有这么一位阿耳忒弥斯的虔诚信徒，她那样美丽，可她也比任何男孩都跑得更快、射得更准。

不过，令阿塔兰忒名声大噪的，还是对卡吕冬野猪的狩猎。说来，这件事也与女神阿耳忒弥斯有关。

卡吕冬的王子名叫梅利埃格（Meleager），他曾与伊阿宋一起远航，是夺取金羊毛的阿尔戈英雄之一。梅利埃格的父亲，也就是卡吕冬的国王，在有一次向众神献祭的时候，不小心忘记了阿耳忒弥斯。愤怒的狩猎女神感到莫大的侮辱，于是派了一头有史以来最大的野猪来报复卡吕冬。

这头野猪真的是大极了，简直像怪兽一样。它的獠牙像象牙一样粗壮，鬃毛像钢铁般坚硬无比，给卡吕冬带来了无穷无尽的灾难。不管是刚出苗的庄稼，还是成熟的谷穗，不管是沉甸甸的葡萄串，还是尚且青涩的橄榄，这只怪物都会将它们夷平，而牛羊牲畜更是它的腹中之物。惊恐的人们四处逃跑避难，很快又面临了饥荒的威胁。

作为卡吕冬的王子，梅利埃格下定决心一定要除掉这只怪物。于是，他邀请了阿尔戈的英雄们以及希腊所有的优秀运动员，一起来围捕这头野兽。他当众宣布说，谁能够捕获这头野猪，谁就将获得无限的荣耀。

阿塔兰忒也加入了这次的狩

猎。梅利埃格知道阿塔兰忒的本事，对她非常尊重，但许多英雄的心里不太痛快，他们纷纷抱怨起来，表示不愿意同一位女孩一起狩猎。但是梅利埃格坚持说，阿塔兰忒不仅是来自大森林的猎人，也是屡屡夺冠的运动员，她比谁都更适合参加这次狩猎活动。男人们听了这话，只能悻悻地让了步。

英雄们先在卡吕冬的王宫里庆祝，向众神献上丰厚的祭品，然后便出发到野猪藏身的树丛中开始猎猪的任务。虽然大家已经听说过这头野猪凶残无比，但当它从树丛中蹿出来的时候，这些见多识广的英雄还是露出了惊讶的神色。这头野猪看起来比公牛还要壮硕，血色的眼睛里泛着火光；脖子上的鬃毛又多又硬，犹如密密麻麻的枪矛锐利的尖头；更可怕的是那象牙一般粗长的獠牙，稍稍靠近它就会被狠狠地刺伤；它的肚皮涨得通红，每次张口吼叫都能吐出炙热的泡沫，这些泡沫霎时间就能把树叶和草地熏焦。

被激怒的野猪咆哮起来，横冲直撞，而英雄们的长矛和箭矢也在同时从四

面八方朝野猪射去，要置它于死地。可是，一
阵箭矛的喧嚣之后，野猪安然无恙，却有七位英雄
倒在了地上。他们有的被野猪的鼻子拱死，有的被它的
獠牙刺伤，有的被野猪的蹄子重重踩压，还有的是被同伴的
弓箭或者长矛误伤的。

　　只有阿塔兰忒没有出手，她保持着冷静的大脑细心观察，找到了
一个绝佳的射击点，在那里等待着射箭的最佳时机。就在这时，珀琉斯
想引诱凶残的野猪向前走，却一不小心被绊倒在地，眼看那头怪物马上
就要向他冲来，躲在树林后面的阿塔兰忒飞快地向野猪
的喉咙射出了关键的一箭，救了珀琉斯的命。野猪嘶吼一
声，第一次受了重伤。趁此机会，王子梅利埃格奔上前去，
用尽全力向野猪投去长矛，终于消灭了这为害已久的怪物。

　　野猪被消灭了，众英雄都欢呼起来。梅利埃格宣布，由于野
猪是阿塔兰忒首先射中的，围猎野猪的功绩也应该主要归功于她，他决
定把猪皮和獠牙作为战利品送给阿塔兰忒。其他英雄看得又羡慕又忌妒，一
个年轻姑娘居然拿走了所有的荣誉，实在是让他们颜面扫地。

　　这时，梅利埃格的两个舅舅站了出来，他们说："阿塔兰忒不过是侥幸射中
罢了，荣誉应该属于我们的家族才对，她只是个外人，怎么能拿走猪皮和獠牙呢？"

　　梅利埃格坚持说："荣誉应该属于阿塔兰忒，这件事由我来决定。"

　　"哈，你肯定是爱上她了吧，所以才要这样去讨她的欢心？"

"你妻子知道这一点吗？她要是知道了，可有你好受的！"

这不怀好意的揣测和嘲讽让梅利埃格勃然大怒，他怒吼一声，把长矛掷向他的舅舅们，将他们杀死了。众人都惊呆了，阿塔兰忒看着这一切，长长地叹了一口气，转身离去。此时的她并不知道，接下来梅利埃格的命运。

早在梅利埃格出生的时候，他的母亲，卡吕冬的王后曾无意中听到命运女神的谈话。女神说："这个孩子真是太可惜了，当壁炉中这根燃烧着的木柴烧光后，他就要死去了。"王后马上将这根木柴从火中取了出来，将火熄灭，藏在了只有她一个人知道的地方，这样它再也不会被点着了。梅利埃格也安然活了下来，并长成了勇敢强壮的英雄。

而此时，听说自己的两个兄弟都被儿子杀死了，怒火中烧的王后不假思索地找到了那根木柴，把它扔进了火里。木柴在火中燃烧殆尽的同时，梅利埃格也感到自己的身体就像被烤干了一样，立即倒下死去了。

还没有来得及庆祝野猪被杀死的卡吕冬王国，又陷入了失去他们的王子的巨大悲伤之中。王后后悔莫及，也自杀身亡。

卡吕冬野猪的围捕，就这样以盛宴开始，以葬礼结束。只有阿塔兰忒不受影响，她完成了任务，离开了卡吕冬王国，再也没有回来。

三个金苹果

因为捕获了卡吕冬野猪，阿塔兰忒更加声名远扬。大家都谈论着她的身世，很快她的亲生父亲便认回了女儿。当年她的父亲——这位国王因为阿塔兰忒是女孩而将她抛弃，现在却发现这个女儿胜过所有的男子。出于对当年抛弃她的愧疚，国王非常希望为阿塔兰忒挑选一位合适的丈夫。

可惜的是，阿塔兰忒并不喜欢男人，何况她还曾向阿耳忒弥斯承诺过终身不嫁。于是，她对父亲说："我可不愿意嫁给不如我的男人，除非他能跑得比我更快。但要是输给了我，他就必须得死。"她想着，这样一来，求婚者们肯定都会被吓跑了。可是，阿塔兰忒实在太迷人了，尽管她提出了这么苛刻的条件，还是有追求者源源不绝地跑来比赛，最终都因此掉了脑袋。直到有一天，一位叫墨拉尼昂（Melanion）的年轻人出现了。

墨拉尼昂是海神波塞冬的曾孙，他原本非常不理解那些不自量力的求婚者，但当他有一次目睹了阿塔兰忒的美貌之后，就再也控制不住也要试一试的念头。不过，聪明的他知道自己肯定跑不赢这位赫赫有名的女猎人，就向爱与美之神阿佛洛狄忒献祭，希望能得到她的帮助。爱神总是乐于成全这样的好事，她伸出了援手，送给墨拉尼昂三个具有魔力的金苹果。

比赛的当天，墨拉尼昂抱着爱神赠予的三个金苹果站在起跑线上，那三个金苹果对阿塔兰忒产生了谜一样的吸引力，连带抱着它们的墨拉尼昂看上去也那么英俊挺拔、气宇轩昂。她忍不住开口对墨拉尼昂说："你最好还是放弃跟我比赛吧，你长得不错，就这样丢了性命太可惜了。"她还没有意识到，自己已经悄悄对墨拉尼昂动心了。

虽然她这样说，墨拉尼昂还是坚持要试一试，于是比赛开始了。阿塔兰忒确信自己一定会赢，就让墨拉尼昂先跑，自己再追上去。两个身影穿过森林，越过田野，那画面真是美极了。就当阿塔兰忒快要追上墨拉尼昂的时候，墨拉尼昂按照爱神的吩咐扔下了一个金苹果，光芒四射的金苹果滚落到阿塔兰忒的脚边，深深吸引着她。阿塔兰忒不由得停了下来，捡起了那个金苹果。多美呀，这无与伦比的光泽！她仔细端详着手里的小东西，情不自禁地想，盖亚送给赫拉的，就是这样的金苹果吗？

墨拉尼昂跑得远了，阿塔兰忒发觉了这一点，又追了上去。当她第二次快追上墨拉尼昂的时候，墨拉尼昂扔出了第二个金苹果。这次的金苹果偏离了跑道，落在了离阿塔兰忒还有一段距离的地方，但阿塔兰忒还是停了下来，跑到旁边捡起了金苹果才又回到了跑道上。

当阿塔兰忒第三次快要追上墨拉尼昂的时候，终点就在眼前了，墨拉尼昂赶紧扔出最后一个金苹果，金苹果远远落在了阿塔兰忒的身后。阿塔兰忒仿佛已经对金苹果着了魔，不顾一切跑回去捡起金苹果，这样她就拥有三个金苹果了！只是，当她回过头想再次追赶墨拉尼昂的时候，墨拉尼昂已经冲过了终点。就这样，墨拉尼昂跑赢了比赛。

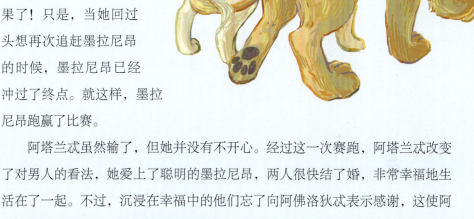

阿塔兰忒虽然输了，但她并没有不开心。经过这一次赛跑，阿塔兰忒改变了对男人的看法，她爱上了聪明的墨拉尼昂，两人很快结了婚，非常幸福地生活在了一起。不过，沉浸在幸福中的他们忘了向阿佛洛狄忒表示感谢，这使阿佛洛狄忒非常恼火，将他们变成了狮子。据说从此之后，人们经常会看到一对狮子并肩而行，穿行在森林里。

阿喀琉斯——特洛伊的噩梦

忒提斯与珀琉斯之子阿喀琉斯

传说众神之王宙斯和海神波塞冬都曾想追求海洋女神忒提斯。但是当他们听到神谕说忒提斯将会生下一个比自己的父亲更为强大的儿子的时候，他们马上就打消了这个念头，并且故意给忒提斯安排了一个凡人——国王珀琉斯当她的丈夫。当然，珀琉斯在人间也可算是非凡的英雄了，他曾参与过阿尔戈远征和卡吕冬野猪狩猎，也是半人马喀戎的好友。

珀琉斯和忒提斯举行了盛大的婚礼，他们宴请了奥林匹斯山上所有的神明，唯独漏掉了纷争之神厄里斯。厄里斯当然非常不快，她不请自来，并故意在婚礼上扔出一个金苹果，上面写着：献给最美的女神。在场的女神们看到之后，都认为这个金苹果应该是属于自己的，特别是天后赫拉、智慧女神雅典娜和爱与美之神阿佛洛狄忒。她们三个互不相让，在婚礼上争吵不休，最后甚至离开婚礼，吵到奥林匹斯山上去了。

忒提斯对于自己嫁给一个凡人并不满意，因为这样一来她的孩子就没有办法像她一样永生了。婚后她生了一个儿子，取名叫阿喀琉斯。忒提斯为了去除儿子身上的凡性，使他得以永生，每天晚上都瞒着丈夫，抓着孩子的脚后跟，把他放在圣火上炙烤。不知道过了多少个晚上，忒提斯几乎要成功地除掉孩子的凡性了，就在这时，珀琉斯突然醒过来。他看到妻子把孩子拿在火上炙烤，就大吼一声，把孩子一把夺了过来。忒提斯功亏一篑，她的儿子阿喀琉斯除了母亲提着的脚后跟，其他地方都被圣火烤过，自此之后刀枪不入，而他的脚后跟也就成了他全身的致命弱点。忒提斯生气地回到了大海。珀琉斯则将阿喀琉斯送到半人马喀戎那里学习草药学和射箭等技艺。

阿喀琉斯九岁的时候，有预言家预言说，遥远
的特洛伊城将会与希腊爆发一场战争，如果没有阿
喀琉斯参战的话，希腊人是不可能取胜的，但同时
阿喀琉斯也将在这场战争中阵亡。阿喀琉斯的母亲
忒提斯听到这个预言非常伤心，她忍不住从海洋
回来，偷偷给儿子穿上了女孩儿的裙子，把
阿喀琉斯带到了斯库洛斯岛（Scyros）上
的吕科莫德斯（Lycomedes）国王那里。
吕科莫德斯国王有很多女儿，阿喀琉斯就混
在其中和其他的公主一起成长。

　　阿喀琉斯在斯库洛斯岛慢慢长大，直到他成长
为一名青年。他长出了胡须，声音也变得醇厚。他
爱慕着国王美丽的女儿德伊达米亚（Deidamia），

就告诉了公主自己男扮女装的秘密，两个人互相爱慕，秘密结成夫妻并生了一个儿子，名字叫作皮尔赫斯（Pyrrhos，一说为涅俄普托勒摩斯）。而这时，岛上的其他居民大多还把他看作国王的一个女亲戚呢。

希腊人远征特洛伊

就在阿喀琉斯成长的岁月中，金苹果的故事也在继续着。三位争夺金苹果的女神谁也不让谁，就连包括宙斯在内的众神都不好评判，因为不管判给谁，另外两位一定会怀恨在心。最后宙斯有了一个主意：让一位凡人来做裁决好了。他对三位女神说："听说特洛伊的王子帕里斯非常英俊，而且他对世间所有美的事物有着很好的品位，由他来裁断最为合适。"

这位帕里斯王子当时可没有住在皇宫里。原来，在他出生之后，他的父亲，特洛伊的国王普里阿莫斯（Priamus）曾得到过一个神谕，说帕里斯将给他的国家特洛伊带来灾难。国王惧怕灾难的到来，就命令仆人把帕里斯送到山里处死，但仆人不忍心杀掉帕里斯，将他交给了一位农夫。于是，帕里斯就这样长大，成了一个牧羊人。

当三位光芒万丈的女神出现在帕里斯的面前，请他裁决谁是最美的女神的时候，帕里斯惊讶得一句话都说不出来。三位女神见帕里斯不说话，赶紧都给他许诺好处。

天后赫拉说："如果你把金苹果判给了我，我会让你成为最有权势的国王。"

旁边的雅典娜也毫不示弱，这位有着灰色眼眸的女神说："如果你选我，你就是最有智慧的人了。"

阿佛洛狄忒则笑意盈盈地对帕里斯眨眨眼，说道："年轻人，把金苹果给我吧，世间最美丽的女人将成为你的妻子！"

年轻的帕里斯渴望爱情胜过于权力和智慧，就把金苹果判给了阿佛洛狄忒。阿佛洛狄忒得意地拿走了金苹果，而赫拉和雅典娜则恼羞成怒地想，总有一天要让帕里斯和他的国家付出代价。

接下来，阿佛洛狄忒就要兑现她的承诺了。但世界上最美丽的女人——海伦，这时已经有了丈夫，而且已经结婚很多年了。

海伦可不是一般的女子，她是宙斯和凡间女子勒达（Leda）生下的女儿。勒达是斯巴达国王廷达瑞俄斯（Tyndareus）的妻子，宙斯倾慕她的美貌，化作一只天鹅从奥林匹斯山上飞下来追求她。后来，勒达怀孕，生下了两枚蛋。海伦和她的兄弟波吕丢刻斯从其中一枚蛋中孵化出来，他们是宙斯的孩子。而另一枚蛋中孵化出来的是国王廷达瑞俄斯的一对孩子，卡斯托尔（Castor）和克吕泰涅斯特拉（Clytemnestra）。虽然这四个孩子是同母异父的兄弟姐妹，但他们的关系一直都很好。

海伦从小就生得非常美丽，她还小的时候，忒修斯就曾因为她的美貌而掳走过她。而她长大以后，容貌就更是出众，顺理成章地成了人世间最美的女人，非常多的英雄都来追求她，斯巴达的王宫被海伦的追求者团团包围住。

海伦的养父，廷达瑞俄斯国王害怕一旦把海伦许配给某个人，其他被拒绝的人就会聚集起来欺负这个幸运儿，因此犹犹豫豫的，不知道该把海伦许配给谁。这时，有个叫奥德修斯的聪明人出了一个主意，他建议廷达瑞俄斯国王宣布，每一位追求者都有机会，但最终都必须接受国王为海伦选中的丈夫，并且发誓一旦有人想抢走海伦，所有人必须帮助她的丈夫把海伦夺回来。追求者们都同意了这个条件，并发了誓。

最终，国王廷达瑞俄斯把海伦嫁给了墨涅拉俄斯（Menelaus），把她的同母异父的姐妹克吕泰涅斯特拉嫁给了墨涅拉俄斯的哥哥，迈锡尼（Mycenae）的国王阿伽门农。其他追求者们都毫无怨言地离开了。

当阿佛洛狄忒把海伦许诺给帕里斯王子的时候，墨涅拉俄斯已经继承了廷达瑞俄斯的位置，成为新的斯巴达国王，海伦也就成为斯巴达的王后。

帕里斯王子虽然得知海伦已婚，但还是坚持要得到海伦，于是他穿越了爱琴海，来到了斯巴达的王宫。这时候国王墨涅拉俄斯刚好不在，海伦独自在王宫里，安详地编织着最好的羊毛。看到这个世间最美的女人，帕里斯惊呆了，他肯定这就是阿佛洛狄忒许诺要让他拥有的妻子。为了兑现诺言，阿佛洛狄忒让她的儿子厄洛斯将爱情之箭射向海伦的心房，海伦也就马上爱上了帕里斯，她毫不犹豫地与帕里斯私奔了。

不久，墨涅拉俄斯回到了斯巴达，他发现帕里斯不仅拐走了他的王后海伦，还抢走不少财产，大为光火。他找到了自己的哥哥，迈锡尼国王阿伽门农，请求他一起出兵攻打特洛伊，抢回海伦。因为这是海伦出嫁之前，所有追求她的人所许下的承诺，因此阿伽门农和墨涅拉俄斯很快就聚集起来一大帮英雄，准备出发去攻打特洛伊。就连奥德修斯也被找来了，因为大家认为他足智多谋。

现在就只差一位英雄没有参加联军了，他就是之前预言中所说的、没有他特洛伊将不可能被攻下的那位英雄——阿喀琉斯。奥德修斯和另一位英雄狄俄墨德斯来到阿喀琉斯所在的斯库洛斯岛，请求阿喀琉斯参加战争。可是当他们来到岛上的时候，阿喀琉斯混在国王的一堆女儿当中，根本没有办法被识别出来。

于是，聪明的奥德修斯先是把一面盾牌和一支长矛放在了少女聚集的大厅里面，然后吹响了号角，假装是敌人来了的警报。听到吓人的警报，所有的女孩都逃出了大厅，只有阿喀琉斯不但没有逃跑，还勇敢地拿起了长矛和盾牌准备立刻作战。阿喀琉斯作为一位英雄，马上就被辨认出来了。

实际上，阿喀琉斯非常愿意参加这次战斗，他渴望为希腊人出征建立功业，

好让世人永远纪念他的荣光。只是因为之前的预言，他的母亲忒提斯迟迟不肯让他出战。现在，海洋女神也无法阻挡她的儿子了。最后一位英雄加入了希腊联军，随他同行的还有他的密友帕特洛克罗斯（Patroclus）。就这样，浩浩荡荡的希腊联军，集结了庞大的舰队，扬帆出海，朝着特洛伊出发了。

阿喀琉斯退战

希腊人在特洛伊海岸登陆之后，就搭起了一座座营房。他们曾以和平的方式要求特洛伊人归还海伦，但遭到了拒绝。在这样的情形下，战争已经是不可避免的了。

特洛伊的城墙是曾经阿波罗和波塞冬被罚做苦役的时候联手筑起的，坚固异常，要想攻破它绝非易事。在最初的几次战役中，希腊人伤亡惨重，这不仅仅是特洛伊城墙的功劳，还因为特洛伊最勇猛的战士赫克托尔（Hector）王子的神勇实在是名不虚传。不过，希腊人中的英雄阿喀琉斯、埃阿斯、狄俄墨德斯等也非常英勇，让特洛伊人闻风丧胆，特别是阿喀琉斯，连赫克托尔也忌惮他三分。最后，特洛伊人只好又紧紧地关上了城门，而希腊人则回去继续扎营。希腊联军和特洛伊陷入了僵持的状态。

因为特洛伊人要保存他们的力量，很少主动出城出击，于是希腊人开始对特洛伊周围的王国下手，希望切断特洛伊周围的支援。但是，虽然希腊人攻陷了特洛伊周围的很多王国和城邦，特洛伊就是岿然不动，双方僵持了近十年之久。而且，这并不是一场只有人类参与的战争，天上的诸神也各有立场，并以自己的方式干预着这场战争：赫拉、雅典娜、波塞冬支持着希腊联军，而阿佛洛狄忒、阿瑞斯、阿耳忒弥斯、阿波罗则是站在特洛伊人

一边的。

战争进入第十个年头，希腊联军中出现了大面积的瘟疫，大量战士身亡，将领们忧心忡忡却又束手无策，只好找来预言家询问原因。原来，不久之前侍奉阿波罗的一个老祭司的女儿被希腊联军当作战利品俘虏了，老祭司为了赎回女儿，带着大批财宝来到希腊联军。然而，希腊联军的统帅阿伽门农不仅拒绝了他的请求，还嘲讽了他。这位老祭司因此向阿波罗告状，并祈求阿波罗降罪给这些狂妄的希腊人，这场瘟疫就是阿波罗用他的箭降下的罪。

现在，这件事被预言家当众揭露，阿伽门农感到非常没面子，他还是不愿意交出老祭司的女儿，却被阿喀琉斯当众狠狠地斥责了一番。阿伽门农恼羞成怒，要求交出老祭司女儿的同时，将阿喀琉斯的战利品据为己有。愤怒的阿喀琉斯拔出了剑，亮闪闪的利剑几乎要刺向阿伽门农，阿喀琉斯吼道："你这个无耻又自私的君王！特洛伊人并没有得罪我，我跟随你们只是帮助你的兄弟报仇，你不但不珍惜这一点，还要夺走我的礼物！无论攻占哪一座城市，我所得到的礼物都远远不如你多，而我却承担最艰难的战斗任务！"

这时，智慧女神雅典娜以别人都看不见的方式悄悄在阿喀琉斯的耳边说道："愤怒的阿喀琉斯，如果你能够忍耐，阿伽门农将以三倍的赔偿来向你道歉。"阿喀琉斯这才稍微抑制住怒火，放下了手中的剑，接受了阿伽门农的条件。但他宣布从此退出战斗，他说："正像这根权杖不能再发出新芽，你在战场上再也看不到我了，不管赫克托尔如何赶杀希腊人，你都休想我来救你！"

阿喀琉斯放下狠话扬长而去，回到他的舰队，愤怒又痛苦地坐在海边，眼睛里饱含泪水。他的母亲忒提斯很快来到了他的身边，她悲切地说："我的孩子，你的生命是如此地短暂，却还要承受如此的屈辱！我一定会向宙斯讨得公道！"

宙斯很快就听到了海洋女神忒提斯的哭诉，她诉说着一个母亲看到儿子受辱的悲伤，并请求宙斯帮助特洛伊人狠狠打击希腊人，直到希腊人无法招架，那时候阿伽门农才能意识到自己的错误并向阿喀琉斯赔礼道歉，归还阿喀琉斯的荣耀。宙斯答应了忒提斯的请求。

归还老祭司的女儿之后，阿波罗的愤怒果然很快平息，希腊人虽然没有阿喀琉斯的支持，但瘟疫已经过去，便也很快整顿军队，紧急备战。

很快，希腊和特洛伊双方又开始交战，特洛伊王子帕里斯眼看希腊联军逼近特洛伊城，虽然内心充满恐惧，但仍站了出来。他提出由他和海伦原来的丈夫墨涅拉俄斯代表交战双方决一胜负，赢的一方就能带走海伦和对方的赔偿。双方都认可了这种方式。

墨涅拉俄斯看着软弱的帕里斯，内心一阵狂喜。帕里斯确实也不是勇士，不出两个回合，就栽倒在地。就在这时，庇护他的阿佛洛狄忒动了恻隐之心，她降下一团雾围住了帕里斯并把他送回了特洛伊城，留下墨涅拉俄斯站在原地。阿伽门农见此情景，连忙大声吼道："墨涅拉俄斯赢了，特洛伊人，你们输了，现在你们应该交出海伦和财宝！"

可是天神们不愿意这样结束战争。隐身的雅典娜飞到了一个特洛伊弓箭手的旁边，怂恿他抓紧时机向墨涅拉俄斯射箭。这一箭，是违背盟约之箭。墨涅拉俄斯中箭后，希腊人和特洛伊人马上混战起来，双方都损失惨重。这一次，连天神也直接上了战场，为自己支持的一方发挥神力。阿佛洛狄忒和阿瑞斯都在战争中受了伤，不得不返回奥林匹斯山。希腊联军越战越勇，一度占据了上风。然而宙斯记着他对忒提斯的承诺，不仅用闪电击退了希腊人，还命令阿波罗给予特洛伊人更多神力支持，于是希腊联军又转入下风，最终溃败退回军营。

不多日后，赫克托尔带领特洛伊人再次对希腊人发动进攻，这一次，宙斯不允许任何天神插手。眼见希腊人节节败退，赫拉和雅典娜心急如焚。宙斯对她们说："命运女神已经有了安排，明日特洛伊人还会取得更大的胜利！当希腊人被逼到绝地的时候，他们就只能去请求阿喀琉斯的帮助了，受尽侮辱的阿喀琉斯将重返战场！"

夜晚，奥德修斯和埃阿斯代表希腊人来找阿喀琉斯，阿喀琉斯正在弹琴呢，他在歌唱古代英雄在战场上的荣光。奥德修斯带来了阿伽门农对阿喀琉斯的赔偿，他们希望阿喀琉斯重返战场。可是阿喀琉斯不为所动，他咒骂着阿伽门农的贪婪和无耻："我恨阿伽门农，就像憎恨地狱的大门一样！无论谁都不能改变我退出的心意！"

第二天清晨，特洛伊人在宙斯的支持下继续向希腊人的营地发动猛攻，希腊人拼死抵抗。阿伽门农的手臂受了伤，不得不离开战场；狄俄墨德斯中了藏在暗处的帕里斯射来的冷箭，也只好撤退；即使是奥德修斯，他的足智多谋此刻也没有了用武之地，他的盾牌被刺穿，肋骨也中了一矛；最后，连永不知疲倦的埃阿斯也开始喘息起来，敌人的箭和矛在他的战盔上叮当作响。形势越来越严峻了。

帕特洛克罗斯是阿喀琉斯的好朋友，他本来是与阿喀琉斯共进退的，但当他看到希腊人再一次溃败的惨状时，不禁流下了眼泪。他没办法劝说阿喀琉斯重返战场，只能请求阿喀琉斯允许他穿上阿喀琉斯的铠甲出战，也许能够暂时吓退特洛伊人。阿喀琉斯同意了，但他叮嘱帕特洛克罗斯一旦打退特洛伊人就立刻返还，千万不能追击。

穿着阿喀琉斯铠甲的帕特洛克罗斯一出现在战场上，立即就扭转了局势。希腊人看到他们的英雄归来，大为振奋，而特洛伊人则吓得节节败退。但是恋战的帕特洛克罗斯忘记了阿喀琉斯的嘱咐，一直追击溃败的特洛伊人直到特洛伊城下。特洛伊人这时已经意识到他不是阿喀琉斯，恢复了信心，在阿波罗的帮助下，赫克托尔找准机会用长矛杀掉了帕特洛克罗斯，并抢走了他身上阿喀琉斯的铠甲。

阿喀琉斯对战赫克托尔

帕特洛克罗斯身亡的噩耗传来，阿喀琉斯伤心地大哭起来。大海深处的女神听到了儿子的哭声，急忙赶来："亲爱的孩子，希腊人不是已经向你承认错误，请求你出战了吗？"

阿喀琉斯悲痛不已，流着眼泪道："是的，阿伽门农已经向我道歉，也把我应得的战利品归还了我，可是这有什么意思呢？我最亲密的战友帕特洛克罗斯已经被赫克托尔杀死了！如果我不为他报仇，我的心将永远不得安宁！"忒提斯听到了赫克托尔的名字，心里一惊，连忙说道："我知道命运之神已经做好了安排，赫克托尔一死，你的末日也很快就要到来了！我亲爱的儿子，请你不要去杀死赫克托尔！"

但此时的阿喀琉斯，失去亲密战友的痛苦胜过了一切，什么都没有办法阻挡他为朋友报仇的决心。因为原来的铠甲被赫克托尔抢走了，他请求母亲帮他打造一副新的铠甲。忒提斯无可奈何地答应了阿喀琉斯的请求，连夜赶去奥林匹斯山找火神赫菲斯托斯，因为他是最出色的铁匠，他将为阿喀琉斯亲手锻造全新的武器和铠甲。

埃阿斯终于从特洛伊人手里抢回了帕特洛克罗斯的尸体。希腊人为帕特洛克罗斯举行了隆重的哀悼仪式，阿喀琉斯拿出了很多战利品为朋友举办了葬礼运动会，连阿伽门农也来参加，阿喀琉斯再次暗暗发誓一定要杀掉赫克托尔。他跑到特洛伊的城墙下面大声怒吼赫克托尔的名字。特洛伊人知道那是阿喀琉斯的声音，非常害怕。

赫克托尔知道阿喀琉斯不会放过自己，但他肩上负有保护特洛伊的责任，他无可推托。在开战前一天的晚上，他深情凝望他的妻子，嘱托她好好抚养他们出生不久的儿子。

第二天，天刚蒙蒙亮，阿喀琉斯就得到了他全新的装备：精美、坚固的盾牌，像火焰的光芒一样耀眼、刀枪难入，却又像羽翼一样轻便的铠甲，带有金色羽毛饰品的头盔，用锡制成的柔软合身的胫甲。当阿喀琉斯全副武装好，出现在希腊人的面前，将士们都欢呼了起来。阿伽门农也走过来向阿喀琉斯表示歉意。阿喀琉斯对他说："虽然我对你还心存怨恨，但是我对敌人的仇恨已经压倒了我个人的恩怨，现在让我们忘掉过去，并肩作战吧！"

愤怒的阿喀琉斯重新出现在战场上，他就像被风吹动的野火，所到之处特洛伊人四处溃散。就连特洛伊人的副统帅，阿佛洛狄忒的儿子埃涅阿斯（Aeneas），也是因为有波塞冬的帮助，一团浓雾保护他离开战场，才幸免死于愤怒的阿喀琉斯的剑下。

因为特洛伊人节节败退，年老的特洛伊国王不得不下令让士兵打开城门，让撤退的特洛伊人回到城里来。可是他悲哀地发现，他的儿子，特洛伊最勇猛的英雄赫克托尔没有回来。他独自威严地屹立在城外，等待着阿喀琉斯。不管老国王怎么呼唤赫克托尔，他都不为所动。

　　两位英雄之间的决斗真是惊心动魄，连观战的众神都屏住了呼吸。刚开始的时候，两人势均力敌。慢慢地，阿喀琉斯找到了赫克托尔的破绽，赫克托尔全身上下都保护得很好，只有锁骨旁露出了一点空隙。阿喀琉斯用长矛精确而凶狠地通过那里的破绽刺入了赫克托尔的喉咙，一击就杀死了他。

　　赫克托尔倒下了，但想起惨死的好友，阿喀琉斯心中的愤怒还是难以消解。他拔出长矛，扒下赫克托尔身上染满鲜血的铠甲，在尸体的脚踝上穿了孔，用皮带把尸体系在战车的后方，然后，战车就这样拖着赫克托尔的尸体绕着特洛伊城跑了三圈才返回希腊联军营地。城头上年迈的国王夫妇看着阿喀琉斯的战车远去的滚滚浓

烟，号啕大哭，整个特洛伊城沉浸在悲痛中。

老国王普里阿莫斯不想让自己儿子的尸体就这样被希腊人带走，他不顾所有人的反对，执意要亲自向阿喀琉斯讨回赫克托尔的尸体。老国王的行为得到了神明的赞许和引导，因此，他畅通无阻地来到了阿喀琉斯的面前。阿喀琉斯正孤独地坐在那里。老国王来到阿喀琉斯的面前，跪下来抱住他的双膝，亲吻那双杀死他许多儿子的手，并抬头注视着他的脸。阿喀琉斯惊讶地望着这个突然出现在他面前的老人。

普里阿莫斯对阿喀琉斯说："伟大的阿喀琉斯啊，想一想你的父亲吧，他和我一样年迈，可是他还能盼望重新见到从特洛伊凯旋的儿子。而我呢，当希腊人来到特洛伊城下的时候，我有五十个儿子，但他们一个个在我眼前死去。现在你又夺走了那个唯一能够保护我们家园的儿子，因此我来到你的面前，希望赎回我的赫克托尔。珀琉斯的儿子，伟大的阿喀琉斯，请听从神的劝告吧！"

这番话果然打动了阿喀琉斯，他想起了自己的父亲和母亲，也敬重普里阿莫斯的胆识，他扶起了老国王，对他说："我同意把赫克托尔的尸体归还给你。我将给你十二天的期限，为你的儿子举办高贵的葬礼，在此期间我们希腊人不会进攻特洛伊。你的儿子赫克托尔会有一个不受打扰的葬礼。"

阿喀琉斯之死

十二天之后，希腊人重新发起进攻。虽然特洛伊的战士也很神勇，但谁也没有办法敌过阿喀琉斯。阿喀琉斯越战越勇，他一口气攻到了特洛伊城下，打算攻破城门，让希腊人冲入特洛伊城里。

眼看着阿喀琉斯就要攻破特洛伊，阿波罗想出了一个对付阿喀琉斯的计策。他隐身来到了经常躲在暗处袭击希腊人的帕里斯身边，送给了帕里斯一支毒箭，并偷偷地告诉了帕里斯阿喀琉斯身上的致命点——他的脚后跟。阿波罗怂恿帕里斯说："难道你不想报仇吗？整个特洛伊陷入了这场长达十年的战争，你的哥哥也战死了，你不恨阿喀琉斯吗？你不想让他死吗？"

帕里斯慢慢拿起了弓箭，向着阿喀琉斯的脚后跟一箭射去。阿喀琉斯顿时感到一阵钻心的疼痛，他大骂起来："懦夫总是在暗中杀害勇士，即使是神，我也要这样控诉他！"阿喀琉斯倒了下来，他忍着痛苦，拔出弓箭，黑色的毒血从他的脚后跟喷涌出来。但伟大的阿喀琉斯怀着战斗的信念，再一次站起来，奋力迈动脚步冲向敌人。周围的特洛伊人虽然看到他受了伤，但是没有一个人敢靠近他。

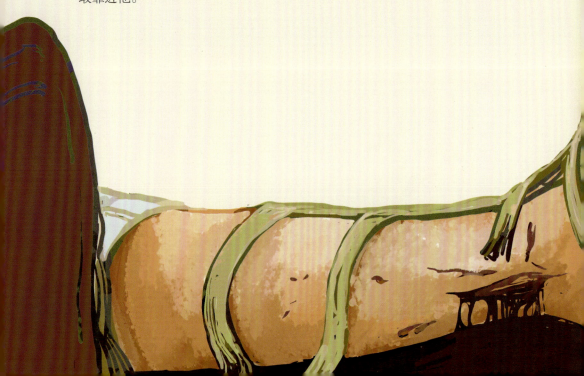

天神们各自怀着不同的心情看着这一幕。赫拉斥责阿波罗："你参加了珀琉斯的婚礼，还曾经歌唱祝福他未降生的儿子，现在却是你间接杀死了珀琉斯唯一的爱子，这是一种罪过啊！"阿波罗自知理亏，只好低头不说话。众神有的为阿喀琉斯感到遗憾和惋惜，而站在特洛伊这边的神祇则暗暗窃喜。

阿喀琉斯的血液在慢慢变冷，他不得不停下来，发出了最后的怒吼："即使我死了，你们也逃不过我的长矛！复仇女神仍然会惩罚你们！"说完这句话，他就倒在了无数被他杀死的人的中间。

希腊人的荣耀和保护者、人类最强大的战士阿喀琉斯死去了。火神赫菲斯托斯武装了他，也火化了他。希腊人为了纪念他，举行了隆重的葬礼运动会，奥德修斯获得了他的铠甲，人们永远记得他是人类最勇猛善战的英雄。

虽然阿喀琉斯并没有带领着希腊联军攻破特洛伊，但不久后，阿喀琉斯的儿子皮尔赫斯也加入了希腊联军，因为神谕说没有他的加入，特洛伊战争不会结束。他跟他的父亲一样骁勇善战。后来，正如我们所知道的那样，希腊依靠奥德修斯的木马计，最终攻破了特洛伊城。

多年之后，返乡路上的奥德修斯曾在冥界巧遇阿喀琉斯，他告诉阿喀琉斯，他生前像神祇一般受人尊重，死后也一定是个伟大的灵魂。阿喀琉斯却对奥德修斯说："我宁愿在人间当奴隶，也不愿意在阴间当君王。"

阿喀琉斯终生所追求的，是作为人间英雄的伟大荣耀。

奥德修斯——一生传奇

赫尔墨斯的曾孙奥德修斯

奥德修斯出生在伊塔卡（Ithaca）岛，是神使赫尔墨斯的曾孙。赫尔墨斯聪明狡猾又能言善辩，他的后代也都继承了他的这些特质，不管是他的儿子奥托吕克斯（Autolycus），还是曾孙奥德修斯。

奥德修斯出生的时候，他的外祖父奥托吕克斯赶来看他，抱起他的时候，小家伙却哇哇大哭，怎么也停不下来。奥托吕克斯有点不耐烦地说："这孩子脾气这么坏，就叫他奥德修斯吧！"奥德修斯就是"发脾气的人"的意思。而奥德修斯的曾祖父赫尔墨斯也以别人不能看到的方式赶来了，当他看到奥德修斯炯炯有神的双眼时，他从中看到了这个孩子与自己相似的机智与狡猾，感到十分得意。

奥德修斯一天天长大，他并不十分勇敢，但却时常玩弄小聪明，仿佛有一肚子的鬼主意。有一天，还是小小少年的奥德修斯去了外祖父家，外祖父奥托吕克斯高兴地举办了狩猎活动。就在狩猎的时候，树丛里忽然蹿出一头大野猪，直奔奥德修斯冲了过来。奥德修斯跑得不够快，右膝盖被野猪的獠牙刺破了，顿时鲜血如注。

不过，虽然这伤口看着吓人，但好在并不影响行走，也没留下什么后遗症。过了一段时间，伤口就愈合了，只是在奥德修斯的膝盖上留下了一块很大的疤痕。于是，奥德修斯的乳娘就对他说："因为这块伤疤，不管你长大、变老，还是变成别人都认不出来的什么模样，我都能认出你来！"

奥德修斯的血统足以造就他足智多谋、狡猾善辩的性格，但赫尔墨斯看到了这一切，不免为自己这个有些笨拙的曾孙担忧。不过，赫尔墨斯是神的信使，他能读懂神的意志，也看得到奥德修斯的一生。只见他一会儿点头，一会儿摇头，最终嘴角露出了笑容……

奥德修斯与珀涅罗珀

　　长大后的奥德修斯成为伊塔卡的国王。他和很多其他的国王和年轻贵族一样，被斯巴达公主海伦的美貌所吸引，成为海伦的求婚者之一。不过，聪明的奥德修斯很快意识到，在海伦这样迷人的女人身上，是容易纷争不断的。而且他还能感觉到，海伦对自己并没有多大兴趣。

　　因此，奥德修斯果断选择了撤回自己对海伦的求婚，转而追求海伦的堂姐珀涅罗珀（Penelope）。珀涅罗珀美丽大方，更重要的是，奥德修斯认为她跟自己一样聪明。

　　要怎样才能成功娶到珀涅罗珀呢？奥德修斯沉思起来。他看着王宫里不断赶来追求海伦的求婚人，又看看烦恼的斯巴达国王廷达瑞俄斯，灵机一动，对国王说："我来帮你想办法避免海伦的追求者互相争斗，你帮我娶到珀涅罗珀为妻，怎么样？"国王同意了。

奥德修斯果然为廷达瑞俄斯
出了一个好主意，廷达瑞俄斯
最终把海伦嫁给了斯巴达的墨
涅拉俄斯，而其他追求者也都
心平气和地离开了，一切都很顺
利。于是，廷达瑞俄斯把奥德修
斯推荐给了珀涅罗珀的父亲伊卡
里俄斯（Icarius），并帮助奥
德修斯赢了与伊卡里俄斯的一场
赛跑。奥德修斯如愿以偿，与他
的意中人珀涅罗珀结婚。

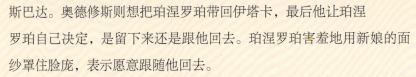

不过，伊卡里俄斯虽然嫁了
女儿，但还是希望女儿婚后能住在
斯巴达。奥德修斯则想把珀涅罗珀带回伊塔卡，最后他让珀涅
罗珀自己决定，是留下来还是跟他回去。珀涅罗珀害羞地用新娘的面
纱罩住脸庞，表示愿意跟随他回去。

奥德修斯和珀涅罗珀一起回到伊塔卡，开始了他们幸福的生活。
他们非常喜欢岛上一棵茂盛的橄榄树，于是秘密地把橄榄树的树冠砍
掉，然后从根部把树干刨平，使它成为床的一条腿，这样床就与大地连
成了一个整体。接着，奥德修斯用黄金、白银和象牙装饰床架，装饰得根
本看不出来床的那条腿其实是一棵树，不管是谁来看到了，也只会以为这是
一张富丽堂皇的床而已。

奥德修斯围绕着这张精美而富有诗意的床搭建了一间卧室，再围着这间卧
室建造了自己的宫殿。他和珀涅罗珀生活得十分甜蜜，并生下一个儿子，取名
叫忒勒玛科斯（Telemachus）。

正当奥德修斯和珀涅罗珀沉浸在儿子出生的喜悦之中的时候，他们听到了

一个神谕：奥德修斯将离开伊塔卡参加一场恢宏的战争，整整二十年后才能回到伊塔卡。这个预言令他们都心神不宁起来。不久后，迈锡尼的国王阿伽门农召集众多希腊英雄，准备出征攻打特洛伊的消息传来了。奥德修斯认为这就是神谕说的那场战争，他极不情愿因为海伦被掳的事而离开自己年轻的妻子和襁褓中的儿子。

很快，海伦的丈夫墨涅拉俄斯及其好友帕拉墨得斯（Palamedes）就专门来到了伊塔卡，他们希望奥德修斯能够参加希腊联军，一起远征特洛伊。不情愿的奥德修斯决定装疯卖傻，以此来躲避参战。他在墨涅拉俄斯和帕拉墨得斯面前耕地，用一牛一驴来拉犁，还把盐当作种子撒在了垄沟里。

墨涅拉俄斯皱着眉头看奥德修斯发疯，一筹莫展。然而，聪明的帕拉墨得斯却看出这是奥德修斯的计谋。他趁奥德修斯不注意，偷偷溜进了皇宫，把奥德修斯的幼子忒勒玛科斯从摇篮里面偷了出来，放在奥德修斯正准备耕种的地上。他想用这个办法来测试奥德修斯是真疯还是装疯。奥德修斯为了不伤害孩子，只能小心翼翼把犁抬过孩子的头。奥德修斯的计划失败了，帕拉墨得斯证明了奥德修斯还是那个狡黠的奥德修斯。

奥德修斯再也无法拒绝参加这场战争，他答应从伊卡塔和邻近岛屿召集十二艘满载士兵的战船，加入以阿伽门农为统帅的希腊联军。临走前，他与妻子珀涅罗珀依依惜别，并将儿子托付给了一位名叫曼托（Mentor）的朋友。

十年特洛伊战争中的奥德修斯

特洛伊战争持续了整整十年，这期间，奥德修斯机智、善谋、雄辩而又狡猾奸诈的个性展露无遗。他常常在关键时刻被委以重任，比如略施小计就请来了战无不胜的阿喀琉斯加入希腊联军，也是他用了计策迎回已经与他翻脸的神箭手英雄菲罗克忒斯，为希腊最终赢得特洛伊战争奠定了坚实的基础（后来就是菲罗克忒斯用毒箭杀死了特洛伊战争的罪魁祸首帕里斯王子）。除此之外，能言善辩、巧舌如簧的奥德修斯，也在很多时候凭借他无人能及的口才，挽救了希腊的危机，避免了不少伤亡。

当然，很多时候，奥德修斯的计策不算光彩，这有时是战争中必要的智慧，也是奥德修斯的本性决定的。

对于曾经迫使自己不得不抛下妻儿参加战争的帕拉墨得斯，奥德修斯一直耿耿于怀。帕拉墨得斯是希腊联军中睿智、正直、坚定的英雄，他不但长得俊美，而且能唱善弹，在军中的威望很高，奥德修斯对他怀恨在心，于是密谋要报复。

奥德修斯设了一个恶毒的圈套：他先秘密在帕拉墨得斯营房里埋下了一大笔黄金，然后以特洛伊国王普里阿莫斯的口吻给帕拉墨得斯写信，说感谢他向特洛伊泄露了希腊军队的秘密，并以黄金作为回报。奥德修斯把这封信藏在一个奴隶的身上，然后故意让这封信在众人面前曝光。面对通敌的信件和从营房中搜出的奥德修斯事先藏好的黄金，帕拉墨得斯百口莫辩，众人一致判定他被执行石刑，也就是被石头砸死！

帕拉墨得斯看到奥德修斯嘴角那一丝阴险的微笑，识破了他的诡计，却只能大声叫道："真理啊，你死在了我的前面！"话音刚落，奥德修斯的一大块石头砸过来，帕拉墨得斯垂下了头。复仇女神涅墨西斯（Nemesis）目睹这一切，决定要在某个时候惩罚希腊人和误导他们的奥德修斯。

阿喀琉斯战死之后，在他的葬礼运动会上，阿喀琉斯的母亲，海洋女神忒提斯出现了，她要把阿喀琉斯的武器送给那位将她儿子的尸体从特洛伊人手中夺过来的英雄。阿喀琉斯的尸体是奥德修斯和埃阿斯共同抢回来的，而两人都希望得到忒提斯许诺的礼物，于是两人之间爆发了一场激烈的争吵。

善辩的奥德修斯历数自己的战功和对希腊人的贡献，对自己的过失则巧妙地避开和辩解，他巧言令色、振振有词，很多人都被他说动了。而埃阿斯尽管屡立战功，还曾与赫克托尔单打独斗，但由于不善言辞，空有怒气，未能得到大家的支持。当人们将阿喀琉斯的武器判给了奥德修斯的时候，埃阿斯甚至不能相信自己的耳朵，他拔出剑，气愤地说道："现在，也许只有这把剑才会相信我！也只有埃阿斯能杀死埃阿斯！"他就这样在不平中自杀了。

奥德修斯献计木马攻城

　　虽然阿喀琉斯战死了，但特洛伊战争还在继续。希腊人没办法冲破特洛伊那高大的城墙，特洛伊人也没办法赶走希腊人，双方再次陷入僵持中。一天，希腊联军的预言家在梦中看到了一个预兆，于是把大家召集起来，共同商讨。预兆是这样的：一只被鹰追逐的鸽子飞进岩缝里躲了起来，鹰等了许久，鸽子就是不出来。最后，鹰只好假装飞走，但其实偷偷躲在附近的灌木丛中。鸽子以为鹰走了便飞了出来，哪知立刻就被鹰扑住。

　　这个预言到底要希腊人如何做呢？希腊人冥思苦想不得要领。奥德修斯沉思半晌，最后说道："我们就像老鹰一样，烧毁营房，佯装撤退。我们还要建造一匹巨大的木马，在里面藏尽量多的将士。等特洛伊人以为我们真的走了，把这匹木马拉进城里的时候，就是我们真正攻打特洛伊城的时候！"

　　在雅典娜的帮助下，精美而巨大的木马只用了三天就建好了。很多希腊英雄纷纷走进了木马里，包括阿喀琉斯的儿子皮尔赫斯、神箭手菲罗克忒斯、海伦的丈夫墨涅拉俄斯等，还有奥德修斯本人。

为了这个计策的成功，奥德修斯颇费了一番脑力，布置了一些事关成败的细节。他在联军中找到一个特洛伊人不认识的人，名叫西农（Sinon），细细嘱咐了一番。他要求西农到时候藏在木马肚子下面，以打消特洛伊人的戒心，又和他约好了通知的暗号，这才放心。

决定历史的这一天终于到来了。英雄们挤到了木马肚子里面，其余的希腊人则在阿伽门农的率领下放火烧毁了营房，登船启航躲到附近一个岛屿上。

希腊人走了以后，特洛伊人果然打开了城门。他们看到喧闹的战场变得寂静无声，希腊人的营房全都不见了，海边的船只也都消失得无影无踪，海滩上只剩下一匹巨大的漂亮木马。

特洛伊人惊讶地围住木马，他们不知道这木马是做什么用的，也不知道该怎么处置它。有人主张将木马拉进特洛伊城，但特洛伊城的祭司拉奥孔（Laocoon）却强烈反对，他大声说道："难道你们忘了，希腊人中还有个诡计多端的奥德修斯吗？这木马一定是个阴谋，应该马上烧掉它！"这番话听得马肚子里的希腊英雄们胆战心惊。

就在这时，趴在木马肚子底下的西农被特洛伊人发现了。他依照奥德修斯的吩咐，哭哭啼啼地爬出来，对特洛伊人说："你们还记得帕拉墨得斯吗？奥德修斯诬陷害死了他，我是帕拉墨得斯的亲戚，奥德修斯讨厌我，把我抛弃在这里了。"

因为没有特洛伊人认识他，因此他们听了西农的话，都将信将疑。西农继续说："希腊人得罪了一直庇护他们的雅典娜，只能乘船回家。他们建造这匹精美的木马是为了献祭给雅典娜，我们的预言家特别要求说，木马要造得特别高大，为的是不让你们把它拖入城内。如果木马被拖到特洛伊城里，雅典娜就会以为那是你们的献祭，转而保护你们。但如果你们把木马损坏，那就正合了希腊人的心意，因为雅典娜一定会惩罚这种行为的！"

正在特洛伊人犹豫不决的时候，有人惊慌地跑来报信，说祭司拉奥孔的两个儿子在海边祭拜神明，被两条从海里爬出来的巨大毒蛇紧紧缠住了。拉奥孔跑去救自己的儿子，结果毒蛇连他也一起缠住撕咬，三人很快就毙命了。这其实是波塞冬搞的鬼。特洛伊人看到这一幕，以为是神明降罪于主张烧毁木马的拉奥孔，马上齐心协力拓宽城门，将大木马拉进了城里。

夜里，特洛伊人都睡着了，西农悄悄走到大木马旁，在木马肚子上敲了三下。这是奥德修斯提前和他约好的暗号。藏在木马中的希腊英雄一个个从木马里爬了出来，他们趁着夜色的掩护杀死了城门的守卫，打开了城门，点着了火。城外埋伏的阿伽门农看到了火焰的信号，立刻带领其他希腊人如潮水般涌入了特洛伊城。十年战火，木马屠城。特洛伊终于陷落于奥德修斯的木马计！

奥德修斯返乡得罪波塞冬

打了胜仗的希腊联军把特洛伊洗劫一空，带走了无数的金银财宝，还有引起这场战争的海伦。而除了妇女、儿童和个别逃脱者，几乎所有的特洛伊人都被屠杀殆尽。希腊人的残暴连天神也震惊，他们开始诅咒这些希腊人，让他们的归程充满艰辛。然而，没有一个人的返乡之旅像奥德修斯那样曲折艰难。

因为意见不合，奥德修斯与阿伽门农等人各自返航。奥德修斯与他的十二支船队在爱琴海上朝着伊塔卡航行。他们先是来到喀孔涅思人（Cicones）的都城——伊斯马洛斯（Ismarus），然而他们在那里欢宴时，遭到了喀孔涅思人的攻击，损失了六名战士，其他人仓皇登船离去。接着，他们又来到了一个海岛，发现岛上的人以忘忧果（lotus）为食。那种果子味道比蜂蜜还甜，但有奇特的作用。奥德修斯不敢大意，仅让几人尝试，结果吃了忘忧果的那几个人什么都想不起来，而且坚持要在岛上住下来，哪里也不想去了。最后奥德修斯不得不强行把他们拉上船。经过了这两次的遭遇，奥德修斯更加谨慎。

离开忘忧岛后，奥德修斯的船队来到库克洛普斯（Cyclops）岛，岛上草丰羊美，船队得到了很好的补给。出于好奇，奥德修斯带领了十二个同伴在岛上探险，摸索着进入一个巨大的山洞，结果发现这是一个吃人的独眼巨人的家。

这个独眼巨人名叫波吕斐摩斯，是波塞冬的私生子，他以放羊为生，每天晚上回山洞睡觉，睡前会用一块巨石堵住洞口。当奥德修斯发现洞口被一块他们根本挪不动的巨石堵住，他们出不去了的时候，已经晚了。独眼巨人发现了他们，他粗暴地问他们是谁。

狡猾的奥德修斯半真半假地说："我们是希腊人，在海上迷了路才来到这里。请倾听我们的请求吧！宙斯会保护寻求保护的人，憎恨虐待他们的人，请敬畏神祇吧！"他希望这样说了，独眼巨人就会看在宙斯的面子上不伤害他们。然而巨人完全不买账，他对宙斯毫无敬畏，还残暴地吃掉了奥德修斯的几个同伴。吃完后，巨人就呼呼大睡了，奥德修斯等人则在恐惧中坐等了一夜，直到天明。

第二天早上，独眼巨人搬开洞口的巨石，把他的羊群赶出山洞，然后又用石头塞住了洞口，以防止奥德修斯他们逃走。奥德修斯和他的伙伴们只能惶恐地留在洞里，思索着该如何逃生。他想了很久，终于想出了一个好办法。他和他的伙伴们合力削尖了一根长长的木棍，并把它藏了起来，准备等巨人睡着的时候使用。

晚上很快就到来了，独眼巨人赶着羊群回来，和前一天晚上一样，又用石头堵住了洞口。奥德修斯打开自己随身携带的美酒，倒进木桶里，然后把它献给了独眼巨人。巨人说："告诉我你叫什么名字，你送酒给我，我也会赠你一份礼物。"

奥德修斯说道："我叫'没有人'（Nobody），周围的人都称呼我'没有人'。"

巨人喝了酒，哈哈大笑，醉醺醺地说："没有人，我送给你的礼物就是，当我吃完你所有的同伴，我也将把你吃掉！"说完就酣睡了过去。

看到巨人睡着了，奥德修斯马上拿出他们白天时削尖的木棍，跳到巨人身上，用力刺瞎了他的独眼。巨人受伤后，大声呼救，岛上的其他库克洛普斯人闻声赶来，在洞口询问他怎么了，巨人大声叫道："啊！没有人把我刺瞎了！没有人要杀我！"库克洛普斯人回应道："既然没有人要伤害你，那你喊叫什么呢？我们走啦！"说完，他们就一哄而散。

独眼巨人已经什么都看不到了，他只能一边呻吟着一边挪到洞口，搬开门口的巨石，自己拦在那里，想把奥德修斯一伙全部抓住。但奥德修斯早有准备，他和同伴们混在羊群中，悄悄贴在羊的肚子下面，和羊群一起出洞，从而骗过了巨人。逃出山洞后，奥德修斯带着同伴迅速离开了库克洛普斯岛。

上了船之后，终于松了一口气的奥德修斯得意起来，他狂妄地嘲笑岸上的独眼巨人："喂，波吕斐摩斯，刺瞎了你眼睛的不是没有人，是我，特洛伊城的毁灭者，奥德修斯！"巨人这时想起了他多年前得到的预言，预言说他将会在奥德修斯的手中失去视力。他愤怒地吼道："我一直以为奥德修斯会是个高大魁梧的家伙，必定身体健壮，力大无穷，想不到竟然是个瘦小、无能、孱弱的人夺走了我的眼睛！"

波吕斐摩斯发誓要报复奥德修斯，便向父亲波塞冬祈祷，要波塞冬在奥德修斯的归途上制造灾难，要他受尽漂流之苦，忍受孤独的折磨，即使能顺利回到故乡，也会遭到不幸。他的诅咒后来应验了，得知儿子遭遇的波塞冬怒不可遏，给奥德修斯的返乡之旅添了不少麻烦。

奥德修斯的漫漫返乡路

离开了库克洛普斯岛，奥德修斯的船队又来到了艾奥洛斯（Aeolus）居住的海岛。艾奥洛斯是一个能够驾驭风的国王，他不但热情地款待了奥德修斯他们，临走前还送给奥德修斯一个鼓起来的牛皮袋，并叮嘱他在回家之前千万不要打开。

艾奥洛斯用顺风送奥德修斯回家，十几天后，他们几乎看到了伊塔卡的海岸线，连岛上的火光也能看得清楚。这时，奥德修斯的同伴们疑心牛皮袋里装的是金银财宝，奥德修斯不肯打开是为了独吞财宝，于是趁他打盹儿的时候打开了牛皮袋。结果袋子一开，蹿出来的是一股猛烈的风暴，直接把整个船队又吹回了艾奥洛斯那里。奥德修斯虽然生气，却也只能厚着脸皮再次求助艾奥洛斯。但艾奥洛斯认为奥德修斯显然得罪了神明，于是再也不肯出手相助。奥德修斯无可奈何，只好听天由命再次出发。

　　经过一番海上漂泊，奥德修斯的船队到达了一个与外界隔绝的港口。他们正想休息一下，就发现这里其实是另一个喜欢吃人的巨人族设下的陷阱，他们会向港口里的船只投下巨石，把船砸沉以后，用鱼叉叉起落水的人类带回去吃掉。因为谨慎的奥德修斯下令把船停在港口外面，因此只有他这一条船逃过一劫，其他的船都被砸沉了。奥德修斯怀着沉痛的心情离开了这里，再次踏上了回家的旅途。

接着,奥德修斯到达了埃阿亚岛(Aeaea),这里住着太阳神赫利俄斯的后代,女巫喀耳刻。表面热情的女巫用混了魔药的食物招待奥德修斯派出的人,吃下食物的人全部变成了猪。喀耳刻把他们都赶进了猪圈关起来。

得知消息的奥德修斯决定一个人去救回伙伴,路上遇到了他的曾祖父赫尔墨斯。赫尔墨斯送给奥德修斯一株开着白花的黑根草,并告诉他这是一种魔草,可以让他不必害怕喀耳刻的魔药。果然,凭借这株魔草,奥德修斯成功制服了喀耳刻,并救回了自己的同伴。这下,喀耳刻和奥德修斯反而成了朋友。在岛上好好休整了一番之后,奥德修斯才又准备启航返乡。喀耳刻指点奥

德修斯返乡途中可能会遇到的困难，又让他先去冥界拜访盲人先知忒瑞西阿斯（Tiresias），她说只有这样做，奥德修斯才能找到回家的路。

根据喀耳刻的指点，奥德修斯顺利地在世界的尽头找到了去冥界的入口，进入了冥界。在那里，他见到了忒瑞西阿斯的灵魂。这位先知告诉奥德修斯，他们在返乡途中最大的阻碍就是海神波塞冬，因为奥德修斯刺瞎了独眼巨人的眼睛，得罪了海神。不过，他们还是可能平安到家的。接下来的旅途中，会经过一个名叫特里那基亚（Thrinacie）的岛屿，那里有太阳神赫利俄斯的牛羊，千万记得不要去伤害那些牛羊。否则，除了奥德修斯，其他人都将死于非命，而奥德修斯本人也将再经历漫长的煎熬后才能回家。

奥德修斯牢牢记住了先知的话，并诚挚地感谢了他的帮助。先知又继续说道："即使你回到家乡，那里也有很大的麻烦等着你。有一群人正觊觎你的王位，他们向你的妻子珀涅罗珀求婚，并挥霍你的财产。如何对付他们，就要看你的计谋了！如果你战胜了他们，你会安享你的晚年。"说完这些话，先知就消失了。

转眼间，奥德修斯看到了自己的母亲，原来她已经在奥德修斯出征期间去世了，母亲的灵魂流着泪对他说："我可怜的孩子，你还一直在漂泊！你的妻子珀涅罗珀是个忠贞的妇人，她日日夜夜为你哭泣！"奥德修斯听了这话非常感动，他正想去拥抱一下母亲，她的灵魂却像梦境一样消失了。

很多灵魂都朝奥德修斯涌了过来，他又看到了阿喀琉斯和阿伽门农的灵魂，惊讶不已。阿伽门农叹气道："高贵的朋友，也许你会以为，我是在大海中淹死的吧？其实并非如此，我平安回到了迈锡尼，但我的妻子和她的情夫合伙谋杀了我！"他说着激动起来，"所以千万不要听信女人的甜言蜜语，没有一个女人是可以信赖的！"很快，阿伽门农的灵魂也消失了。奥德修斯心情非常复杂，只能赶快离开冥界。

离开冥界后，奥德修斯的船队到达了住着海妖塞壬的海岛。奥德修斯想起喀耳刻对他的忠告，决定按照她嘱咐的去做。他用蜂蜡堵住其他所有人的耳朵，然后让人把自己绑在桅杆上，并交代大家，无论如何不能给他松绑，因为他想听听塞壬的歌声，但并不想死。

塞壬海妖们看到奥德修斯的船驶过来，纷纷变成美丽妩媚的姑娘，用甜蜜而清脆的声音唱着惑人的歌谣。听着听着，奥德修斯的心里就产生了抑制不住想跳下去的愿望，但因为他被牢牢绑住了，什么都做不了。其他人丝毫不受影响，只是用力划着桨。就这样，他们顺利离开了塞壬岛。

接着，他们陷入了一个二选一的困境：一条路是卡律布狄斯（Charybdis）大漩涡，那里非常危险，可能会整条船都被吞没；另一条路有一只名叫斯库拉（Scylla）的海妖，它有十二只不规则的脚，六个像蛇一样可怕的脖子，每个脖子上都有一个头，张着血盆大口，露出三排毒牙，随时准备把人咬碎。经过艰难的抉择，奥德修斯选择了后者，代价是他的六个同伴不幸被吃掉了。

疲惫不堪的奥德修斯等人终于来到了特里那基亚岛，岛上阳光明媚、生机盎然，太阳神赫利俄斯的牛羊在这里放牧。奥德修斯谨记先知忒瑞西阿斯的吩咐，交代所有人决不能碰那些牲畜。不料，此后整整一个月，海上吹的都是逆风，奥德修斯没有办法出海，最后船上已经没有吃的了。饥饿的船员们趁着奥德修斯睡觉的时候，杀了岛上的牛来吃。等奥德修斯发现的时候，大错已经铸成，无法挽回了。

几天之后，奥德修斯和同伴迎着顺风扬帆起航回家，赫利俄斯的报复就在这时来了。他威胁说如果不惩罚奥德修斯等人，就不再让太阳照耀大地。宙斯立刻降下闪电，把他们的船打成了碎片。除了奥德修斯，其余所有人都葬身海底。

奥德修斯抱着船的残片漂在海上，他的体力在一点点耗尽，茫茫大海几乎使他绝望，他漂泊了整整十天，一直漂流到了仙女卡吕普索（Calypso）居住的岛屿。卡吕普索爱上了奥德修斯，她承诺只要奥德修斯愿意与她长相厮守，奥德修斯就可以得到永生。奥德修斯自知无法逃走，只好和卡吕普索一起在岛上生活，这一住就是七年。在这七年间，奥德修斯无时无刻不在思念家乡和妻儿，海边常常能看到他望向远方的孤独背影。而这时，距离他带领将士出征，已经过了整整二十年。

奥德修斯得众神相助

　　智慧女神雅典娜认为奥德修斯是最聪明的人，他的善辩无人能及，就像她，诸神无一能及她的智慧。因此她一直以来眷顾着奥德修斯，尽管他的苦难似乎无穷无尽。

看到奥德修斯这样受尽折磨，雅典娜不禁心生怜悯，她去向宙斯求情，希望宙斯能够帮助奥德修斯。在奥林匹斯山诸神的议会上，雅典娜列举了奥德修斯这十年来所遭受的磨难，并说，他遭受的磨难已经足够偿还他所犯下的错误。除了没有参加议会的波塞冬，其他神祇都同情奥德修斯，于是宙斯终于松了口，派信使赫尔墨斯去命令卡吕普索放人。

卡吕普索当然不情愿，但她终究不敢违背宙斯的意志。她提醒奥德修斯前路仍有很多困难，何况他的凡人妻子珀涅罗珀无法与仙女媲美。奥德修斯虽然一向狡猾，但此刻他真诚的回答让人感动："尊敬的仙女，请不要因此对我心生恼怒，珀涅罗珀当然不能与您相比，因为她是凡人。不过我仍然每天怀念我的故土，渴望返回家园，即使有哪位神明再次打击我，我仍无所畏惧。在我胸中依然跳动着一颗坚定的心，我受过许多风险，经历过许多苦难，不妨再加上这一次。"

听了这话，卡吕普索再是心有不甘，也只能选择放手。她为奥德修斯提供了一些旅途中的必需品，而奥德修斯自己动手造了一只小木舟，就这样上路了。卡吕普索指点奥德修斯前往淮阿喀亚人（Phaeacians）的国度去寻求帮助，然后就依依不舍地送走了他。

告别卡吕普索之后，奥德修斯在海上一连航行了十八天。看到奥德修斯即将结束艰辛的旅途，海神波塞冬火冒三丈，海上顿时掀起了滔天巨浪。波塞冬借口说自己没有参加那次议会，不同意众神的决定，一心要再让奥德修斯经历苦难，就算不能将他置于死地，也要狠狠地打击他。

在波塞冬唤来的暴风雨的袭击下，奥德修斯的小船很快就散开了，一个接一个的大浪眼看着就要将他卷入大海。就在这紧急关头，一位好心的海洋女神对奥德修斯起了怜悯之心，她用纱巾托起了奥德修斯。经过了两天两夜的挣扎，奥德修斯终于漂流到了一个河流的入海口，并平安上了岸，到达了淮阿喀亚人居住的地方。此时的他赤身裸体，全身布满伤痕，几乎奄奄一息，躺在草地上就熟睡过去了。

雅典娜看到奥德修斯脱离了危险，忙着手为他安排。她先托梦给公主瑙西卡（Nausicaa），让她带着衣服去找奥德修斯，并嘱咐她把奥德修斯引到王宫，让他顺利见到了淮阿喀亚的国王和王后。在宴饮中，奥德修斯听到了歌手吟唱特洛伊木马和他的故事，大为伤感，禁不住流下了眼泪。在国王的询问下，奥德修斯亮明了身份，并讲述了自己在特洛伊战争结束后十年来充满传奇色彩的遭遇。国王夫妇深受感动，不仅赠送给奥德修斯价值不菲的礼物，还用船专门护送他回家。就这样，奥德修斯终于平安回到了自己的王国伊塔卡。

报复除掉求婚人

奥德修斯回到故乡后，磨难并没有结束。阔别二十年，伊塔卡的一切都变得陌生。奥德修斯看到迎面走来一个牧羊人，就问："请问这是什么地方，是大陆还是岛屿？"

牧羊人和善地回答："这里是伊塔卡岛,聪明睿智的奥德修斯是这里的主人。外乡人,你怎么会来到这里呢?"

奥德修斯记着先知忒瑞西阿斯的话,知道一切都必须谨慎小心,就隐瞒了身份,并为自己编了一个动人的故事。牧羊人听完摇身一变,原来是雅典娜变化而成的。她笑着说:"你果然是凡人中最聪明的人,如果有人能骗过神,那一定是你,奥德修斯!"接着雅典娜告诉了奥德修斯他家中的情况,并为他出谋划策。

其他参加特洛伊战争的英雄早都已经回到了家乡,只有奥德修斯二十年没有回家,所以大家都以为他早已客死他乡了。这样一来,很多人都觊觎他的家产和美貌的妻子。上百个贵族青年一连好几年缠着珀涅罗珀求婚,并且天天赖在他家中大吃大喝,消耗他的财产。

坚贞的珀涅罗珀始终坚信丈夫还活着,于是对求婚者尽量推托。她说即使要改嫁,也必须让她先织好一幅挂毯。从那之后,她就整天坐在织布机前织布,到了晚上就把白天织好的部分拆掉,好继续拖延时间。可是,一位不忠的女仆出卖了珀涅罗珀,将这一秘密告诉了那些求婚者。这下,珀涅罗珀被迫要赶快选择一位求婚者。

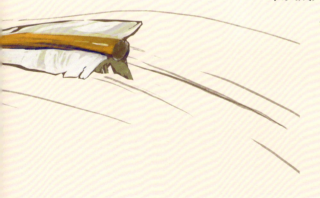

奥德修斯的儿子忒勒玛科斯在奥德修斯出征当年才刚刚出生,现在他已经长大成人,他也对那群求婚人恨之入骨。

他曾在父亲的朋友曼托的鼓励之下对抗这些求婚者,并远渡重洋寻找父亲的下落。在曼托的帮助下,忒勒玛科斯和刚回到伊塔卡的奥德修斯相认了,原来曼托也是雅典娜的化身。奥德修斯再三叮嘱儿子,不能向其他任何人说明他的身份。

接着，奥德修斯化装成一个年老的乞丐跟随忒勒玛科斯回到王宫里，秘密调查所有的人，看看他们是否仍然忠诚于他。他向每一位求婚者乞讨，好观察他们的品行，有些求婚者给他食物，有些则嘲讽他，而有个求婚者甚至拿起板凳要驱逐这个乞丐。这些人吵吵闹闹，珀涅罗珀被嘈杂声引了过来，她斥责这些求婚者败坏风俗，并以此为借口暂时赶走了他们。奥德修斯见到妻子美丽、睿智、忠贞依旧，心里非常感动。

当所有的求婚者都退下后，大厅中只剩下珀涅罗珀和奥德修斯，王后询问乞丐的身世，奥德修斯编了一个虚实参半的故事，巧妙地暗示奥德修斯仍旧活着并一定会归来。珀涅罗珀听了很是高兴，但她马上又叹息说："明天我将为求婚者举行一场比赛，求婚者中，谁能用奥德修斯的硬弓射穿十二把斧子的小孔，我就嫁给谁。"说完她就吩咐老女仆为这位乞丐铺床洗脚，她愿意收留这位乞丐。

当老女仆为奥德修斯洗脚时，她端详着面前的乞丐，发现他和奥德修斯长得是那么相像，当她双手摸到奥德修斯右膝盖上深深的疤痕，那块他小时候被野猪伤到的疤痕时，她忍不住"啊！"了一声。原来这位老女仆就是奥德修斯年幼时的乳娘，"奥德修斯，我的孩子，真的是你啊！"奥德修斯急忙伸手捂住老人的嘴巴，示意她不能让其他人知道这件事情。夜幕降临，大家都安睡了，奥德修斯和儿子忒勒玛科斯秘密布置了大厅。

第二天，吵吵闹闹的求婚者又一次来到了大厅，珀涅罗珀拿着奥德修斯的一张硬弓和一个箭袋，女仆们拿着斧子跟在她后面来到了大厅。她对所有人宣布了比赛娶亲的规则，说完就退回到内庭。忒勒玛科斯站起来说："如果是这样的话，请让我先射箭吧，如果我赢了，我的母亲就可以永远留在家里。"他连续拉了三次弓，可是都失败了。这时，奥德修斯给他使了一个眼色。

奥德修斯起身请求求婚者让他试一试，毫无意外，他遭到了求婚者的嘲笑，但他们并没有拒绝他。于是，奥德修斯这个老乞丐拿起了弓，取出一支箭搭在弓上，拉开弓弦沉着地射出，箭从第一把斧子的小孔飞进，又从最后一把斧子的小孔飞出。在场的求婚者看到这一幕，无不瞠目结舌。

这时，忒勒玛科斯穿着一身铠甲，拿着剑和矛，跑到了乞丐的面前。奥德修斯当着所有人的面，脱去了脏衣服，然后拉弓搭箭，瞄准了这些求婚者。求婚者们这才发现，宫殿四处的大门已经被关上，他们和那些不忠的奴仆都被关在王宫中。忒勒玛科斯与父亲并肩作战，这些求婚者和不忠的奴仆一个个死在他们的脚下。之后，奥德修斯安排所有人沐浴更换漂亮的衣裳，歌手也开始弹奏乐器，喜气洋洋地迎接主人的回归。

奥德修斯的乳娘急忙跑去告诉珀涅罗珀，是乞丐赢得了比赛，而且这个乞丐就是她日夜思念的奥德修斯。珀涅罗珀又惊又疑，她走出内庭，来到奥德修斯的面前，却不敢与他相认。多年以来，珀涅罗珀提防着一切的诡计和骗术，以至于现在的她也不能消去戒心。于是她对乳娘说："既然这个人赢得了比赛，就把我的床从卧室里搬出来给他吧。"

她的话音刚落，奥德修斯就愠怒地说："我的床没有一个人能搬得动，难道有人想要锯断那棵橄榄树吗？"原来珀涅罗珀是在试探奥德修斯，这是只有他们两个人才知道的秘密！珀涅罗珀终于确认了奥德修斯的身份，她热切地拥抱了奥德修斯，夫妻俩抱头相拥、喜极而泣。

后来，故事的结局就如先知忒瑞西阿斯在冥界的预言一样，奥德修斯与妻子幸福地生活着，直到高龄才安详地去世。

多年以前，赫尔墨斯看到的是奥德修斯传奇的一生，堪称人类历史上第一部海洋历险记。狡猾多谋、巧言善辩的奥德修斯，历尽千难万险终于凯旋，成为希腊最伟大的英雄之一。

希腊神话人物系谱图

大地母亲盖亚

泰坦神许珀里翁 ♥ 光明女神忒亚

二代天后瑞亚

黎明女神厄俄斯　太阳神赫利俄斯　月亮女神塞勒涅　海神波塞冬　灶神赫斯提亚　冥王哈得斯　农业女神

法厄同

安菲特里忒 ♥ 　　　　♥ 戈尔贡美杜莎

冥后珀耳塞

俄里翁　波吕斐摩斯　奥特斯　艾菲亚特斯　特里同　克律萨俄耳　飞马珀伽索斯

迈亚 ♥ 　　记忆女神摩涅莫绪

信使神赫尔墨斯　　九位缪斯女神

自然之神潘　奥托吕克斯

奥德修斯

神

人

→ 亲子关系

♥ 爱人关系

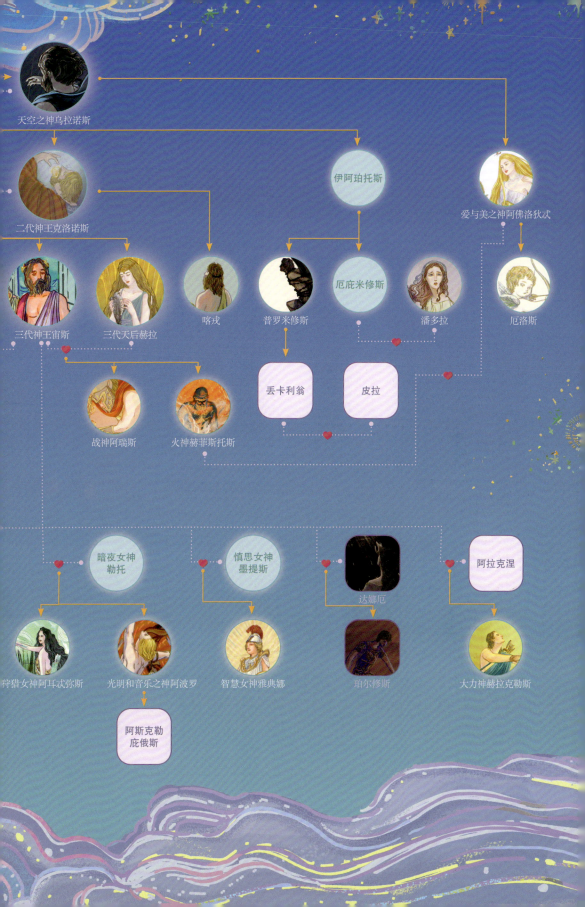

天空之神乌拉诺斯

二代神王克洛诺斯

伊阿珀托斯

爱与美之神阿佛洛狄忒

三代神王宙斯　　三代天后赫拉　　喀戎　　普罗米修斯　　厄庇米修斯　　潘多拉　　厄洛斯

战神阿瑞斯　　火神赫菲斯托斯

丢卡利翁　　皮拉

暗夜女神勒托　　慎思女神墨提斯　　达娜厄　　阿拉克涅

狩猎女神阿耳忒弥斯　　光明和音乐之神阿波罗　　智慧女神雅典娜　　珀尔修斯　　大力神赫拉克勒斯

阿斯克勒庇俄斯

希腊神与罗马神对应表

希腊神	罗马神	英语名称	身份
宙斯	朱庇特	Zeus/Jupiter	众神之王、雷神
赫拉	朱诺	Hera/Juno	天后、婚姻女神
阿佛洛狄忒	维纳斯	Aphrodite/Venus	爱与美之神
哈得斯	普路托	Hades/Pluto	冥王
波塞冬	尼普顿	Poseidon/Neptune	海神
赫斯提亚	维斯塔	Hestia/Vesta	灶神
得墨忒耳	刻瑞斯	Demeter/Ceres	农业女神
赫菲斯托斯	伏尔坎	Hephaestus/Vulcan	火神
雅典娜	密涅瓦	Athena/Minerva	智慧女神
阿波罗	阿波罗	Apollo/Apollo	光明和音乐之神
阿耳忒弥斯	狄安娜	Artemis/Diana	狩猎女神
阿瑞斯	玛尔斯	Ares/Mars	战神
赫尔墨斯	墨丘利	Hermes/Mercury	信使神
狄俄尼索斯	巴克斯	Dionysus/Bacchus	酒神
厄洛斯	丘比特	Eros/Cupid	小爱神
克洛诺斯	萨图恩	Cronus/Saturn	二代神王

参考文献

[1] 奥维德 . 变形记 [M]. 杨周翰，译 . 北京：人民文学出版社，1984.

[2] 古斯塔夫·施瓦布 . 古典希腊神话 [M]. 曹乃云，译 . 南京：译林出版社，2010.

[3] 古斯塔夫·施瓦布 . 希腊神话与传说（上、下）[M]. 高中甫，关惠文，等译 . 北京：时代文艺出版社，2018.

[4] 古斯塔夫·施瓦布 . 古希腊罗马神话 [M]. 光明，译 . 长沙：湖南文艺出版社，2019.

[5] 沃尔夫 . 美狄亚声音 [M]. 朱刘华，译 . 上海：上海译文出版社，2000.

[6] 欧里庇得斯 . 欧里庇得斯悲剧五种 [M]. 罗念生，译 . 上海：上海人民出版社，2016.

[7] 纳撒尼尔·霍桑 . 希腊神话故事集 [M]. 任小红，译 . 昆明：云南美术出版社，2018.

[8] 诺特维克 . 不为人知的奥德修斯——荷马《奥德赛》中的交错世界 [M]. 于浩，曾航，译 . 北京：华夏出版社，2018.

[9] Ovid. The Metamorphoses (trans by Horace Gregory) [M]. New York: Signet, 2009.

[10] 英格丽·多莱尔，爱德加·帕林·多莱尔 . 多莱尔的希腊神话书 [M]. 熊裕，译 . 南京：江苏凤凰教育出版社，2016.

[11] 墨奈劳斯·斯蒂芬尼德斯，雅尼斯·斯蒂芬尼德斯 . 希腊神话系列丛书 [M]. 王甜甜，译 . 陈中梅，校译 . 深圳：中国对外翻译出版公司，2013.

[12] Atwood, Margaret. The Penelopiad:The Myth of Penelope and Odysseus[M]. Edingburgh: Canongate, 2006.

[13] 菲利普·马蒂塞克 . 希腊罗马神话 [M]. 崔梓健，译 . 北京：民主与建设出版社，2018.

[14] M.I. 芬利 . 奥德修斯的世界 [M]. 刘淳，曾毅，译 . 北京：北京大学出版社，2019.

[15] 斯蒂芬·弗莱 . 神话 [M]. 黄天怡，译 . 杭州：浙江教育出版社，2020.

[16] 斯蒂芬·弗莱. 英雄 [M]. 黄天怡，译. 杭州：浙江教育出版社，2020.

[17] 陈戎女. 荷马的世界——现代阐释与比较 [M]. 北京：中华书局，2009.

[18] 陈适先. 希腊神话 星座起源 奥运传说 [M]. 北京：东方出版社，2004.

[19] 李冬华，于至堂. 经典希腊神话 [M]. 北京：北京出版社，2008.

[20] 李楠. 希腊罗马神话 18 讲：英语词语历史故事 [M]. 北京：中国书籍出版社，2009.

[21] 迷迭香. 星座希腊神话故事 [M]. 沈阳：辽宁教育出版社，2005.

[22] 舒伟. 希腊罗马神话的文化鉴赏 [M]. 北京：光明日报出版社，2010.

[23] 夏若生. 让你爱不释手的超有趣希腊神话 [M]. 北京：中国法制出版社，2016.

[24] 许娥，丁薇. 希腊神话及其文学典故导读 [M]. 北京：北京理工大学出版社，2012.

[25] 杨俊峰. 古典神话与西方文学 [M]. 沈阳：沈阳出版社，2004.

[26] 于震. 最经典的希腊神话故事 [M]. 北京：新世界出版社，2009.

[27] 朱鸿. 希腊神话：诸神的命运交响曲 [M]. 西安：陕西人民出版社，2010.

制作团队

编写组编委成员

黄彩虹　孙静波　王瑾　闻燕　张薇　朱光玮

插图绘制

曾铮

特约监制

周锦　苗辉　郭翔

特约编辑

胡瑞婷

装帧设计

易珂琳

内文排版

敖省林

营销支持

金颖　马梨